AF553067

माँ का दुलार

माँ का दुलार

सुधा मूर्ति

प्रकाशक • **प्रभात प्रकाशन प्रा. लि.**
4/19 आसफ अली रोड,
नई दिल्ली–110002
सर्वाधिकार • सुरक्षित
संस्करण • 2025
मूल्य • तीन सौ पचास रुपए
मुद्रक • नरुला प्रिंटर्स, दिल्ली

MAA KA DULAAR *stories by* Smt. Sudha Murthy ₹ 350.00
Published by Prabhat Prakashan Pvt. Ltd., 4/19 Asaf Ali Road, New Delhi-2
e-mail: prabhatbooks@gmail.com ISBN 978-93-5048-469-2

आमुख

किसी को हैरानी हो सकती है कि मैं इन लोगों की व्यक्तिगत जिंदगियों के बारे में क्यों लिख रही हूँ, जिन्होंने मुझ पर भरोसा करके अपनी समस्याएँ मेरे साथ बाँटीं। क्या यह अनैतिक नहीं है? हालाँकि, जिन लोगों के बारे में मैंने लिखा है, उनमें से अधिकतर ने मुझसे अनुरोध किया कि मैं उनके असली नाम न लिखूँ और उनकी समस्याओं को केस स्टडी के रूप में पेश करूँ। विष्णु और पोरतादो जैसे कुछ लोगों ने अपनी असली कहानी पेश करने के लिए मुझे प्रोत्साहित किया, ताकि दूसरे लोग उनसे सबक ले सकें। मैं इन सभी लोगों का हृदय से शुक्रगुजार हूँ और उनकी ताकत तथा कृपा के लिए आभारी हूँ, जिसके कारण मैं उनकी कहानियाँ आपके सामने ला सकी।

यह एक शिक्षिका, एक लेखिका और एक सामाजिक कार्यकर्ता के रूप में मेरे अनुभवों की स्मृतियों पर मेरी चौथी पुस्तक है। मैं अपने नए संपादक, श्रुकीर्ति खुराना को धन्यवाद देना चाहती हूँ, जिनकी कड़ी मेहनत ने इस पुस्तक को एक नया रूप दिया। उनसे लगातार संपर्क ने मुझे कुछ कहानियों के बारे में एक अलग तरीके से सोचने के लिए प्रेरित किया और साथ ही एक युवा के दृष्टिकोण से स्थितियों को देखने में मदद की।

—सुधा मूर्ति

अनुक्रमणिका

बंबई से बंगलौर

वह गरमियों के मौसम की शुरुआत थी। मुझे गुलबर्ग रेलवे स्टेशन पर उदयन एक्सप्रेस में चढ़ना था, जिससे मैं बंगलौर जा रही थी। ट्रेन में चढ़ते ही मैंने देखा कि द्वितीय श्रेणी का आरक्षित कंपार्टमेंट लोगों से खचाखच भरा हुआ था। हालाँकि वह आरक्षित कंपार्टमेंट था, लेकिन उसमें बहुत से अनधिकृत लोग भरे हुए थे। कर्नाटक का यह हिस्सा हैदराबाद कर्नाटक के नाम से जाना जाता है, क्योंकि यहाँ पर कभी हैदराबाद के निजाम का शासन था। यहाँ पर पानी की कमी है, जिससे जमीन शुष्क हो गई है और गरमियों के दौरान किसान कुछ भी उपजा नहीं पाते। इसलिए हैदराबाद कर्नाटक के बहुत से गरीब किसान और भूमिहीन मजदूर गरमियों के दौरान मजदूरी के लिए बंगलौर और अन्य बड़े शहरों का रुख करते हैं। वे बारिश के मौसम के समय अपनी जमीन पर खेती करने के लिए लौट आते हैं। यह अप्रैल का महीना था, इसलिए ट्रेन का कंपार्टमेंट खासतौर पर खचाखच भरा हुआ था।

मैं बैठ गई और धक्के खाते हुए बर्थ के कोने पर पहुँच गई। हालाँकि यह सीट तीन लोगों के लिए थी, लेकिन उस पर पहले ही छह लोग बैठे हुए थे। मैंने चारों ओर देखा तो मुझे विद्यार्थी दिखाई दिए, जो अपना कॅरियर बनाने के विभिन्न विकल्प तलाशने बंगलौर जा रहे थे। कुछ व्यापारी इस बारे में बात कर रहे थे कि बंगलौर से किन वस्तुओं का ऑर्डर दिया जाए। हालाँकि कुछ सरकारी अधिकारी गुलबर्ग की आलोचना कर रहे थे। 'कैसी बेकार जगह है! गरमी की वजह से यहाँ रहना असंभव है। कोई हैरत की बात नहीं है, जब लोग इसे पनिशमेंट ट्रांसफर कहते हैं!'

टिकट-कलेक्टर अंदर आया और उसने लोगों की टिकटें और आरक्षण की जाँच शुरू की। अनुमान लगाना मुश्किल था कि किसके पास टिकट है और

किसके पास आरक्षण। कुछ लोगों के पास टिकट थे, लेकिन आरक्षण नहीं था। यह रात की गाड़ी थी और लोगों को स्लीपर, बर्थ की जरूरत थी, लेकिन बर्थ सीमित संख्या में थीं। जिन लोगों के पास रिजर्व बर्थ नहीं थी, वे टिकट-कलेक्टर के सामने गिड़गिड़ा रहे थे कि किसी तरह उन्हें सीट दिला दें। उसके लिए हर किसी की बात सुनना असंभव था।

अपनी चील जैसी आँखों से वह आराम से भाँप लेता था कि किन लोगों के पास टिकट नहीं है। टिकट के बिना सफर करनेवाले लोग बार-बार अनुरोध कर रहे थे। 'सर, पिछली ट्रेन कैंसिल हो गई थी। हमारे पास उस ट्रेन का रिजर्वेशन था। यह हमारी गलती नहीं है। हम फिर से इस टिकट पर पैसा नहीं खर्च करना चाहते।' कुछ गिड़गिड़ा रहे थे, 'सर, मुझे स्टेशन पहुँचने में देर हो गई थी और वहाँ लंबी कतार थी। मुझे टिकट खरीदने का समय नहीं मिला। इसलिए मैं इस कंपार्टमेंट में चढ़ गया।' कलेक्टर ने जरूर ध्यान से भगवद्गीता पढ़ी होगी, तभी वह उनकी कहानियाँ सुनते हुए भी शांत रहा और बेटिकट यात्रियों को नए टिकट जारी करने शुरू कर दिए।

अचानक वह मेरी दिशा में घूमा और पूछा, 'आपका टिकट कहाँ है?'

'मैं आपको अपना टिकट दिखा चुकी हूँ,' मैंने कहा।

'आप नहीं मैडम, आपकी बर्थ के नीचे छिपी हुई लड़की। ऐ, बाहर आओ, तुम्हारा टिकट कहाँ है?'

मैंने ध्यान दिया कि कोई मेरी बर्थ के नीचे बैठा हुआ था। कलेक्टर के चिल्लाने पर वह लड़की बाहर आई। वह दुबली-पतली, साँवली, डरी हुई थी और ऐसा लग रहा था कि वह लगातार रोती रही है। वह लगभग तेरह-चौदह साल की होगी। उसके बाल बिखरे हुए थे और उसने एक फटी स्कर्ट और ब्लाउज पहना हुआ था। उसने काँपते हुए अपने हाथ जोड़ दिए।

कलेक्टर ने फिर पूछा, 'कौन हो तुम? किस स्टेशन से चढ़ी? कहाँ जाना है? मैं जुरमाने के साथ तुम्हारा टिकट बना देता हूँ।'

लड़की कुछ नहीं बोली। कलेक्टर को गुस्सा आ रहा था, क्योंकि वह बहुत से बेटिकट यात्रियों से माथापच्ची कर चुका था। उसने अपना गुस्सा उस छोटी सी लड़की पर निकाला। 'मैं तुम सभी भगोड़ों को अच्छी तरह जानता हूँ।' वह चिल्लाया, 'तुम लोग मुफ्त में ट्रेन में चढ़ते हो और मुसीबतें खड़ी करते हो। तुम न तो मेरे सवालों के जवाब दे रही हो, न अपने टिकट का पैसा दे रही हो। मुझे अपने बॉस को जवाब देना पड़ता है…'

लड़की अब भी कुछ नहीं बोल रही थी। लड़की के आस-पास के लोगों को कोई परवाह नहीं थी और वे अपने-आप में व्यस्त थे। कुछ अपने टिकट के पैसे गिन रहे थे और कुछ अगले स्टॉप, बॉडी जंक्शन पर उतरने की तैयारी कर रहे थे। ऊपर के बर्थवाले लोग सोने की तैयारी कर रहे थे और दूसरे लोग खाने-पीने में व्यस्त थे। यह मेरे लिए एक अजीब सी स्थिति थी, क्योंकि मैंने समाजसेवा के अपने व्यापक अनुभव में ऐसी स्थिति का सामना कभी नहीं किया था।

लड़की चुपचाप इस तरह खड़ी थी, मानो उसने कुछ नहीं सुना। कलेक्टर ने उसकी बाँह पकड़ी और अगले स्टेशन पर उतर जाने को कहा। 'मैं तुम्हें खुद पुलिस के हवाले कर देता हूँ। वे तुम्हें अनाथालय में डाल देंगे,' वह बोला, 'यह मेरा सिरदर्द नहीं है। बॉडी पर उतर जाओ।'

लड़की अपनी जगह से नहीं हिली। कलेक्टर ने उसे जबरन कंपार्टमेंट से बाहर खींचना शुरू कर दिया। अचानक, मुझे एक अजीब सी अनुभूति हुई। मैंने खड़े होकर कलेक्टर को बुलाया। 'सर, मैं उसके टिकट का पैसा देती हूँ,' मैंने कहा, 'अँधेरा हो रहा है। मैं इस समय एक बच्ची को प्लेटफॉर्म पर अकेली नहीं छोड़ना चाहती।' कलेक्टर ने भौंहें उठाईं और मेरी ओर देखा। वह मुसकराते हुए बोला, 'मैडम, आप दयालु हैं कि उसके लिए टिकट खरीदना चाहती हैं, लेकिन मैंने उसके जैसे बहुत से बच्चे देखे हैं। वे एक स्टेशन पर चढ़ते हैं, फिर अगले पर उतर जाते हैं, फिर किसी और ट्रेन में चढ़ जाते हैं। वे भीख माँगते हैं या बिना टिकट यात्रा करते हैं। यह कोई अनोखा मामला नहीं है। आप अपने पैसे क्यों बरबाद करना चाहती हैं? वह टिकट लेकर भी आगे नहीं जाएगी। अगर आप बस उसे कुछ पैसे दे दें तो वह ऐसे ही चली जाएगी।'

मैंने कंपार्टमेंट से बाहर देखा। ट्रेन बॉडी जंक्शन पहुँचनेवाली थी और प्लेटफॉर्म की बत्तियाँ चमक रही थीं। चाय, जूस और भोजन बेचनेवाले ट्रेन की ओर दौड़ रहे थे। अँधेरा हो गया था। मेरे दिल ने कलेक्टर की सलाह स्वीकार नहीं की—और मैं हमेशा अपने दिल की सुनती हूँ। कलेक्टर ने जो कहा, वह सच हो सकता था, लेकिन मेरा नुकसान क्या था—बस कुछ सौ रुपए?

'कोई बात नहीं सर, जो भी हो, मैं उसके टिकट का पैसा दे रही हूँ,' मैंने कहा।

मैंने लड़की से पूछा, 'बताओ, तुम्हें जाना कहाँ है?'

लड़की ने मेरी ओर अविश्वास से देखा। अब जाकर मैंने उसकी खूबसूरत, काली आँखों पर गौर किया, जिनमें दुःख की छाया थी। वह कुछ नहीं बोली।

कलेक्टर मुसकराते हुए बोला, 'मैडम, मैंने कहा न। अनुभव सबकुछ सिखा देता है।'

वह लड़की की ओर मुड़ा और बोला, 'नीचे उतरो।'

फिर उसने मेरी ओर देखा और कहा, 'मैडम, अगर आप उसे दस रुपए दे देती हैं तो वह इतनी खुश होगी, जितनी टिकट लेकर नहीं होगी।'

मैंने उसकी बात नहीं सुनी। मैंने कलेक्टर को आखिरी स्टेशन, बंगलौर का टिकट देने को कहा, ताकि वह अपनी मरजी से किसी भी स्टेशन पर उतर सके।

कलेक्टर फिर मेरी ओर देखकर बोला, 'लेकिन उसे बर्थ नहीं मिलेगी और आपको जुरमाना भी देना होगा।' मैंने चुपचाप अपना पर्स खोला।

कलेक्टर बोलता रहा, 'अगर आप पैसे देना चाहती हैं तो आपको ट्रेन के शुरुआती स्टेशन से टिकट का पैसा चुकाना होगा।' मैंने चुपचाप अपना पर्स खोला।

ट्रेन बॉम्बे वीटी से चलकर बंगलौर जाती थी। मैंने चुपचाप टिकट का भुगतान कर दिया। कलेक्टर टिकट देकर भुनभुनाते हुए चला गया।

लड़की उसी जगह खड़ी रही। मैंने अपने सहयात्रियों से थोड़ा खिसककर लड़की को बैठने के लिए थोड़ी जगह देने को कहा, क्योंकि अब उसके पास एक वैध टिकट था। वे अनिच्छा से खिसके, फिर मैंने लड़की से कहा कि वह सीट पर बैठ जाए—मगर वह नहीं बैठी। मेरे जोर देने पर वह नीचे फर्श पर बैठ गई।

मुझे समझ नहीं आ रहा था कि बातचीत कैसे शुरू करूँ। मैंने उसके लिए खाना मँगाया और डिनर आने पर उसने खाने का डिब्बा हाथों में पकड़े रखा लेकिन खाया नहीं। मैं उसे खाने या बात करने के लिए तैयार नहीं कर पाई। अंत में मैंने उसे उसका टिकट दे दिया और कहा, 'देखो, मैं नहीं जानती कि तुम्हारे दिमाग में क्या चल रहा है, क्योंकि तुम मुझसे बात नहीं कर रही तो यह टिकट है। तुम जहाँ चाहो, उतर सकती हो।'

जैसे-जैसे रात गहराने लगी, लोग फर्श और अपनी बर्थों पर सोने लगे, लेकिन वह लड़की बैठी रही। अगली सुबह छह बजे मेरी आँख खुली तो वह ऊँघ रही थी। इसका मतलब वह कहीं नहीं उतरी थी। खाने का डिब्बा खाली था। मुझे खुशी थी कि उसने कम-से-कम कुछ खाया तो।

ट्रेन के बंगलौर पहुँचने के साथ कंपार्टमेंट खाली होने लगा। मैंने उसे फिर सीट पर बैठने के लिए कहा और इस बार उसने मेरी बात मान ली। धीरे-धीरे उसने बात करनी शुरू की। उसने मुझे बताया कि उसका नाम चित्रा है और वह बिडार के निकट एक गाँव में रहती है। उसके पिता कुली थे और उसके जन्म के

समय ही उसकी माँ चल बसी थी। उसके पिता ने दूसरी शादी कर ली और उसकी सौतेली माँ के दो बेटे हैं, लेकिन कुछ माह पहले उसके पिता की भी मृत्यु हो गई। उसकी सौतेली माँ उसे अकसर मारती थी और खाने को नहीं देती थी। उसके फटे, खून के धब्बे लगे ब्लाउज और उसके शरीर के जख्मों से लग रहा था कि वह सच बोल रही है। वह उस जिंदगी से थक चुकी थी। उसकी सहायता के लिए कोई नहीं था, इसलिए उसने बेहतर जिंदगी की तलाश में घर छोड़ दिया।

अब तक ट्रेन बंगलौर पहुँच चुकी थी। मैंने चित्रा को अलविदा कहा और उतरने के लिए अपना सामान उठा लिया। मैंने किसी की नजरें महसूस कीं। मुड़कर देखा तो चित्रा वहाँ खड़ी उदास आँखों से मेरी ओर देख रही थी, लेकिन मैं उसके लिए इससे अधिक कुछ नहीं कर सकती थी।

अपनी कार की ओर बढ़ते हुए मैंने महसूस किया कि चित्रा मेरे पीछे आ रही है। मुझे मालूम था कि उसका इस दुनिया में कोई नहीं है। अब मैं असमंजस में थी। मुझे समझ नहीं आ रहा था कि उसके साथ क्या करूँ। मैंने दयावश उसका टिकट लिया था, लेकिन यह नहीं सोचा था कि मुझे उसकी जिम्मेदारी उठानी पड़ेगी, लेकिन चित्रा के नजरिए से देखें तो मैंने उसकी मदद की थी और वह मेरे आस-पास रहना चाहती थी। जब मैं कार में बैठी तो वह बाहर खड़ी मुझे देखती रही।

एक पल के लिए मुझे डर लगा। 'मैं क्या कर रही हूँ?' मैंने खुद से पूछा। मैं बॉडी जंक्शन स्टेशन में एक लड़की की सुरक्षा को लेकर चिंता कर रही थी, लेकिन अब उसे बंगलौर जैसे बड़े शहर में अकेली छोड़ रही है, यह स्थिति पहले से भी बदतर थी। यहाँ चित्रा के साथ कुछ भी हो सकता था। आखिरकार वह एक लड़की थी। लोग बहुत तरीकों से उसकी अवस्था का फायदा उठा सकते थे।

मैंने उसे कार के अंदर आने के लिए कहा। मेरा ड्राइवर जिज्ञासा से लड़की को देख रहा था। मैंने उसे गाड़ी अपने मित्र राम के घर की ओर मोड़ने के लिए कहा। राम लड़कों और लड़कियों के लिए अलग-अलग आश्रय-गृह चलाते थे। इंफोसिस फाउंडेशन नियमित रूप से उनकी आर्थिक मदद करता रहता था। मैंने सोचा कि चित्रा वहाँ कुछ समय तक रह सकेगी और जब कुछ सप्ताह बाद मैं अपने टूर से वापस लौटूँगी तो उसके भविष्य के बारे में बात कर लेंगे। उस आश्रय-गृह में लगभग दस लड़कियाँ थीं और तीन चित्रा की आयु की थीं। वहाँ रहनेवाली अधिकतर लड़कियाँ मुझे पहले से जानती थीं।

मैं जैसे ही वहाँ पहुँची, वहाँ की महिला सुपरवाइजर मुझसे बात करने आईं।

मैंने उनको स्थिति समझाई और चित्रा को उन्हें सौंप दिया। मैंने चित्रा से कहा, 'तुम दो सप्ताह तक यहाँ रह सकती हो। चिंता मत करो। ये बहुत अच्छे लोग हैं। मैं दो सप्ताह बाद आकर तुमसे मिलती हूँ। यहाँ से भागना मत, कम-से-कम मेरे वापस आने तक इंतजार करना। अपनी महिला सुपरवाइजर से बात करो। तुम उन्हें अक्का बुला सकती हो। (कन्नड़ में बड़ी बहन को अक्का कहते हैं)।' मैंने सुपरवाइजर को कुछ रुपए दिए और लड़की के लिए कुछ कपड़े और बाकी जरूरी वस्तुएँ खरीदने के लिए कहा।

दो सप्ताह बाद मैं आश्रय-गृह वापस पहुँची। मुझे यकीन नहीं था कि चित्रा वहाँ मिलेगी या नहीं। लेकिन मुझे हैरत हुई, जब मैंने चित्रा को पहले से काफी खुश देखा। उसे जीवन में पहली बार अच्छा खाना मिल रहा था। उसने नए कपड़े पहने हुए थे और छोटे बच्चों को सबक याद करा रही थी। मुझे देखते ही वह तत्परता से उठ खड़ी हुई। सुपरवाइजर बोली, 'चित्रा एक अच्छी लड़की है। वह खाना बनाने में हमारी मदद करती है, आश्रयगृह की साफ-सफाई करती है और साथ ही छोटे बच्चों को पढ़ाती है। उसने हमें बताया कि वह अपने गाँव में पढ़ाई में अच्छी थी और हाईस्कूल में पढ़ना चाहती थी, लेकिन उसके परिवार ने उसे आगे पढ़ाई नहीं करने दी। वह यहाँ खुश है और आगे की पढ़ाई करना चाहती है। उसके भविष्य के लिए आपने क्या सोचा है? क्या हम उसे यहाँ रख सकते हैं?'

जल्दी ही राम भी आ गए। राम पूरी कहानी जानते थे और उन्होंने सुझाव दिया कि चित्रा नजदीक के हाईस्कूल में पढ़ सकती है। मैं तत्काल तैयार हो गई और कहा कि जब तक वह पढ़ना चाहे, मैं उसका खर्च उठाने को तैयार हूँ। मैं इस संतोष के साथ शेल्टर से निकली कि चित्रा को एक घर और अपने जीवन में एक नई दिशा मिल गई है।

मैं अपने काम में व्यस्त हो गई और वर्ष में एक बार ही शेल्टर जाना हो पाता था, लेकिन मैं हमेशा फोन पर चित्रा का हाल-चाल लेती रहती थी। मैं जानती थी कि वह अच्छे से पढ़ाई कर रही है और अच्छी प्रगति कर रही है।

वर्ष बीतते रहे। एक दिन राम ने फोन करके मुझे बताया कि चित्रा ने दसवीं कक्षा में पचासी फीसदी अंक हासिल किए हैं। जब मैं उसे बधाई देने और उससे बात करने शेल्टर गई तो वह बहुत खुश थी। वह आत्मविश्वास से भरपूर युवती के रूप में बदल रही थी। उसकी खूबसूरत, काली आँखों में एक चमक थी।

मैंने उससे कहा कि अगर वह आगे पढ़ना चाहे तो मैं उसकी कॉलेज की पढ़ाई का खर्च उठाने को तैयार हूँ। किंतु वह बोली, 'नहीं अक्का। मैंने अपने

दोस्तों से बात की है और फैसला कर लिया है। मैं कंप्यूटर साइंस में डिप्लोमा करना चाहती हूँ, ताकि तीन साल के बाद मुझे नौकरी मिल सके।' मैंने उसे इंजीनियरिंग में बैचलर्स डिग्री लेने के लिए तैयार करना चाहा, लेकिन वह नहीं मानी। वह जल्दी-से-जल्दी आर्थिक रूप से आत्मनिर्भर होना चाहती थी। अंदर-ही-अंदर मैं इसकी वजह जानती थी।

तीन साल बीत गए। चित्रा ने अच्छे अंकों से डिप्लोमा प्राप्त कर लिया। उसे एक सॉफ्टवेयर कंपनी में असिस्टेंट टेस्टिंग इंजीनियरिंग की नौकरी भी मिल गई। जब उसे पहला वेतन मिला तो वह एक साड़ी और मिठाई का डिब्बा लेकर मेरे ऑफिस आई। मैं उसके स्नेह से अभिभूत हो गई। बाद में मुझे पता चला कि उसने अपना पहला वेतन शेल्टर में हर किसी के लिए कुछ-न-कुछ खरीदने में खर्च कर दिया था।

कुछ ही दिन बाद राम ने एक नई समस्या पर बात करने के लिए मुझे फोन किया। 'चित्रा अब कमाने लगी है। इसलिए वह शेल्टर में नहीं रह सकती, क्योंकि यह सिर्फ विद्यार्थियों के लिए है।' मैंने राम से कहा कि मैं चित्रा से बात करूँगी और उससे किराए के रूप में प्रतिमाह एक निश्चित राशि शेल्टर को देने के लिए कहूँगी। इस तरह वह शादी होने तक वहाँ रह सकती है। मुझे लगता था कि चित्रा जैसी अविवाहित, अनाथ लड़की के लिए शेल्टर एक सुरक्षित जगह है।

राम ने मुझसे पूछा, 'क्या आप उसके लिए लड़का देखेंगी?' यह एक नई और अधिक बड़ी समस्या थी। उसकी अनौपचारिक गार्जियन के रूप में मुझे चित्रा के लिए एक लड़का चुनना था या उसे स्वयं अपना जीवनसाथी ढूँढ़ना होगा। यह एक बड़ी जिम्मेदारी थी। कोई हैरानी की बात नहीं है, जब लोग कहते हैं कि मैं खुद समस्याएँ बुलाती हूँ! किंतु ईश्वर उनसे निकलने के अनूठे तरीके भी मुझे सुझाता है। मैंने राम से कहा, 'वह अभी सिर्फ इक्कीस वर्ष की है। उसे कुछ साल नौकरी करने दो। अगर कोई उपयुक्त लड़का आपकी नजर में आए तो मुझे बताइए।'

मैंने चित्रा को बुलाया और शेल्टर में रहने के बारे में अपनी राय दी। वह खुशी-खुशी वहाँ रहने और किराया देने को तैयार हो गई।

दिन बीतते रहे और महीने वर्षों में बदलते रहे। एक दिन जब मैं दिल्ली में थी तो मुझे चित्रा का फोन मिला। वह काफी खुश लग रही थी। 'अक्का, मेरी कंपनी मुझे अमेरिका भेज रही है! मैं आपसे मिलना और आपका आशीर्वाद लेना चाहती थी, लेकिन आप बंगलौर में नहीं हैं।'

मैं चित्रा के लिए बहुत उत्साहित थी। मैंने कहा, 'चित्रा, अब तुम एक दूसरे

देश में जा रही हो। अपना ध्यान रखना और संपर्क करती रहना। मेरा आशीर्वाद हमेशा तुम्हारे साथ है।'

वर्ष गुजरते रहे। कभी–कभार मुझे चित्रा का कोई ई–मेल मिल जाता। उसका कॅरियर बहुत अच्छा चल रहा था। उसे अमेरिका के विभिन्न शहरों में भेजा जा रहा था और वह जीवन में बहुत खुश थी। मैंने मन–ही–मन प्रार्थना की कि वह जहाँ भी रहे, हमेशा खुश रहे।

कई वर्ष बाद मुझे सैन फ्रांसिस्को में कन्नड़ कूट के लिए एक भाषण देने के लिए आमंत्रित किया गया। कन्नड़ कूट एक ऐसा संगठन है, जहाँ कन्नड़ बोलनेवाले परिवार मिलते–जुलते हैं और कार्यक्रम आयोजित करते हैं। यह भाषण एक होटल के एक सम्मेलन कक्ष में था और मैंने उसी होटल में रहने का फैसला किया। भाषण के बाद मैं हवाई अड्डे के लिए निकलने की तैयारी कर रही थी। जब मैंने होटल के अपने कमरे से चेक आउट किया और बिल का भुगतान करने के लिए रिसेप्शन काउंटर पर पहुँची तो रिसेप्शनिस्ट बोली, 'मैडम, आपको कोई भुगतान करने की आवश्यकता नहीं है। वहाँ जो महिला हैं, उन्होंने आपके बिल का भुगतान कर दिया है। लगता है, वह आपको अच्छी तरह जानती हैं।'

मैं पीछे मुड़ी और वहाँ चित्रा को पाया। वह एक श्वेत युवक के साथ खड़ी थी और एक खूबसूरत साड़ी पहने हुए थी। वह छोटे बालों में बहुत सुंदर लग रही थी। उसकी काली आँखें प्रसन्नता और गर्व से दमक रही थीं। उसने जैसे ही मुझे देखा, एक मुसकराहट दी, मेरे गले से लगी और मेरे पाँव छुए। मैं हर्ष से अभिभूत थी और समझ में नहीं आ रहा था कि क्या बोलूँ।

'चित्रा, कैसी हो तुम? तुम्हें देखे जमाना बीत गया। क्या सुखद आश्चर्य है। तुम्हें कैसे पता चला कि मैं आज इस शहर में रहूँगी?'

'अक्का, मैं इसी शहर में रहती हूँ और मुझे पता चला कि आप स्थानीय कन्नड़ कूट में भाषण देने जा रही हैं। मैं भी यहाँ की सदस्य हूँ। मैं आपको सरप्राइज देना चाहती थी। आपके कार्यक्रम के बारे में पता लगाना मुश्किल नहीं है।'

'चित्रा, मुझे तुमसे कितना कुछ पूछना है। तुम्हारा काम कैसा चल रहा है? क्या तुम भारत गई हो? और सबसे महत्त्वपूर्ण सवाल कि क्या तुम्हें अपना मिस्टर राइट मिला? और तुमने मेरे होटल बिल का भुगतान क्यों किया?'

'नहीं अक्का, मैं यहाँ आने के बाद से अब तक भारत नहीं जा पाई हूँ। अगर मैं भारत आती तो आपसे मिले बिना कैसे लौट सकती थी? अक्का, मेरे पास

आपको बताने के लिए कुछ है। मुझे पता है कि आप हमेशा मेरी शादी को लेकर चिंतित रहती थीं। आपने कभी मेरी जाति नहीं पूछी, मगर आप हमेशा मेरा घर बसते हुए देखना चाहती थीं। मुझे पता है कि मेरे लिए लड़का तलाशना आपके लिए मुश्किल है। अब मुझे मेरा मिस्टर राइट मिल गया है। मेरे सहकर्मी जॉन से मिलिए। हम इस साल के अंत में शादी करने जा रहे हैं। आपको मेरी शादी में आकर आशीर्वाद देना होगा।' मैं चित्रा के लिए बहुत खुश थी, लेकिन मैं अपने मूल सवाल पर लौट गई। 'चित्रा, तुमने मेरे होटल का बिल क्यों दिया? यह सही नहीं है।'

आँसू भरी आँखों से अपने चेहरे पर कृतज्ञता का भाव लिये, वह बोली, 'अक्का, अगर आप मेरी मदद न करतीं तो मुझे नहीं पता कि मैं आज कहाँ होती—शायद भीख माँग रही होती, वेश्या होती, भगोड़ी या किसी के घर में नौकरानी···या हो सकता है कि मैं आत्महत्या कर चुकी होती। आपने मेरा जीवन बदल दिया। मैं हमेशा आपकी आभारी रहूँगी।'

'नहीं, चित्रा। मैं तुम्हारी कामयाबी की सीढ़ी का सिर्फ एक छोटा सा हिस्सा हूँ।' मैं बोली, 'तुम्हारी कामयाबी में बहुत लोगों का योगदान है, जिस शेल्टर में तुम्हें देख-रेख मिली, जिन स्कूलों ने तुम्हें अच्छी शिक्षा दी, जिस कंपनी ने तुम्हें अमेरिका भेजा और सबसे ऊपर तुम एक दृढ़निश्चयी और मेहनती लड़की हो, जिसने अपना जीवन खुद बनाया है। एक छोटे से प्रयास को पूरी सफलता का श्रेय नहीं दिया जा सकता।'

'यह आपका सोचना है अक्का। मैं आपसे इत्तफाक नहीं रखती,' वह बोली।

'चित्रा, तुम एक नया जीवन आरंभ करने जा रही हो और तुम्हें अपने नए परिवार के लिए पैसे बचाने चाहिए। तुमने मेरे होटल बिल का भुगतान क्यों किया?'

चित्रा ने जवाब नहीं दिया, लेकिन जॉन से मेरे पैर छूने को कहा। फिर अचानक सुबकते हुए, वह मेरे गले लगी और बोली, 'क्योंकि आपने बंबई से बंगलौर के मेरे टिकट का भुगतान किया था!'

□

रहमान की अज़्बा

रहमान एक बी.पी.ओ. में काम करनेवाला एक युवा और मृदुभाषी कर्मचारी था। वह हमारे फाउंडेशन का एक सक्रिय वालंटियर भी था। वह बेवजह कुछ नहीं बोलता था और अपनी उपलब्धियों की शेखी बघारने की उसे आदत नहीं थी।

रहमान एक परफेक्शनिस्ट था। उसे सौंपा गया हर काम वह बहुत अच्छे से निभाता था। वह सप्ताहांतों पर फाउंडेशन के लिए काम करता था और अनाथालय के बच्चों के लिए बहुत करुणा रखता था। वह हमेशा अपने पैसे खर्च करके बच्चों के लिए मिठाई लाता था। मैं उसे काफी पसंद करती थी। चूँकि हम साथ-साथ काम करते थे तो उसे पता चला कि मैं उत्तरी कर्नाटक में धारवाड़ जिले की हूँ। मेरी भाषा में उस क्षेत्र का विशिष्ट उच्चारण आता है और धारवाड़ के भोजन के प्रति मेरी पसंद जगजाहिर है। एक दिन रहमान ने मुझसे पूछा, 'मैम, अगर आप इस रविवार कुछ नहीं कर रही हैं तो क्या आप मेरे घर आना पसंद करेंगी? मेरी माँ और बहन मेरे पास आनेवाली हैं? संयोग से मेरी माँ भी धारवाड़ जिले की हैं। मेरे परिवार ने कन्नड़ में आपके स्तंभ और आपकी पुस्तकें भी पढ़ी हैं। जब मैंने उन्हें बताया कि मैं आपके साथ काम करता हूँ तो उन्होंने आपसे मिलने की इच्छा जताई। क्या आप हमारे साथ दोपहर का भोजन करेंगी?'

'क्या तुम मुझे आश्वस्त करोगे कि मुझे अच्छा धारवाड़ी भोजन मिलेगा?' मैंने मजाक किया।

'मैं आपको यकीन दिलाता हूँ, मैम। मेरी माँ बहुत अच्छा खाना बनाती हैं।'

'रहने दो, रहमान। हर लड़का अपनी माँ के बारे में यही कहता है, चाहे वह कितना भी बुरा खाना बनाती हो। माँ का प्यार भोजन को स्वादिष्ट बनाता है।'

'जी नहीं, वह वाकई एक लाजवाब कुक हैं। यहाँ तक कि मेरी पत्नी का भी यही कहना है।'

'फिर तो जरूर यह सच होगा, क्योंकि कोई बहू बिना बात के अपनी सास के खाने की तारीफ नहीं कर सकती,' मैं मुसकराई। 'वैसे वे धारवाड़ जिले के किस गाँव की हैं?'

उसने मुझे रानेबेन्नुर के निकट किसी गाँव का नाम बताया, जो मैंने कभी नहीं सुना था। मैं खुशी-खुशी दोपहर के भोजन पर उनसे मिलने को तैयार हो गई।

उस रविवार मैं कुछ फूल लेकर मिलने गई। रहमान का नवनिर्मित अपार्टमेंट बनेरगट्टा रोड पर चिड़ियाघर के निकट था। जब मैं उसके घर में दाखिल हुई तो मेरी मुलाकात उसकी पत्नी सलमा से हुई। वह एक स्मार्ट और खूबसूरत लड़की थी। वह नजदीकी किंडरगार्टन में एक शिक्षिका का काम कर रही थी।

फिर उसने अपनी अब्बा को आवाज दी। उत्तरी कर्नाटक में माँ को अब्बा कहा जाता है। सफेद बालोंवाली एक बुजुर्ग महिला रसोईघर से निकली। रहमान ने उनसे परिचय कराया, 'यह मेरी माँ हैं।' मुझे थोड़ी हैरानी हुई—वह वैसी नहीं थीं, जैसी मैं उम्मीद कर रही थी। उनके माथे पर 25 पैसे के सिक्के के आकार की बड़ी बिंदी थी, उन्होंने एक इल्कल साड़ी पहन रखी थी, जिसके साथ दोनों कलाइयों में ढेर सारी हरी चूड़ियाँ थीं। उन्होंने साड़ी का पल्लू अपने सिर पर रखा हुआ था। उनके चेहरे पर एक संतोषपूर्ण मुसकान थी और उन्होंने हाथ जोड़कर मुझे नमस्ते की।

दूसरे कमरे से रहमान की बहन ने प्रवेश किया। वह रहमान से बहुत अलग थी। रहमान गोरा और बहुत खूबसूरत था। उसकी बहन लंबी और साँवली थी। वह सूती साड़ी पहने हुए थी। बहन के माथे पर माँ से थोड़ी छोटी बिंदी थी और हाथों में सोने की दो चूड़ियाँ थीं। रहमान ने कहा, 'यह मेरी बहन उषा है। हीरेकेरूर में रहती हैं। इनके पति और यह दोनों स्कूल में पढ़ाते हैं।'

रहमान की माँ और बहन से मिलने के बाद मैं भ्रमित हो गई, परंतु मैंने कोई प्रश्न नहीं पूछा।

मेरे आराम से बैठने के बाद उषा ने कहा, 'मैडम, हमें आपकी कहानियाँ बहुत अच्छी लगती हैं, क्योंकि हम उनसे जुड़ाव महसूस करते हैं। मैं बच्चों के लिए लिखी आपकी कुछ कहानियाँ स्कूल में पढ़ाती हूँ।' सलमा भी बातचीत में शामिल हो गई। 'मुझे भी वे कहानियाँ बहुत पसंद हैं, लेकिन मेरे विद्यार्थी समझने के लिए अभी बहुत छोटे हैं।' रहमान ने मुसकराते हुए कहा, 'आपको मेरी माँ और बहन को देखकर हैरानी हुई होगी। मैं अपनी कहानी आपके साथ बाँटना चाहता हूँ।'

उसकी माँ वापस रसोईघर में चली गईं और उषा ने मेज साफ करनी शुरू कर

दी। सलमा अपनी सासू माँ की मदद करने चली गई। वहाँ बस हम दो लोग रह गए।

'मैम, आप सोच रही होंगी कि मेरी माँ और बहन हिंदू कैसे हैं, जबकि मैं मुसलमान हूँ। सिर्फ आप मेरे जीवन की कहानी को समझ सकती हैं, क्योंकि मैंने आपको बिना किसी पक्षपात के सभी धर्मों और समुदायों के लोगों की मदद करते देखा है। मुझे याद है, जब आपने मुझसे कहा था, 'हम उस समुदाय या धर्म को नहीं चुन सकते, जिसमें हम जन्म लेते हैं—इसलिए हमें कभी यह नहीं सोचना चाहिए कि हमारा समुदाय हमारी पहचान है।'

रहमान थोड़ी देर रुका, फिर आगे बोला, 'मैम, मैं भी इस बात में विश्वास करता हूँ, क्योंकि मुझे भी उसी तरीके से पाला गया है। मैं अपने जीवन और दृष्टिकोण के बारे में आपको बताना चाहता हूँ।' रहमान ने अपनी कहानी शुरू की।

'तीस वर्ष पहले, हमारे गाँव के बाहरी भाग में काशीबाई और दत्तूराम अपनी छह माह की बेटी उषा के साथ रहते थे। वे बंबई में रहनेवाले अपने जमींदार श्रीकांत देसाई के दस एकड़ खेतों की देखभाल करते थे। श्रीकांत साल में एक बार अपना पैसा वसूल करने आते थे। खेत काफी दूर तक फैले हुए थे और काशीबाई तथा दत्तूराम के लिए उन्हें अकेले सँभालना मुश्किल हो रहा था। इसलिए उन्होंने जमींदार से अनुरोध किया कि एक और परिवार को उनके साथ रहकर खेतों में काम करने की अनुमति दें। इससे उनका अकेलापन भी दूर होगा।

'श्रीकांत ने अपने परिचितों से संपर्क किया और उन्हें इसके लिए एक उपयुक्त परिवार मिल गया। जल्दी ही फातिमा बी और हुसैन साब गाँव में आ गए। वे घर के एक हिस्से में रहने लगे और दूसरे हिस्से में काशीबाई और दत्तूराम पहले की तरह रहते रहे। हुसैन साब और दत्तूराम में अच्छी निभने लगी, लेकिन काशीबाई और फातिमा बी की आपस में बिलकुल नहीं बनती थी। ऐसा नहीं था कि वह बुरी थीं, लेकिन उनका स्वभाव बिलकुल भिन्न था। काशीबाई निर्भीक, बहुत स्पष्टवादी और मेहनती थीं। फातिमा बी शांत, आलसी और अंतर्मुखी महिला थीं। जाहिर था कि दोनों में लड़ाई शुरू हो गई। यह सब एक मुरगी को लेकर शुरू हुआ। काशीबाई की मुरगी घर के फातिमा बी वाले हिस्से में आकर अंडे दे देती। फातिमा बी अंडे वापस नहीं करतीं, क्योंकि उसे लगता कि उसकी मुरगी ने अंडे दिए हैं। काशीबाई ने अपनी मुरगी को रँगने की भी कोशिश की, ताकि वह फातिमा बी की मुरगी से अलग दिखे। दोनों महिलाओं को एक ही कुएँ से पानी लेना पड़ता था और उनमें इस वजह से भी लड़ाई होती थी, क्योंकि दोनों लगभग एक ही समय अपने बरतन और कपड़े धोना चाहती थीं। वे अपनी बकरियों को लेकर भी लड़ती थीं। फातिमा बी की बकरियाँ

काशीबाई के फूल और पत्ते खा जातीं, जो वह अपनी पूजा के लिए रखती थीं। कभी-कभी काशीबाई की बकरियाँ फातिमा बी की तरफ जाकर···कर आतीं। फातिमा बी वह भी नहीं लौटाती।'

'···में ऐसा क्या खास था?' मैंने बीच्च में टोका।

'मैम, बकरियों की लीद खाद के रूप में इस्तेमाल की जाती है।'

'अच्छा, मैं समझ गई। आगे कहो,' मैंने रहमान से आग्रह किया।

'लड़ाइयाँ जारी रहीं और कभी-कभार काशीबाई को महसूस होता कि उसने अपने जमींदार को यह कहकर भूल की कि उन्हें पड़ोसियों की जरूरत है। उसे लगता कि वह फातिमा बी के बिना काफी खुश थी। फातिमा बी भी उन खेतों को छोड़कर किसी और गाँव जाना चाहती थी, लेकिन हुसैन साब इसके लिए तैयार नहीं हुए। वह कहते, 'तुम स्त्रियाँ बेकार की चीजों पर लड़ती हो। यह हमारे लिए पैसे कमाने का एक अच्छा अवसर है। यहाँ की जमीन उपजाऊ है और पानी की कोई कमी नहीं है। हमारा जमींदार अच्छे स्वभाव का है और कभी-कभार ही आता है। हम आसानी से सब्जियाँ उगा सकते हैं। नजदीक कहीं मुझे ऐसा काम कहाँ मिलेगा? तुम्हें भी काशीबाई की तरह तेज होना चाहिए और अपना अहंकार छोड़ देना चाहिए। उनके साथ तालमेल बिठाने की कोशिश करो।'

ऐसी ही बातचीत घर के दूसरे हिस्से में भी होती। दत्तूराम अपनी पत्नी से कहते, 'इतनी आक्रामक मत बनो। तुम्हें फातिमा की तरह शांत होना चाहिए। हालाँकि वह आलसी है, लेकिन उनका स्वभाव अच्छा है।'

मगर हमेशा की तरह दोनों स्त्रियों ने कभी अपने पतियों की बात नहीं सुनीं।

समय के साथ काशीबाई की बेटी उषा दो साल की हो गई। फातिमा बी बच्चों से प्यार करती थी और उषा को खेलते देखकर खुश होती थी। फातिमा बी को मेंहदी बहुत पसंद थी। वह हर माह खेत में लगे मेंहदी के पौधे से मेंहदी लेकर अपने हाथों पर लगाती और उषा भी उनके साथ आ जाती। उषा को मेंहदी का खूबसूरत नारंगी रंग बहुत पसंद था। वह घर आकर अपनी माँ से कहती, 'तुम भी फातिमा काकू की तरह अपने हाथों पर मेंहदी क्यों नहीं लगातीं?' (स्थानीय भाषा में आंटी को काकू कहा जाता है)।

इस बात से काशीबाई चिढ़ गई। वह बोली, 'फातिमा अपने हाथों में मेंहदी लगा सकती है, क्योंकि उसका पति काम करता है और रसोई में भी मदद करता है। वह बस बिस्तर पर बैठकर रेडियो सुनती है। अगर मैं ऐसा करूँ तो क्या तुम्हारे पिता आकर रसोई में काम करेंगे?' फातिमा बी के कानों में यह बातचीत पड़ती, लेकिन

फिर भी उसने नन्हीं उषा से अपनी दोस्ती बरकरार रखी।

जब फातिमा गर्भवती हुई तो वह और भी आलसी हो गई। जब वह गर्भावस्था के आखिरी चरण में थी तो उसकी एक दूर की रिश्तेदार फातिमा की मदद के लिए आई। कुछ दिन बाद गाँव में एक उत्सव हुआ और दत्तूराम तथा उसका परिवार उसमें शामिल होने के लिए गया। जब वे लौटे तो फातिमा बी घर पर नहीं थी। वह नाजुक हालत में अस्पताल में भरती थी और उसने एक पुत्र को जन्म दिया था। घर में सन्नाटा छाया हुआ था, लेकिन वह सन्नाटा काशीबाई के कानों में चुभ रहा था। वह रोने लगी। फातिमा बी के ऐसी गंभीर हालत में अस्पताल में होने के कारण वह बहुत उदास थी। अगले दिन उसने सुना कि फातिमा बी नहीं रहीं।

हुसैन साब अपने नवजात शिशु के साथ अकेले रह गए। दाई एक महीने रहकर चली गई। एक छोटे शिशु की देखभाल करना हुसैन साब के लिए बहुत दुष्कर काम था। हुसैन साब या फातिमा बी का कोई रिश्तेदार ऐसा नहीं था, जो नन्हे शिशु की देखभाल कर सके। उनमें अधिकतर कुली थे और एक नवजात शिशु रिश्तेदारों के लिए बोझ ही होता। दत्तूराम ने काफी मदद की और हुसैन साब को खेतों में कम काम करने की इजाजत दी, ताकि वह बच्चे की देखरेख कर सकें, किंतु अकेले एक छोटे शिशु की देखभाल करना बहुत मुश्किल है।

एक रात शिशु ने अनवरत रोना शुरू कर दिया और काशीबाई को वह सहन नहीं हो रहा था। उसे लगा कि अब बहुत हुआ। आखिर वह एक नन्हा सा शिशु था। जब किसी बच्चे की बात आती है तो किसी स्त्री की भावनाएँ पुरुष से बहुत भिन्न होती हैं। उसकी ममता ने उसे पड़ोसी के दरवाजे तक पहुँचा दिया और उसने अपने पति की प्रतीक्षा किए बिना हुसैन साब का दरवाजा खटखटाया। हुसैन साब के दरवाजा खोलने पर वह बोली, 'हुसैन साब, बच्चे को मुझे दे दीजिए। मैं एक माँ हूँ। उसे सँभाल सकती हूँ।' उसने शिशु को गोद में उठाया, उसे अपने पल्लू से ढका और अपने सीने से लगाए हुए अपने घर लौट गई। शिशु ने तुरंत रोना बंद कर दिया। बच्चे के जन्म के बाद से पहली बार हुसैन साब पूरी रात आराम से सोए।

अगले दिन काशीबाई ने हुसैन साब से कहा, 'जब तक आप दूसरी शादी नहीं कर लेते, मैं इस बच्चे की देखभाल करूँगी। आप चिंता न करें।' वह फातिमा बी के साथ अपनी दुश्मनी भूल गई और अब उस पर शर्मिंदा भी होने लगी। उसे लगा कि उसे फातिमा बी के साथ अच्छा व्यवहार करना चाहिए था। अब काशीबाई को बकरियों के मल या मुरगियों के अंडों की कोई परवाह नहीं थी। उसके लिए शिशु की देखभाल अधिक महत्त्वपूर्ण थी।

शिशु का नाम रहमान रखा गया और सभी को हैरत में डालते हुए हुसैन साब ने दूसरी शादी नहीं की। रहमान काशीबाई के घर में बड़ा हुआ और उसे अब्बा बुलाने लगा। उषा उसकी अक्का बन गई। रहमान अपने पिता के घर में ही सोता था, लेकिन सूरज उगते ही वह तैयार होने के लिए काशीबाई के घर की ओर भागता। जबकि उषा खुद से स्नान करती थी, नन्हें रहमान को काशीबाई नहलाती थी। वह उन्हें नाश्ता देती, उनके दोपहर का भोजन पैक करती और उन्हें स्कूल लेकर जाती। हालाँकि उषा रहमान से दो साल बड़ी थी, लेकिन काशीबाई ने दोनों को एक ही कक्षा में डलवाया। काशीबाई दोपहर को खेत में काम करती और शाम को बच्चों को वापस लाती। हुसैन साब रहमान के लिए रात का खाना बनाते और रहमान रात को वापस जाकर अपने पिता के साथ सो जाता। ऐसा दस वर्षों तक चलता रहा।

जब रहमान दस वर्ष का और उषा बारह वर्ष की थी तो हुसैन साब बीमार पड़े और उनकी सारी बचत अपने इलाज पर खर्च हो गई। इस बीच काशीबाई ने दो भैंसें पाल लीं और दूध का व्यवसाय शुरू कर दिया। वह अपने पति से अधिक पैसे कमाने लगी।

उसी वर्ष हुसैन साब की टीबी से मृत्यु हो गई। रहमान अकेला रह गया। हुसैन साब के जनाजे में बहुत कम लोग थे। एक दूर के रिश्तेदार ने आकर मुल्ला से कहा कि वह रहमान की देखभाल करेगा, लेकिन जब रहमान को ले जाने का समय आया तो वह रिश्तेदार गायब हो गया। बिना किसी हिचकिचाहट के दत्तूराम और काशीबाई ने रहमान को अपने घर में रख लिया। रहमान काशीबाई के घर में रहकर खुश था।

काशीबाई रहमान के धर्म को लेकर बहुत सजग थी। वह प्रत्येक शुक्रवार उसे नमाज पढ़ने भेजती और छुट्टियों में उसे स्थानीय मसजिद में कुरान की कक्षा में भेजती। उसने रहमान को सभी मुसलिम त्योहारों में भाग लेने को कहा, जबकि गाँव में बहुत कम मुसलमान थे। रहमान अपने घर में मनाए जानेवाले हिंदू त्योहारों में भी हिस्सा लेता। दत्तूराम और काशीबाई ने दोनों बच्चों के लिए दो साइकिल खरीदीं। रहमान और उषा साइकिल से हाईस्कूल जाते और बाद में साइकिल से एक ही कॉलेज भी जाते थे।

आखिरकार उन्होंने स्नातक की शिक्षा प्राप्त कर ली और उस दिन काशीबाई ने रहमान से कहा, 'दुर्भाग्य से हमारे पास तुम्हारे माता-पिता की कोई तसवीर नहीं है। इसलिए मक्का की ओर मुँह करके अल्लाह से दुआ माँगो। फातिमा बी और हुसैन साब से दुआ माँगो। वे तुम्हें आशीर्वाद देंगे। अब तुम बड़े और आत्मनिर्भर हो

गए हो। अगले माह उषा का विवाह हो रहा है। उषा और तुम्हारे प्रति मेरी जिम्मेदारियाँ अब खत्म हो गई हैं।'

काशीबाई के स्नेह और समर्पण ने रहमान को अभिभूत कर दिया। उसे अपनी माँ की शक्ल भी याद नहीं थी। उसने अल्लाह और अपने माता-पिता से दुआ माँगी और फिर काशीबाई के पैर छुए। उसने कहा, 'अब्बा, तुम मेरी अम्मी हो। तुम मेरे लिए मक्का हो।'

रहमान को बंगलौर में एक बी.पी.ओ. में नौकरी मिल गई और वह घर से चला गया। उसने कुछ सालों तक अलग-अलग फर्मों के लिए काम किया, अपने कॅरियर में उन्नति की और अच्छे पैसे कमाने लगा। वह एक मित्र की शादी में सलमा से मिला और उससे प्रेम करने लगा। काशीबाई और दत्तूराम की सहमति से उसने सलमा से शादी कर ली।'

अपनी कहानी खत्म करते-करते रहमान बहुत भावुक हो गया और उसकी आँखों में आँसू आ गए।

मुझे काशीबाई पर हैरत हो रही थी। वह अशिक्षित थी, लेकिन मानवीय मूल्यों में कहीं अधिक आगे थी। उसके हृदय की विशालता को देखकर मैं हैरान और नतमस्तक थी। काशीबाई ने उस बच्चे को उसके धर्म के साथ पाला था और फिर भी अपने बेटे की तरह उसे प्यार किया था। इस समय तक भोजन तैयार हो चुका था और उषा ने मुझे खाने के लिए आमंत्रित किया। उस स्वादिष्ट भोजन का स्वाद लेते हुए मैंने उषा से पूछा, 'आपको किस चीज ने यहाँ आने के लिए प्रेरित किया।

मेरे स्कूल में छुट्टियाँ थीं और मैंने अपनी छुट्टियाँ बढ़ा लीं, ताकि मैं पंचमी पर आ सकूँ।'

पंचमी अधिकतर लड़कियों, खासतौर पर विवाहित स्त्रियों द्वारा मनाया जानेवाला एक त्योहार है, जिसमें वे अपने भाई के घर आती हैं। वह उत्तर में मनाए जानेवाले राखी के त्योहार के समान है। मैंने अपने देश का इतिहास याद किया और मुझे याद आया कि रानी करुणावती ने सम्राट् हुमायूँ से सुरक्षा की माँग करते हुए राखी भेजी थी। अब मैंने भोजन के कमरे में दीवार पर नजर डाली और पहली बार रहमान के घर में टँगी दो तसवीरों पर गौर किया। एक मक्का की और दूसरी कृष्ण की, जो एक-दूसरे के बगल में लगी हुई थीं।

□

गंगा का घाट

गंगा कर्नाटक के एक छोटे से गाँव में मजदूरी करती थी। वह गाँव सूखे के लिए बदनाम है। वह एक अधेड़ उम्र की स्त्री थी, जो टीले के निकट एक फूस की झोंपड़ी में रहती थी; वह कभी अपनी झोंपड़ी में ताला नहीं लगाती थी, क्योंकि उसके पास ऐसा कुछ नहीं था, जिसे चुराया जा सके। उसकी दिनचर्या सरल थी। वह सुबह उठती, काम करने के लिए खेतों में जाती, अपनी दिहाड़ी कमाकर वापस घर आती। वह पानी भरकर लाती, स्नान करती, अपना भोजन बनाती और खाकर सो जाती। उसकी दिनचर्या प्रतिदिन एक समान होती, सिवाय सोमवार के, जिस दिन गाँव में अवकाश रहता था। आमतौर पर सोमवार को गाँव में सबकुछ बंद होता था, क्योंकि वह भगवान् का दिन होता है और नंदी उनका वाहन है। इसलिए सोमवार के दिन बैलों को अवकाश दिया जाता था और गाँव में छुट्टी रहती थी। उस इलाके के आस-पास पहाड़ों के कारण गाँव में पानी की बड़ी समस्या थी। सरकार ने बोरवेल खुदवाए थे और पानी एक टंकी में जमा होता था। हर किसी को टंकी से पानी लाने के लिए आधे किलोमीटर पैदल चलना पड़ता था। फिर भी, गरमियों में पानी मिलना बहुत मुश्किल था, क्योंकि वहाँ बिजली नहीं होती थी और काली सड़क बहुत गरम हो जाती थी। इसलिए गरमी का मौसम गाँव के लोगों के लिए एक अभिशाप था।

गंगा घर पर बेकार महसूस करती थी। वह बहुत अकेली थी और जिन दिनों उसके पास काम नहीं होता था, वह समझ नहीं पाती थी कि क्या करे। गरमियों के दौरान उसे वैसे भी बहुत काम नहीं मिलता था, क्योंकि खेतों में बहुत कम काम होता था। वह यह सोचकर निराश हो जाती थी कि उसके जीवन का कोई लक्ष्य नहीं है और ऐसा कुछ नहीं है, जिसके लिए वह जिए।

गरमियों की एक शाम वह काम के बाद खेतों से घर लौटी और बहुत

थकान महसूस कर रही थी। उसने स्नान किया और अभी खाना पकाना शुरू करने ही वाली थी, जब उसने एक बूढ़े भिखारी को अपनी झोंपड़ी के सामने खड़े देखा।

गंगा बोली, 'बाबा, मैंने अभी तक खाना नहीं पकाया है और आज मेरे पास बहुत कम चावल हैं। आप किसी दूसरे दिन आना तो मैं आपको भोजन दूँगी।'

बुजुर्ग ने जवाब नहीं दिया। गंगा ने अपनी बात दोहराई। तब वह बोला, 'अक्का, मुझे चावल नहीं चाहिए। क्या तुम मुझे एक बालटी गुनगुना पानी दे सकती हो? मेरे शरीर में खुजली हो रही है। किसी ने मुझसे कहा कि मुझे गुनगुने पानी से स्नान करना चाहिए। उससे खुजली कम हो जाएगी। मैं रात को सो नहीं पाता। गरमियों में काफी धूल होती है और इस उम्र में उससे मुझे तकलीफ हो रही है।'

गंगा उसके इस विचित्र अनुरोध पर बहुत परेशान हो गई। वह बोली, 'इस गाँव में पानी मिलना आसान नहीं है। इतनी गरमी में मुझे पानी के लिए आधा किलोमीटर चलना पड़ता है। मैं आपके लिए यह काम नहीं कर सकती।'

'अक्का, मेरे पास कोई नहीं है। न ही मेरे पास बरतन या जलावन है। मैं एक भिखारी हूँ। तुम तो इतनी समृद्ध हो। तुम्हारे पास रहने के लिए झोंपड़ी, बरतन, जलावन और पानी है। यदि तुम मुझे पानी नहीं दे सकती तो मैं चला जाऊँगा,' उसने कहा।

जब वह जाने के लिए मुड़ा तो गंगा को एक अवर्णनीय अनुभूति हुई। किसी ने कभी उसे यह नहीं कहा था कि वह एक अमीर स्त्री है। उसे हमेशा काम के लिए आदेश दिया जाता था। यह एक अलग सा एहसास था और उसे यह अच्छा लगा। उसने अपना मन बदला और भिक्षुक को आवाज दी, 'बाबा, बैठो। मैं तुम्हें गुनगुना पानी देती हूँ।'

पानी पाकर भिक्षुक बहुत खुश हुआ। उसने झोंपड़ी के एक किनारे स्नान किया और साबुन की जगह एक पत्थर से अपना बदन रगड़ा। उसने बड़ी सावधानी से पानी खर्च किया। स्नान के बाद उसने दूसरे फटे कपड़े पहन लिये और कहा, 'अक्का, ईश्वर का आशीर्वाद तुम पर बना रहे।' फिर वह चला गया।

अगले दिन जब गंगा भोजन पकाना शुरू करने ही वाली थी, वह भिखारी फिर वहाँ आया। उसे देखते ही गंगा चिढ़ गई। उसने सोचा कि एक बार किसी भिखारी की मदद करने पर वे फिर कभी पीछा नहीं छोड़ते। वे जानते हैं कि अड़े रहकर उन्हें वह मिल जाएगा, जो वह चाहते हैं।

इस बार उसने थोड़े सख्त लहजे में पूछा, 'तुम फिर क्यों आए हो?'

'अक्का, मैं पिछली रात बहुत अच्छे से सोया। मैं फिर तुमसे एक और बालटी गुनगुना पानी माँगने आया हूँ।'

गंगा ने कोई जवाब नहीं दिया। उसका दिमाग मना कर रहा था, लेकिन उसका हृदय हाँ कह रहा था। आखिर उसका क्या जाएगा? सिर्फ एक बालटी पानी। बूढ़ा भिखारी धैर्य से उसके उत्तर की प्रतीक्षा करता रहा। गंगा ने अपने बरतन की ओर देखा। उसमें तीन बालटी पानी था। उसने बिना कुछ कहे पानी गरम किया और एक बालटी पानी भिखारी को दे दिया। उसने स्नान किया, गंगा को आशीर्वाद दिया और चला गया।

अगले दिन गंगा को पता था कि वह फिर आ सकता है। इसलिए उसने एक बालटी अधिक पानी भरकर रखा। वह फिर से आया। उसके कुछ कहने से पहले ही गंगा ने उसे एक बालटी गुनगुना पानी थमा दिया और कहा, 'फिर मत आना। मैं रोज-रोज यह नहीं कर सकती।'

'अक्का, यदि तुम एक सप्ताह तक मुझे पानी दे सको तो मैं तुम्हारा बहुत शुक्रगुजार रहूँगा। मैं बूढ़ा हूँ और पानी नहीं ला सकता, लेकिन मैं जंगल से तुम्हारे लिए सूखे पत्ते ला सकता हूँ। तुम्हें उससे खाना पकाने में मदद मिलेगी,' बूढ़े भिखारी ने स्नान किया और चला गया।

वादे के अनुसार अगले दिन वह गंगा के लिए सूखे पत्तों का एक गट्ठर ले कर आया। गंगा जानती थी कि वह एक सप्ताह तक आएगा। इसलिए वह हमेशा अधिक पानी लाकर रखती। अब हर सुबह वह एक उद्देश्य के साथ उठती कि उसे अधिक पानी लाना है। हालाँकि यह काम थकाऊ था, लेकिन उसके पास एक लक्ष्य था। कोई उसकी प्रतीक्षा करता था। कोई उसे प्रतिदिन आशीर्वाद देता था। इससे उसे अच्छा लगता था।

एक सप्ताह बाद गंगा को लगा कि बूढ़ा आदमी अब नहीं आएगा, लेकिन उस दिन उसने दो लोगों को अपनी झोंपड़ी की ओर आते देखा। वह बूढ़ा आदमी एक और बूढ़े भिखारी को साथ लेकर आया था, जो उतनी ही दयनीय स्थिति में था और अपने शरीर को बार-बार खुजला रहा था। गंगा को पता था कि आगे क्या होनेवाला है। उनके कुछ बोलने से पहले वह बोली, 'यह कोई नहानेवाला घाट नहीं है। तुम यहाँ लोगों को लाकर मुझसे यह उम्मीद नहीं कर सकते कि मैं उनके स्नान के लिए पानी देती रहूँ।'

दोनों चुपचाप खड़े रहे और हिले नहीं। फिर पहले बूढ़े आदमी ने कहा, 'अक्का, कृपया हमें थोड़ा पानी दे दो। यह वाकई बीमार है। अगर तुम हमें एक

बालटी पानी दे दोगी तो हम उसे किसी तरह बाँट लेंगे।'

गंगा जानती थी कि जब तक वह उन्हें पानी नहीं दे देगी, वे नहीं जाएँगे। बड़बड़ाते हुए उसने उन्हें डेढ़ बालटी पानी दे दिया। उन्होंने उसे ढेर सारा धन्यवाद दिया और पानी को खूब सावधानी से खर्च किया, जिससे एक भी बूँद व्यर्थ न हो। गंगा उनसे कहना चाहती थी, 'अगली बार खुद बालटी में पानी लेकर आना और मैं उसे गरम कर दूँगी।' लेकिन उनकी दशा और उम्र को देखते हुए वह कुछ कह नहीं पाई।

अगले दिन वह आम के बागान में आम तोड़ रही थी और जानती थी कि आज उसकी झोंपड़ी में दो लोग आनेवाले हैं। वह सोच रही थी कि पानी लाने के लिए टंकी तक चक्कर कैसे लगा पाएगी।

उसके साथ काम करनेवाली यमुना ने उससे पूछा, 'गंगा, तुम इतनी चिंतित क्यों लग रही हो? फसल अच्छी हुई है। हमें काम मिलता रहेगा। मजदूरी में पैसे भी अच्छे मिलते हैं। तुम्हारा तो कोई अधिक खर्च भी नहीं है। तुम्हें खुश होना चाहिए।'

तब गंगा ने अपनी समस्या बताई। यमुना मुसकराई और बोली, 'देखो, यदि तुम वाकई उन्हें पानी देना चाहती हो तो मैं तुम्हारी मदद करूँगी। मेरा बड़ा लड़का अपनी साइकिल पर पानी लाता है। मैं उससे कहूँगी कि वह हर दिन पानी का एक घड़ा तुम्हारी झोंपड़ी के आगे छोड़ दिया करे।'

इस तरह गंगा की समस्या हल हो गई।

अब गंगा ने प्रतिदिन दोनों बूढ़े लोगों को दो बालटी पानी देना शुरू कर दिया। दस दिन बाद उसने तीन लोगों को आते देखा। लेकिन इस बार वह परेशान नहीं हुई। वह जानती थी कि बात फैल चुकी है। लोग जान गए थे कि यदि आपको स्नान करना है तो आप गंगा के घर जा सकते हैं। उसने सोचा, 'पानी देने में गलत क्या है? इससे मेरा काम जरूर बढ़ जाएगा, लेकिन कम-से-कम कुछ लोगों को फायदा तो होगा। वैसे भी मैं खाना पकाने के बाद क्या करती हूँ? मैं सोने चली जाती हूँ। अगर मैं और आधा घंटा काम कर लूँ तो कुछ लोगों को राहत मिलेगी और वे मुझे आशीर्वाद भी देंगे। इस बार उसने बिना कुछ कहे उन्हें तीन बालटी पानी दे दिया।'

उसका सोचना सही था। गाँव में बात फैल गई थी कि गंगा स्नान के लिए लोगों को मुफ्त में गरम पानी देती है। इसका लाभ उठानेवाले कुछ लोग स्वस्थ शरीरवाले मध्यवय के लोग थे। वे उसके लिए पानी भरकर ला देते। गाँव में कुछ

लोगों ने सोचा कि वे खुद यह काम नहीं कर सकते, इसलिए उन्होंने रोज गंगा को एक बालटी पानी देने का फैसला किया।

अब गंगा ने पाया कि उसके पास इतना पानी इकट्ठा करने के लिए बरतन नहीं है। तुरंत एक उदार दानी व्यक्ति ने उसे एक बड़ा ड्रम दे दिया। साथ ही जो भी जंगल से जलावन की लकड़ियाँ लाने जाता, वह उसकी झोंपड़ी के आगे एक गट्ठर छोड़ जाता, ताकि वह पानी गरम करने के लिए उनका इस्तेमाल कर सके।

गंगा ने कभी किसी से नहीं पूछा कि वह पानी क्यों ला रहा है या उसके दरवाजे पर जलावन की लकड़ियाँ क्यों रख रहा है। वह बिना कुछ बोले अपना काम करती रहती।

कुछ माह बाद महिलाएँ भी इस पंक्ति में शामिल हो गईं। गंगा ने महिलाओं के लिए नारियल के पत्तों से घेरकर एक अलग स्नानघर बना दिया। उसने दिन के दौरान मजदूरी का अपना काम जारी रखा और यह काम वह शाम में करती थी। अब आनेवाले लोगों की संख्या बढ़ते-बढ़ते तीस हो गई और अंत में चालीस तक पहुँच गई।

मौसम बदला। बारिश होने लगी और मौसम ठंडा हो गया। अब गंगा को स्नान के लिए गरम पानी देना पड़ता था।

गंगा को अपने जीवन का उद्देश्य मिल गया था। वह सुबह उठकर काम पर चली जाती। शाम को वापस आने के बाद वह देखती कि पानी कितना है। पर्याप्त पानी न होने पर वह और पानी ले आती। लकड़ियों की कोई समस्या नहीं थी और वह हमेशा बहुतायत में होतीं।

जब मैं गंगा से मिली तो उसका काम देखकर दंग रह गई। लोग उसके काम के बारे में नहीं जानते थे, लेकिन उसने स्पष्ट कहा कि वह मीडिया से बात नहीं करना चाहती। उसने कहा, 'मैं यह काम इसलिए करती हूँ, क्योंकि मुझे यह काम पसंद है। इसने मुझे अपने जैसे लोगों की सेवा करने का अवसर दिया, जिनके जीवन में कोई उद्देश्य नहीं है। लोगों की मदद करने के लिए बहुत पैसों की आवश्यकता नहीं होती। मैं इस काम पर कोई पैसा खर्च नहीं करती। यहाँ जैसे धूल भरे स्थान में चर्म रोग आम बात है। रोज स्नान करने से चर्म चिकित्सक दूर रहता है' और वह अपने मजाक पर मुसकरा पड़ी।

अपने अति उत्साह में मैं बोली, 'गंगा, मैं तुम्हें साबुन के डिब्बे और सौ सूती तौलिए दूँगी। तुम इसे बाँट सकती हो। हमारा औषधीय साबुन उनकी और मदद करेगा।'

मैंने सोचा कि वह खुशी से उछल पड़ेगी, लेकिन ऐसा कुछ नहीं हुआ। वह बोली, 'मैडम, आज भी मैं अपनी झोंपड़ी में ताला नहीं लगाती। लोग मेरे काम के बारे में जानते हैं और खुद मेरी मदद करते हैं। आप जब मुझे साबुन और तौलिए देंगी तो मुझे उस सामान को ताले में रखना होगा। साबुन बाँट देने के बाद जब वह खत्म होगा, लोग मुझसे और साबुन की माँग करेंगे। कुछ लोग अलग तरह का साबुन भी माँग सकते हैं। तौलिये के फटने के बाद वे मुझसे और तौलिये माँगेंगे। यदि मैं उन्हें नहीं दूँगी तो लोगों को लगेगा कि मैं साबुन और तौलिये छिपाकर रखती हूँ। मैं इस काम को अपनी सीमाओं में रहकर ही करना चाहती हूँ। यदि आप साबुन और तौलिये देना चाहती हैं तो आप स्वयं लोगों को दे सकती हैं। मुझे कोई आपत्ति नहीं है।' मुझे गंगा की बात समझ आ गई और मैंने उसे पूरे दिल से स्वीकार किया। मैं जानती थी कि उसकी बात सही है। पैसा अपने साथ उम्मीदें लाता है और सामाजिक कार्य का नाजुक संतुलन बिगाड़ देता है।

अचानक मुझे गंगा नदी की याद आई। यह नदी हिमालय से निकलती है और हम विश्वास करते हैं कि उसमें डुबकी लगाने पर हमारे सारे पाप और बीमारियाँ धुल जाती हैं। इसलिए वाराणसी, हरिद्वार और ऋषिकेश के स्नान घाट प्रसिद्ध हैं। गंगा का स्नानघाट गंगा नदी के घाटों से कम नहीं था।

□

जब मैंने दूध पीना छोड़ दिया

उड़ीसा राज्य बहुत सुंदर है। वहाँ नीलाद्रि के नीले पहाड़, महानदी जैसी खूबसूरत नदियाँ और मनमोहक वन हैं। वह उदयगिरि, धौली, नमकीन पानी की सबसे बड़ी झील चिल्का और पुरी में जगन्नाथ की प्रसिद्ध रथ यात्रा जैसे ऐतिहासिक स्थानों के लिए प्रसिद्ध है। कलिंग का युद्ध कौन भूल सकता है, जो दया नदी के तट पर हुआ। आज भी अशोक का शिलालेख देखकर आपको कलिंग या आज के उड़ीसा की महानता का पता चलता है। परंतु इन सभी प्राकृतिक संसाधनों के साथ राज्य का एक अंधकारमय पक्ष भी है—उड़ीसा के गरीब और आदिवासी लोग।

मैं एक सुदूर के गाँव में काम कर रही थी और हम वहाँ बच्चों के लिए एक स्कूल का निर्माण कर रहे थे। उस इलाके में एक खूबसूरत पहाड़ और एक झील थी और हर कहीं हरियाली थी। गाँव तक पहुँचनेवाली दुर्गम सड़क उसके सौंदर्य को अक्षुण्ण रखने में मदद करती थी। एक दिन मैं किसी काम के लिए गाँव में थी, तभी जोरों की बारिश शुरू हो गई। वर्षा के समय जंगल से बाहर आना बहुत कठिन होता है और यह पता लगाना असंभव होता है कि बारिश कब बंद होगी। मेरे साथ एक अनुवादक था, जो उड़िया और अंग्रेजी दोनों भाषाएँ जानता था और वह मेरे काम में मेरी मदद कर रहा था। उसने सुझाव दिया कि हम बारिश रुकने तक नजदीक की एक झोंपड़ी में शरण ले लें। इसलिए हम पास की बस्ती की ओर चले गए।

झोंपड़ी छोटी सी थी और उसकी छत फूस की तथा फर्श मिट्टी का था। प्रवेश करते ही मैंने ध्यान दिया कि एक बड़े से कमरे को बीच से विभाजित करके दो कमरे बना दिए गए थे। पहला हिस्सा दिन के दौरान हॉल का और रात में शयनकक्ष का काम करता था। दूसरा हिस्सा रसोईघर था। झोंपड़ी के स्वामी ने

आकर हमारा स्वागत किया। उन्होंने हमें बैठने के लिए एक चटाई दी। मैंने देखा कि बारिश का पानी झोंपड़ी के सामने झील में समा रहा था। वह एक दिलचस्प नजारा था। घड़ी की टिक-टिक की आवाज के बावजूद मैंने महसूस किया कि समय रुक सा गया है। अंदर गृहस्वामी का शिशु रो रहा था और उसकी माँ उसे शांत करने के लिए लोरी गा रही थी। कुछ समय बाद मेरा अनुवादक ऊब गया और उसने कहा कि वह बाहर जा रहा है तथा एक घंटे बाद वापस मुझसे मिलेगा। मैंने उससे पूछा कि इस झमाझम बारिश में वह कहाँ जा रहा है। उसने बताया कि वह झोंपड़ी के निकट स्थित एक छोटी दुकान में जा रहा है। मेरे मेजबान मुझे कुछ खिलाना-पिलाना चाहते थे। भारतीय मेहमाननवाजी का तकाजा है कि जब आपके घर पर कोई मेहमान आए तो आपको उन्हें कुछ पेश करना चाहिए, चाहे आप कितने भी गरीब क्यों न हों। उपनिषद् में कहा गया है 'अतिथि देवो भव।' इसका अर्थ है कि ईश्वर अतिथि का रूप धारण कर घर आते हैं। भारतीयों का मानना है कि आपको अपने अतिथि की खातिरदारी में कोई कमी नहीं रखनी चाहिए। यह व्यक्ति भी अपवाद नहीं था।

वह मेरी भाषा नहीं बोल सकता था, इसलिए उसने टूटी-फूटी हिंदी में मुझसे पूछा, 'चाय…?'

मैं चाय या कॉफी नहीं पीती, इसलिए मैंने दृढ़ता से इनकार कर दिया। कुछ देर बाद उसने हिचकिचाते हुए पूछा, 'दूध?'

मैं दूध भी नहीं पसंद करती, लेकिन मैं उसकी हर बात पर इनकार करके उसकी भावनाओं को ठेस नहीं पहुँचाना चाहती थी। इसलिए मैंने हाँ में सिर हिला दिया।

वह कमरे के दूसरी ओर गया और अपनी पत्नी से उड़िया में बात की। 'मैडम एक बड़े शहर से इतनी दूर से आई हैं। वह एक स्कूल बनाते हुए हमारे गाँव की मदद कर रही हैं, ताकि हमारे बच्चे अच्छी तरह पढ़ाई कर सकें। हो सकता है कि बारिश कुछ समय तक न रुके। कृपया उन्हें एक गिलास दूध दो, क्योंकि वह हमारी अतिथि हैं।'

मैं संस्कृत अच्छी तरह जानती हूँ, क्योंकि मैंने उसे बचपन से सीखा है। नतीजतन मैं बहुत सी भारतीय भाषाएँ समझ सकती हूँ। मैं उसे धाराप्रवाह भले नहीं बोल सकती, लेकिन मैं काफी हद तक उड़िया समझ सकती हूँ। मेरे मेजबान को लगा कि मैं उड़िया नहीं समझती, क्योंकि मेरे साथ एक अनुवादक था। इसलिए वह निश्चिंत होकर अपनी पत्नी से मेरे बारे में बात कर रहा था।

अपने पति की बात सुनकर महिला बहुत परेशान हो गई। बच्चा लगातार रो रहा है। मुझे लग रहा है, मानो बारिश की आवाज और बच्चे के रोने में जुगलबंदी हो रही है! उसने चिढ़ते हुए कहा, 'बाहर बैठी महिला के बाल सफेद हो गए हैं लेकिन उसमें कोई समझदारी नहीं है। हम गरीब लोग हैं। हमें एक बच्चे की देखभाल करनी है। मेरे पास बच्चे के लिए सिर्फ एक गिलास बकरी का दूध बचा है। इस गाँव में मुझे इस दूध के लिए भी कड़ी मेहनत करनी पड़ती है। अगर मैडम चाय लेंगी तो मैं कुछ चम्मच दूध दे सकती हूँ। अगर वह मछली खाना चाहें तो मैं तालाब से पकड़कर मछली का बढ़िया झोल बना दूँगी। अगर वह पखाला (बचा हुआ चावल और पानी) खाना चाहें तो वह घर में मौजूद है। लेकिन उन्हें दूध जैसी कीमती चीज के लिए नहीं बोलना चाहिए।'

मेरे मेजबान ने पत्नी से अनुरोध किया, 'कृपया इतनी अशिष्टता मत करो। यह तुम पर अच्छा नहीं लगता। तुम एक दयालु स्त्री हो। खुशकिस्मती से मैडम उड़िया नहीं समझ सकतीं। वह बारिश के कारण हमारी झोंपड़ी में आईं। अन्यथा, वह भुवनेश्वर निकल जातीं। उन्हें अभी आज का अपना काम निपटाना है। उनके अनुवादक ने बताया कि वह शाकाहारी हैं और मछली नहीं खा सकतीं। उन्हें पखाला खाने की आदत भी नहीं होगी। दुर्भाग्य से वह चाय नहीं पीतीं। सिर्फ पानी देना अच्छा नहीं लगता। हम उन्हें और क्या खिला सकते हैं? हमारे पास सिर्फ दूध है। क्या हमें अपने मेहमान की खातिरदारी नहीं करनी चाहिए? तुम आधा दूध ले लो, उसमें पानी मिलाकर उबाल दो। मैडम और बच्चे, दोनों के लिए दूध हो जाएगा।'

झोंपड़ी में सन्नाटा छा गया। मुझे घर के दूसरे हिस्से में चल रही बातचीत को सुनकर धक्का लगा। थोड़ी देर बाद गृहस्वामी मेरे लिए एक छोटे से गिलास में दूध लेकर आया। पहली बार मुझे एहसास हुआ कि किसी अतिथि की छोटी सी माँग को पूरा करना भी मेजबान के लिए कितना मुश्किल हो सकता है, खासकर हमारे जैसे गरीब देश में। यदि मेहमान की आदतें खर्चीली हों तो मेजबान को बहुत कष्ट हो सकता है। अपनी अज्ञानता और उसके आग्रह पर मैंने दूध पीना स्वीकार किया था, लेकिन मुझे जरा भी एहसास नहीं था कि मैं एक शिशु के हिस्से का दूध छीन रही हूँ। मुझे बहुत शर्मिंदगी हो रही थी। मेरे लिए मछली खाना या चाय पीना संभव नहीं था। मुझे क्या करना चाहिए?

कुछ मिनट बाद मेरा अनुवादक दुकान से पान पराग चबाते हुए लौटा, जिसकी तलाश में वह गया था। मैंने उससे कहा, 'हमारे मेजबान से कहो कि आज

मेरा उपवास है, क्योंकि मैं सभी बुधवार को उपवास रखती हूँ। मैं पानी के सिवा कुछ नहीं खाती-पीती। इसलिए उनसे कहो कि मैं दूध नहीं पी सकती।'

मेरा अनुवादक चकित हुआ, क्योंकि उसने मुझे सुबह नाश्ते में दूध लेते हुए देखा था। लेकिन उसने मेरी बात मेजबान तक पहुँचा दी।

मेजबान ने पूछा, 'बुधवार को तो कोई उपवास नहीं करता। आमतौर पर लोग सोमवार, गुरुवार, शुक्रवार या शनिवार को उपवास करते हैं। आप आज उपवास क्यों कर रही हैं?'

मैंने कहा, 'मैं बुधवार का व्रत बुद्ध के लिए करती हूँ।'

हमारे मेजबान को अफसोस था कि मैंने उसकी झोंपड़ी में कुछ खाया-पीया नहीं, लेकिन वह खुश था कि उसने अपनी तरफ से कोई कसर नहीं रखी।

उस दिन से मैंने दूध पीना छोड़ दिया।

□

बदलता भारत

वह 25 अप्रैल, 1979 का दिन था—जब मैं पहली बार अमेरिका गई। मुझे बोस्टन जाना था। जब मैं लोगान हवाईअड्डे पर उतरी, उस समय गरमियों की शुरुआत थी। दिन लंबे हो रहे थे, इसलिए शाम हो जाने के बावजूद बाहर अभी रोशनी थी। मैंने देखा कि जमीन पर अब भी कुछ बर्फ पड़ी हुई है—लंबी सर्दियों के आखिरी अवशेष। इमीग्रेशन पंक्ति में मैं आखिरी थी। बीच में मैं पेरिस में रुकी थी और कनेक्टिंग फ्लाइट की प्रतीक्षा अवधि बहुत लंबी थी। इसलिए तीस घंटे के सफर के बाद मैं बुरी तरह थक चुकी थी।

जब मेरी बारी आई तो सख्त चेहरेवाले इमीग्रेशन ऑफिसर ने मेरा पासपोर्ट माँगा और मुझसे सवाल करने शुरू कर दिए। 'आप अमेरिका क्यों आई हैं?' मैंने ऑफिसर को अपना पासपोर्ट थमाते हुए कहा, 'मेरे पति डाटा जनरल कंप्यूटर कंपनी के लिए काम कर रहे हैं और यहाँ उन्हें आठ महीने रहना है। वह एक महीने से बोस्टन में हैं और मैं उनके साथ रहने जा रही हूँ। इसीलिए मैं यहाँ आई हूँ।'

'आप कब तक यहाँ रहना चाहती हैं?'

'अधिकतम छह महीनों तक।'

'क्या भारत में आप काम करती हैं? यदि करती हैं तो मुझे अपना अवकाश प्रमाणपत्र और सेलरी स्लिप दिखाएँ।'

मुझे पहले से इन प्रश्नों की उम्मीद थी, इसलिए मैं प्रमाणपत्र अपने साथ ले कर आई थी, जो मैंने उसे दिखा दिए।

'मैं कुछ महीने यहाँ रहूँगी। मेरा भाई बर्कले में है, यहाँ के बाद मैं उससे मिलने जाना चाहूँगी।'

'अपना रिटर्न टिकट दिखाएँ और आप अपने देश से कितना पैसा लेकर आई हैं।'

'मेरे पास पाँच सौ डॉलर हैं,' मैंने उसे टिकट और पैसे दिखाए।

उसने अविश्वास से मेरी ओर देखा, मेरे वीजा पर तीन महीने का स्टांप लगाया और मेरा पासपोर्ट मुझे वापस कर दिया। फिर उसने मेरी ओर देखा और कहा, 'वह क्या है? आपने क्या पहना हुआ है?'

'मैंने एक पारंपरिक भारतीय साड़ी पहनी हुई है। यह हमारा राष्ट्रीय परिधान है।'

'हम्मम, आप भारत से हैं। यह देश कहाँ है? यह जापान के पास है? या अफ्रीका में है?'

'नहीं, वह एशिया का हिस्सा है।'

'आप अंग्रेजी कैसे जानती हैं?'

'हमारे भारत में बहुत सी भाषाएँ हैं। अपनी राष्ट्र भाषा के साथ-साथ हम स्कूल में अंग्रेजी भी सीखते हैं।'

उसकी शिफ्ट खत्म होनेवाली थी। वहाँ उसके साथ एक और अधिकारी आ गया। उसने मुझसे पूछा, 'आपने अपने माथे पर क्या लगाया है?'

'इसे बिंदी या कुमकुम कहते हैं। अधिकतर भारतीय महिलाएँ यह लगाती हैं।'

'क्या यह जाति का चिह्न है?' उसने पूछा।

उसका मित्र बोला, 'अरे, मुझे याद है कि मैंने एक डॉक्यूमेंट्री में भारत के बारे में देखा था। उसमें कहा गया था कि आपके देश में विधवाओं को जलाते हैं। और वहाँ पर सिर्फ दो वर्गों के लोग होते हैं, महाराजा और भिखारी। आप लोग साँपों से खेलते हैं और हाइवे पर गायें घूमती रहती हैं। क्या यह सच है?'

मैं उसकी इस अशिष्ट टिप्पणी से अवाक् रह गई।

'विधवाओं को जलाने की परंपरा कई सौ साल पहले ही खत्म हो चुकी है। वैसे भी हर जगह की विधवाओं को नहीं जलाया जाता था। भारत में अब कोई महाराजा नहीं बचा है। वह एक लोकतांत्रिक देश है। एशिया के दूसरे देशों की तरह भारत में आपको सिर्फ चिड़ियाघरों में या जंगलों में साँप दिख सकते हैं और गायें गाँवों में सड़कों पर घूमती हैं, लेकिन हाइवे पर नहीं,' मैंने धैर्यपूर्वक उसे समझाया।

'क्या आपके पास हाथी है?'

मैं हँसते हुए बोली, 'हाथी पालना आसान नहीं है। लेकिन मैंने बहुत से हाथी देखे हैं।'

'इतना काफी है। अब आप जा सकती हैं।'

मैंने उन्हें धन्यवाद दिया और कस्टम काउंटर की ओर चली गई। उन दिनों पर्यटकों के लिए कस्टम के नियम बहुत सख्त थे। एक कस्टम अधिकारी ने मुझसे पूछा, 'आप भारत से क्या लाई हैं?'

'यहाँ बहुत कम भारतीय स्टोर हैं और हमारे पास कार नहीं है। इसलिए मैं घर से कुछ मसाले लेकर आई हूँ।'

कस्टम अधिकारी ने मुझसे ऐसा व्यवहार किया, मानो मैं मसालों की जगह बीमारियाँ लेकर आई हूँ। उसने एक छड़ी का इस्तेमाल करते हुए मुझे मसालों की पहचान बताने के लिए कहा।

मैं बहुत निराश होकर वहाँ से निकली। हमारे देश के इतिहास और पाँच हजार सालों की सभ्यता के कारण मुझे हमेशा से अपने देश पर गर्व रहा है। आज भी हम सिंधु घाटी सभ्यता के नियमों को जारी रखे हुए हैं, परंतु उस समय की अन्य समकालीन सभ्यताएँ धरती से गायब हो चुकी हैं। प्राचीन काल में विज्ञान के क्षेत्र में हमारा योगदान उल्लेखनीय था और खगोल भौतिकी में हमारा कोई जवाब नहीं था। हमने संगीत और नृत्य की विधाएँ विकसित कीं तथा उन पर किताबें लिखीं। हमने पद्य, गद्य और नाटकों के रूप में बहुत सारा साहित्य भी रचा। हमारी सभ्यता ने दो हजार वर्ष पुराने अभिलेखों को सँभालकर रखा है, जो दरशाता है कि हम लिखना जानते थे। हमारे स्मारक और मंदिर वास्तुशिल्प की उत्कृष्टता को दरशाते हैं, परंतु एक विदेशी के लिए हम साँप पकड़नेवालों, हाथियों, महाराजाओं और भिक्षुकों का एक गरीब देश है। यह देखकर अच्छा नहीं महसूस हो रहा था।

कई वर्ष बीत गए। बंगलौर में बहुत सी अन्य कंपनियों के साथ इंफोसिस का गठन हुआ। समय के साथ बंगलौर भारतीय सॉफ्टवेयर उद्योग का केंद्र बन गया। बंगलौर शब्द अपने आप में आउटसोर्सिंग का पर्याय बन गया।

आज बंगलौर अंतरराष्ट्रीय हवाईअड्डे से बहुत सी उड़ानें सीधे अमेरिका और दुनिया के बाकी देशों को जाती हैं। विदेश जाना एक घरेलू उड़ान लेने जितना आसान है। नई पीढ़ी बहुत आत्मविश्वास पूर्ण, जानकार, प्रौद्योगिकी से परिचित और मेहनती है। पश्चिम ने आखिरकार इस परिवर्तन पर ध्यान दिया है और उसे स्वीकार किया है।

सन् 2009 में मैं दक्षिणी अमेरिका में कोलंबिया की राजधानी बोगोटा गई। मैं 'जीवन के सबक' पर एक चर्चा के लिए कोलंबिया गई हुई थी। इंफोसिस फाउंडेशन के मेरे अनुभव बहुत प्रसिद्ध और महत्त्वपूर्ण हो गए थे और लोग उनके बारे में जानना चाहते थे। मैंने अपनी चर्चा समाप्त की और बोगोटा से मियामी, अमेरिका के लिए

उड़ान भरी।

हमेशा की तरह मैं इमीग्रेशन पंक्ति में अ[illegible]र। [illegible] जब मेरी बारी आई, वीजा अधिकारी एक युवा और दिलचस्प अफ्रीकी अमेरिकी था। उसने मुझे देखा कि मैं आखिरी हूँ, इसलिए वह आराम की मुद्रा में आ गया और मुझसे सवाल पूछने शुरू कर दिए। मैं उन्हीं एक जैसे सवालों का जवाब देने के लिए तैयार थी। लेकिन इस बार सवाल भिन्न थे।

उसने पूछा, 'ओह, आप भारत से हैं?'

एक महिला होने के रूप में मैं खूब बातें करती हूँ। एक शिक्षिका के रूप में मैं खूब बातें करती हूँ। एक ट्रस्टी के रूप में, मैं खूब बातें करती हूँ। एक विश्लेषक के रूप में मैं खूब बातें करती हूँ। आमतौर पर मैं किसी औसत व्यक्ति से चार गुना अधिक बातें करती हूँ। लेकिन कभी-कभार मैं कम बातें करती हूँ और अधिक सुनती हूँ।

'जी हाँ, मैं भारत से हूँ'। मैंने सिर्फ इतना ही कहा।

'मैं आपके राष्ट्रीय परिधान साड़ी के बारे में जानता हूँ। यह वाकई खूबसूरत है। आपने जिस तरीके से पहनी है, वह मुझे बहुत पसंद आया।'

मैंने मुसकराते हुए उसे धन्यवाद कहा। मैंने कोई और जवाब नहीं दिया।

'आप कहाँ से आ रही हैं?'

मैंने हिचकिचाते हुए कहा, 'मैं भारत के दक्षिण में स्थित बंगलौर नामक शहर से आ रही हूँ।'

'अरे, मैं बंगलौर के बारे में जानता हूँ। वह सॉफ्टवेयर का गढ़ है। बंगलौर के बहुत से लोग छुट्टियाँ मनाने मियामी आते हैं। आप हमारे देश में कब तक रहना चाहती हैं?'

मैं मियामी से सेन फ्रांसिस्को और फिर वहाँ से वापस भारत जानेवाली थी।

मैंने जवाब दिया, 'तीन दिन।'

'सिर्फ तीन दिन क्यों?

'मुझे स्टेनफोर्ड यूनिवर्सिटी में काम है, जिसके बाद मुझे घर वापस लौटना है।'

'नहीं, नहीं। आपको पता होना चाहिए कि हमारे देश में विख्यात विश्वविद्यालय और खूबसूरत स्टेट हैं। आप सिर्फ तीन दिन में हमारा देश नहीं देख सकतीं।'

उसने मेरे पासपोर्ट पर छह माह वीजा का स्टांप लगाया और कहा, 'क्या मैं आपसे कुछ सवाल पूछ सकता हूँ? वैसे आपके पास अब वीजा है।'

मैंने हामी में सिर हिलाया।

'आप भारतीय इतने अच्छे कैसे हो? आप लोग बेकार की बातों में नहीं पड़ते। आप लोगों का नाम कभी आतंकवादियों की सूची में नहीं होता। अधिकतर भारतीय काफी प्रोफेशनल होते हैं।'

मैंने गर्व से मुसकराते हु[illegible] तरह से प्रशिक्षित किया गया है।' अब मैंने उससे सवाल करने शु[illegible] आप भारत के बारे में इतना कैसे जानते हैं।'

'ओह, यह मुश्किल नहीं है। मियामी में बहुत सारे भारतीय रेस्तराँ हैं। मैं सप्ताहांतों में वहाँ जाकर खाता हूँ।'

'आपको वहाँ क्या अच्छा लगता है?'

'अच्छा भारतीय भोजन—तंदूरी चिकन, चिकन टिक्का, कबाब और बिरयानी।' वह अपना काम खत्म करके उठ खड़ा हुआ। मैंने अपना सामान उठा लिया और कस्टम की ओर जाने लगी, वह भी मेरे साथ हो लिया। 'आप जानती हैं, मुझे बॉलीवुड के गाने पसंद हैं,' वह बोला। 'मियामी में बॉलीवुड डांस क्लास भी होते हैं। वैसे, मुझे काजोल बहुत पसंद हैं। उनमें बहुत प्रतिभा है।'

तब तक हम कस्टम तक पहुँच चुके थे। 'आपसे मिलकर बहुत अच्छा लगा। आपका यहाँ का निवास सुखद हो।'

मैंने उसे जाते-जाते अमेरिकी लहजे में गुनगुनाते सुना 'सूरज हुआ मद्धम, चाँद ढलने लगा' जो 'कभी खुशी कभी गम' फिल्म का गीत है।

कस्टम ऑफिसर ने मेरी ओर देखा तक नहीं। उसने बस मेरी ओर हाथ हिलाया।

मैं हाथों में पासपोर्ट लिये हवाई अड्डे से बाहर निकल आई। मैं सोच रही थी कि पिछले तीस सालों में क्या बदल गया है। यह सिर्फ सॉफ्टवेयर की बात नहीं है। यह पश्चिम का भारत के प्रति दृष्टिकोण है। भारत अब सपेरों और हाथियों का गरीब देश नहीं रहा है। दूसरे देशों में रहनेवाले प्रवासी भारतीयों, स्वदेश में रहनेवाले आत्मविश्वासपूर्ण भारतीयों की संपन्नता, पश्चिम के साथ सफलतापूर्वक प्रतिस्पर्धा करनेवाली हमारी अगली पीढ़ी और वैश्विक नागरिक बन चुके हमारे बच्चों ने मियामी जैसे छोटे हवाई अड्डे पर भी भारत की छवि बदल दी है।

मैं अपने भारतीय पासपोर्ट पर नजर डालते हुए मुसकराई।

□

जींस

अनंत बीसेक साल का एक अप्रशिक्षित मजदूर था, जो एक दिन काम की तलाश में हमारे घर आया। जब मेरे दादाजी ने दरवाजा खोला तो अनंत ने उनसे अनुरोध किया, 'कृपया मुझे अपने घर में काम दे दीजिए। मुझे सिर्फ दो वक्त का खाना चाहिए। मेरा इस दुनिया में कोई नहीं है, न मेरे पास पैसा है और न कोई जगह, जहाँ मैं जा सकूँ।'

मेरे दादाजी को उस पर दया आ गई और उन्होंने कहा, 'लड़के, तुम जब तक चाहो हमारे घर में रह सकते हो, लेकिन कुछ समय के बाद तुम्हें शादी करनी होगी और अपने परिवार की देखभाल करनी होगी। उसके लिए तुम्हें पैसों की जरूरत होगी। बिना किसी निपुणता के कोई पैसे नहीं कमा सकता। मैं तुम्हें पूजा करवाना सिखाऊँगा और जब तक हमारे साथ रहोगे, मैं तुम्हें महीने के सौ रुपए दूँगा।'

अनंत हैरान रह गया। उसे उम्मीद नहीं थी कि उसे कुछ सीखने के लिए पैसे मिलेंगे और निःशुल्क रहने को मिलेगा। उन दिनों सौ रुपए एक बड़ी रकम हुआ करती थी। अनंत हमारे घर का एक अभिन्न हिस्सा बन गया। मेरे बचपन की सभी यादें अनंत से जुड़ी हुई हैं।

घरेलू सहायक के रूप में अनंत बिना कुछ पूछे सभी काम निपटाता। मेरी दादी माँ उसे आवाज लगातीं, 'अनंत, जाकर बाजार से सब्जियाँ ले आओ।' मेरे चाचा उससे कहते, 'अनंत, डाकघर जाकर मेरे लिए कुछ पोस्टकार्ड ले आओ। वापसी में बाजार से अखबार लेते आना।' मेरी चाची कहतीं, 'अनंत, क्या तुम बगीचे से मेरे लिए फूल तोड़ लाओगे? मुझे भगवान् की माला बनानी है।' मैं हमेशा अनंत के साथ जाती और उसके छोटे-मोटे कामों में साथ रहती। अनंत काम करते हुए कभी शिकायत नहीं करता था और हमेशा मुसकराता रहता। वह प्रतिदिन

मेरे दादाजी के साथ बैठकर पूरी निष्ठा से पूजा करना सीखता।

एक दिन मेरी दादी माँ का सोने का कंगन खो गया। वह विवाह के समय उनके पिता का दिया हुआ उपहार था। इसलिए उनका कंगन से काफी भावनात्मक जुड़ाव था, वह रोने लगीं। सबने पूरा घर छान मारा, लेकिन हमें वह कंगन नहीं मिला। जब रात हुई तो मेरी दादी माँ ने रोते हुए एक दीया जलाया और अनंत से उसे तुलसी के पौधे के पास रख आने को कहा। जब वह गया तो उसने मिट्टी में कुछ चमकता हुआ देखा। जब उसने वह चीज उठाई तो उसे एहसास हुआ कि वह मेरी दादी माँ का सोने का कंगन था और वह उन्हें देने के लिए वापस भागा। मेरी दादी माँ उससे बहुत खुश हुईं। उन्हें लगा कि पौधे में पानी देने के दौरान उनकी कलाई से कंगन गिर गया होगा। दादाजी ने अनंत को पुरस्कारस्वरूप सौ रुपए दिए और कहा, 'तुम्हारी ईमानदारी ने हमारे घर के सभी लोगों के सामने तुम्हें आदर्श बना दिया है।' लेकिन अनंत ने पैसे लेने से इनकार कर दिया। वह बोला, 'पुरस्कार किसी ऐसे व्यक्ति के लिए होता है, जो घर का सदस्य न हो। मैं खुद को इस परिवार का सदस्य मानता हूँ। मैं आपसे पैसे नहीं लूँगा।'

एक अन्य अवसर पर अनंत अपने लिए कुछ खरीदना चाहता था, लेकिन उसके पास पैसे कम पड़ रहे थे। इसलिए उसने दादाजी से अपने अगले मासिक खर्च से पचास रुपए उधार लिये। अगले महीने की शुरुआत में मेरे दादाजी ने उस एडवांस की बात भूलकर अनंत को सौ रुपए दिए। अनंत तुरंत बोला, 'अच्चा, पचास रुपए अपने पास रखिए, क्योंकि आप मुझे एडवांस दे चुके हैं।' मेरे दादाजी अनंत की ईमानदारी से बहुत खुश हुए और उन्होंने उसकी पीठ थपथपाई।

दादाजी ने पूरे परिवार को इस घटना के बारे में बताया और कहा, 'अगर अनंत सौ रुपए रख लेता तो मुझे पता नहीं चलता और उसे पचास रुपए का लाभ मिल जाता। पैसे की जरूरत होते हुए भी अनंत के लिए उसकी ईमानदारी और निष्ठा अधिक महत्त्वपूर्ण हैं। इसलिए वह ऐसे पैसे नहीं लेगा, जिन पर उसका अधिकार न हो।'

कुछ सालों बाद अनंत ने दूसरे गाँव की एक लड़की से शादी कर ली। लड़की के पिता उस गाँव के मुख्य पुजारी थे। चूँकि अनंत पूजा कराना अच्छी तरह जानता था, इसलिए उसने अपनी पत्नी के गाँव जाने और स्थानीय मंदिर की देखभाल करने में अपने ससुरजी की मदद करने का फैसला किया। जिस दिन अनंत हमारे घर से जाने लगा, हम सब रोने लगे और ऐसा महसूस हु आ, मानो कोई बेटी शादी के बाद ससुराल जा रही हो। उसके जाने के काफी समय बाद भी मेरे

दादाजी हमेशा उसे याद करते और हम अकसर उसके बारे में बातें करते।

हम सभी बच्चे बड़े होकर शहर में बस गए। समय बीतता रहा, स्थितियाँ बदलीं और अनंत एक सुखद याद के रूप में हमारी स्मृतियों में धुँधला गया। न हमारे दादा-दादी रहे, न ही गाँव का पुश्तैनी मकान।

कई साल गुजर गए। एक दिन मैं अपने ऑफिस में एक अनपेक्षित आगंतुक को देखकर हैरान रह गई। वह अनंत था। मुझे उस समय की याद आई, जो हमने गाँव में घूमते हुए और बहुत सी चीजें सीखते हुए साथ बिताए थे। वे बहुत सरल और अविस्मरणीय पलोंवाले दिन थे। मैंने सम्मान दिखाते हुए उसके पाँव छुए। वह शर्मिंदा हो गया। मैंने उसे बैठने के लिए कहा और सहज माहौल बनाने की कोशिश की। उसके साथ एक युवक भी था।

धीरे-धीरे अनंत ने बोलना शुरू किया। 'आपके चाचा कैसे हैं? आपके भाई कहाँ पर हैं? मैं लंबे समय से आप लोगों से नहीं मिला। चीजें कितनी बदल गई हैं।' उसने मेरे परिवार के लगभग हर सदस्य के बारे में पूछा और मैंने उसे सारी जानकारी दी। आखिर में अनंत ने अपनी बगल में बैठे युवक का परिचय कराया, 'यह मेरा नाती हरि है। मेरी एक बेटी है, यह उसी का बेटा है। हरि हमारे गाँव में ही पढ़ा। फिर वह पास के शहर में पढ़ने चला गया और अभी-अभी उसकी कॉलेज की शिक्षा समाप्त हुई है। उसने⋯' फिर अनंत अपने नाती की ओर मुड़ा और पूछा, 'तुमने कौन सी परीक्षा दी है? मैं नाम भूल गया।'

हरि ने आत्मविश्वास और गर्व के साथ कहा, 'आई.आई.टी. की प्रवेश परीक्षा।'

अनंत ने आगे कहा, 'इसे चेन्नई में दाखिला मिल गया है। इसने अपनी कॉलेज का शुल्क चुकाने के लिए बैंक से ऋण लिया है, क्योंकि मेरा जामाता इसकी शिक्षा का खर्च वहन नहीं कर सकता। हरि का कहना है कि आई.आई.टी. हमारे देश का बहुत अच्छा कॉलेज है। मुझे इस बारे में जानकारी नहीं है। लेकिन यह लड़का वहाँ जाने की जिद पकड़े हुए है। क्या आप किसी तरह से उसकी मदद कर सकती हैं?'

मैंने जवाब दिया, 'मैं फाउंडेशन की ओर से आपकी मदद नहीं कर सकती, क्योंकि मैं आपको व्यक्तिगत रूप में जानती हूँ। फाउंडेशन में हम सिर्फ उन लोगों की मदद करते हैं, जो किसी को नहीं जानते और उनके पास कोई जरिया नहीं होता, लेकिन मैं अपने व्यक्तिगत फंड से आपकी मदद करूँगी।' मैंने हरि के चेहरे पर राहत और अनंत के चेहरे पर खुशी के भाव देखे।

मैंने सोचा, 'यह प्रतिभाशाली युवक आई.आई.टी. में जानेवाला है। मुझे यकीन है कि उसके बाद इसे बहुत अच्छी नौकरी मिल जाएगी और यह खूब पैसे कमाएगा। मैं इसे छात्रवृत्ति क्यों दूँ? मुझे इसे ऋण देना चाहिए।' मैंने हरि के अंक देखे और यह जानकर मुझे खुशी हुई कि उसे कंप्यूटर साइंस में दाखिला मिला है।

मैंने हरि से पूछा, 'तुम्हारे पास कितने पैसे कम पड़ रहे हैं?'

'हालाँकि मैंने छात्रवृत्ति और बैंक ऋण के लिए आवेदन किया है, फिर भी मुझे कोर्स पूरा करने के लिए पचास हजार प्रतिवर्ष की जरूरत होगी।'

'ठीक है, ऐसी स्थिति में मैं तुम्हें अभी दो लाख रुपए उधार दूँगी और तुम उसे अपनी शिक्षा के लिए इस्तेमाल कर सकते हो। कृपया यह याद रखना कि यह उपहार नहीं है। यह बिना ब्याज का ऋण है। जैसे ही तुम उसे लौटाने में सक्षम हो जाओ, इसे लौटा देना, चाहे प्रति माह एक छोटी सी राशि सही। इस तरह से मैं वह राशि तुम्हारी तरह किसी दूसरे प्रतिभाशाली बच्चे को उधार दे सकती हूँ और यह श्रृंखला चलती रहेगी। तुम्हारे दादाजी एक बहुत ही ईमानदार व्यक्ति थे। मुझे यकीन है कि वही संस्कृति और जींस तुम्हारे परिवार में भी होगी।'

'क्या मुझे इस ऋण के लिए किसी कागजात पर हस्ताक्षर करने होंगे?' हरि ने पूछा।

'नहीं, तुम्हारा वादा ही काफी है। आखिरकार तुम अनंत के नाती हो।'

अनंत बोला, 'कृपया चिंता न करें। हरि निश्चित रूप से पैसे लौटा देगा।'

मैंने ऋण दे दिया और इस घटना के बारे में भूल गई। बरसों बाद मैं चेन्नई से बंगलौर की यात्रा पर थी। मेरी उड़ान विलंबित थी और मैं हवाई अड्डे पर प्रतीक्षा कर रही थी। मैंने वहाँ अकेले बैठे और उसी उड़ान की प्रतीक्षा करते एक सुगठित युवक को देखा। वह कुछ पत्रिकाएँ पढ़ने में व्यस्त था और मैंने उसकी बगल में चार्ज होते उसके लैपटॉप पर ध्यान दिया। वह काफी जाना-पहचाना लग रहा था। कुछ समय बाद उसने अपना लैपटॉप ऑन किया और उस पर काम करने लगा। जब हमें उड़ान पकड़ने के लिए बुलाया गया तो वह बिजनेस श्रेणी की ओर गया। मैं सोचती रही कि मैंने उसे कहाँ देखा है।

उसी शाम मैं एक कॉलेज में वक्ता के रूप में गई, जहाँ मैं पढ़ाती थी। मैं आखिरी पंक्ति में बैठी थी, क्योंकि मैं लेट थी। वक्तव्य श्रृंखला का लक्ष्य युवाओं को प्रोत्साहित करना था। मैंने देखा कि जिस युवक को मैंने हवाई अड्डे पर देखा था, वह वक्ताओं में एक था और उसने बहुत अच्छा भाषण दिया। उसने कहा, 'मैं एक छोटे गाँव से संबंध रखता हूँ और बड़े होते समय मेरे पास पैसे नहीं होते थे।

लेकिन मैंने आई.आई.टी. से पढ़ाई की। आज मैं एक आत्मनिर्भर व्यक्ति हूँ। मेरे अनुभव ने मुझे बताया कि हम अपना जीवन स्वयं बना सकते हैं। आप खुद को प्रेरित करके जीवन में कोई भी उपलब्धि प्राप्त कर सकते हैं।' अचानक मुझे याद आया कि वह अनंत का नाती हरि था।

मैंने अपनी बगल में बैठे अपने सहकर्मी से पूछा, 'यह कौन है और हमारे कॉलेज द्वारा उसे यहाँ आमंत्रित क्यों किया गया है?'

'हरि मुश्किल से अट्ठाईस वर्ष का है, लेकिन वह एक हेज फंड में पैसे कमाकर अमीर हो गया है। इसे वित्तीय मामलों में महारत हासिल है। यह काफी साधारण परिवार का है। इसलिए हमने अपने विद्यार्थियों के लिए उसे आदर्श रूप में प्रस्तुत करने के लिए आमंत्रित किया है।'

हरि ने अपना वक्तव्य जारी रखा और मैंने काफी ध्यानपूर्वक उसे सुना। इसके बाद मेरे कार्यालय से एक आपातकालीन बुलावा आ गया और मैं उसके प्रश्नोत्तर सत्र के बीच में ही निकल गई। मैंने उससे संपर्क करने का फैसला किया और इंटरनेट पर आसानी से उसका नंबर मिल गया। मैंने अगले दिन हरि को फोन किया। हरि के निजी सहायक ने फोन उठाया और बोली, 'मैं आपके लिए क्या कर सकती हूँ?'

मैंने उसे अपना नाम बताया और कहा कि मैं हरि से बात करना चाहती हूँ। उसने हरि से संपर्क किया और फिर मुझसे बोली, 'सर काफी व्यस्त हैं।'

'कृपया उससे कहिए कि मैं एक मिनट के लिए उससे बात करना चाहती हूँ।' हरि लाइन पर आया। उसने काफी शिष्टता से बात की और मेरा हाल-चाल पूछा। आखिरकार मैंने उससे पूछा, 'अनंत कैसे हैं?'

वह बोला, 'मेरे दादाजी की कुछ वर्ष पहले मृत्यु हो गई।' यह सुनकर मुझे बहुत दु:ख हुआ और समझ नहीं आया कि मैं क्या बोलूँ, परंतु उसने बात खत्म करते हुए कहा, 'माफ कीजिएगा, मुझे अभी जाना है। फोन करने के लिए शुक्रिया।'

मैं एक पुराने मित्र की क्षति महसूस कर रही थी, लेकिन मुझे एक और बात खटक रही थी।

मैंने सोचा, 'हरि ने एक बार भी ऋण वापस करने की बात नहीं की। वह रकम मेरे लिए छोटी हो सकती है, लेकिन अपने अनुभव से मैं जानती हूँ कि वह कभी पैसे नहीं लौटाएगा। जो लोग ऋण लौटाना चाहते हैं, वे बातचीत इस प्रकार समाप्त नहीं करते।'

मैं इस बात से बहुत निराश थी कि हरि ने मुझे धोखा दिया। जब कोई धोखा

खाता है तो वह इसलिए दु:खी नहीं होता कि उन्होंने पैसे खोए, बल्कि उसे महसूस होता है कि कोई उसे मूर्ख बनाकर धोखा दे गया। यह बात अहं पर चोट करती है और मैं कोई अपवाद नहीं हूँ। मैं हमेशा से सोचती थी कि मैं लोगों को बेहतर समझती हूँ और विभिन्न स्थितियों के नतीजे क्या होंगे, यह पहले से बता सकती हूँ, क्योंकि मैं लंबे समय से सार्वजनिक क्षेत्र में हूँ। जब मैं मूर्ख बनती हूँ, तो मुझे एहसास होता है कि मैं अब भी सीख ही रही हूँ।

जल्दी ही मैं शांत हो गई। मैं जानती थी कि मेरी जगह जो भी होता, वह वही करता, जो मैंने किया। अनंत एक ईमानदार व्यक्ति था, इसलिए मैंने अनंत और हरि पर भरोसा किया। एक शिक्षिका, माँ और स्त्री के रूप में मुझे बिना पूछे उपदेश देने की आदत है। मैंने हरि से बात करने के लिए फोन उठाया। अच्छा हुआ कि उसने स्वयं फोन उठाया।

मैंने शांतिपूर्वक कहा, 'हरि, मैं तुम्हें कुछ याद दिलाना चाहती हूँ। मैं जानती हूँ कि अनंत ने अपने मूल्य और सिद्धांत तुम्हें जरूर सिखाए होंगे तो यदि तुम्हें याद है, तुम्हें दो लाख रुपए का ऋण चुकाना है।'

उतने ही शांत स्वर में हरि ने जवाब दिया, 'मेरे दादाजी ने आपके घर में बरसों तक सौ रुपए के छोटे से वेतन पर काम किया। वह आपके परिवार के प्रत्येक सदस्य का काम करते थे। यह और कुछ नहीं बल्कि शोषण था। वास्तव में आपको मेरे परिवार को और पैसे देने चाहिए। लेकिन अपने दादाजी का सम्मान करते हुए मैंने आपसे कुछ नहीं माँगा।' और उसने फोन काट दिया।

तब मुझे एहसास हुआ कि ईमानदारी और निष्ठा नहीं, बल्कि सिर्फ बीमारियाँ ही जींस द्वारा अगली पीढ़ी को हस्तांतरित होती हैं।

□

मृतकों की मदद

विनायक कॉलेज की पढ़ाई छोड़ चुका लगभग बीस वर्ष का नौजवान था। उसका परिवार आर्थिक रूप से कमजोर था। विनायक के पिता एक टैक्स्टाइल मिल में समयपाल थे। उसका परिवार एक चॉल में रहता था। उसके माता-पिता चाहते थे कि वह अपनी कॉलेज की शिक्षा पूरी करे और कोई नौकरी ढूँढ़कर उनका आर्थिक बोझ कम कर सके। विनायक को कई बार कुछ नौकरियों के इंटरव्यू के लिए बुलाया गया, परंतु अंग्रेजी में बातचीत का कौशल न होने के कारण उसे अस्वीकृत कर दिया गया। इन अस्वीकृतियों के बाद वह अंग्रेजी कक्षाओं में शामिल हुआ, लेकिन वह ठीक से अंग्रेजी बोलना कभी नहीं सीख पाया। उसके मित्र बन्या, बापू, मुरली आदि भी उसी के पड़ोस में रहते थे और उनकी भी पृष्ठभूमि विनायक जैसी ही थी।

विनायक अपनी चॉल में सबका पसंदीदा व्यक्ति था। वह बाकी कामों के साथ-साथ बच्चों का ध्यान रखता, बुजुर्गों के लिए दवाएँ ले आता, किसी के लिए किराने का सामान ले आता और घर के लिए पानी भरकर लाता। सभी किराएदारों में उसकी पसंदीदा थी—उषा ताई की सासूमाँ थुंगा बाई, जो ग्राउंड फ्लोर पर रहती थी। वह बुजुर्ग थी और चलने-फिरने में असमर्थ थी। वह हमेशा अपनी खोली के आगे बाहर एक चारपाई पर बैठी माला जपती रहती। जब भी वह विनायक को देखती, कहती, 'बाला, पाँच मिनट के लिए बैठ जाओ। तुम हमेशा भागते रहते हो। इस चॉल में असली परोपकारी तुम हो। एक कप चाय पी लो। चिंता न करो, यह मेरे हिस्से की चाय है।'

विनायक की मदद करने की आदत ने उसे अपनी चॉल में काफी लोकप्रिय बना दिया था, लेकिन इस दुनिया में जीने के लिए आपको पैसों की जरूरत होती है। वह हमेशा किसी सरकारी दफ्तर में चपरासी बनने का सपना देखता। उसने

कई जगहों पर आवेदन किया, लेकिन एक ही नौकरी के लिए कई-कई लोग पंक्ति में थे। चूँकि उसके पास दूसरों की तुलना में कोई अतिरिक्त पात्रता नहीं थी, उसे हमेशा नामंजूर कर दिया जाता। उसका संपर्क भी अपने स्तर के लोगों से ही था, इसलिए उनकी सिफारिशों से भी उसे कोई नौकरी नहीं मिल सकती थी।

विनायक हमेशा गणपति उत्सव की प्रतीक्षा करता, जो महाराष्ट्र का एक बड़ा उत्सव है। महान् राजनीतिज्ञ लोकमान्य तिलक ने लगभग सौ वर्ष पहले यह उत्सव आरंभ किया था। इस उत्सव के दौरान अच्छे नाटकों और सार्वजनिक भाषणों का प्रदर्शन किया जाता है। भगवान् गणपति की मूर्ति एक सार्वजनिक स्थान पर रखी जाती है और नौ दिनों तक उनकी पूजा की जाती है। मंडप की सजावट आयोजकों की रचनात्मकता पर निर्भर करती है। अब मंडपों में प्रतियोगिता भी होती है। आमतौर पर एक आयोजक समिति होती है, जिसमें एक आयु समूह के पुरुष व महिलाएँ होती हैं। यह समिति एक महीने पहले से उत्सव की योजना तैयार करती है।

सभी कार्यक्रमों के लिए पैसे और श्रम की जरूरत होती है। श्रम सामान्यतः निःशुल्क होता है, क्योंकि बहुत से लोग स्वयंसेवा करते हैं, लेकिन पैसे की समस्या हमेशा होती है। आयोजक पैसे एकत्रित करने के लिए घर-घर जाते हैं। यदि गणपति को किसी व्यावसायिक क्षेत्र में रखा जाता है तो आयोजक अधिक पैसा एकत्रित कर पाते हैं। दुर्भाग्यवश, विनायक के गणपति व्यावसायिक इलाके में नहीं थे। अतः वह अधिक धन एकत्रित नहीं कर पाता था।

कई बार अप्रत्याशित परिस्थितियाँ उत्पन्न हो जाती हैं। एक दिन विनायक और उसके मित्र एक रसीद बुक और डोनेशन बॉक्स लेकर पैसे इकट्ठा करने पड़ोस के एक बैंक में गए। बैंक प्रबंधक विनायक और उसके मित्रों को देखकर परेशान हो गया, क्योंकि बैंक में बहुत से लोग चंदा माँगने आ रहे थे। लेकिन इस बार वह और अधिक परेशान हुआ, क्योंकि उसके सामने एक विदेशी ग्राहक बैठा हुआ था।

यह जिम की पहली भारत यात्रा थी। वह इस विषय पर एक पुस्तक लिख रहा था कि विदेशी शासन, विभिन्न आक्रमणों और सांस्कृतिक विविधता के बावजूद किस प्रकार भारतीय संस्कृति जीवित रही। जिम अपने ट्रैवलर चेकों को भुनाने के लिए बैंक आया था और उसने बैंक प्रबंधक से पूछा कि ये लड़के कौन हैं।

'आप उनसे मिलने से इनकार क्यों कर रहे हैं?' जिम ने पूछा।

बैंक प्रबंधक ने जवाब दिया, 'अरे, आप इसकी चिंता न करें। गणपति

उत्सव के समय चंदा माँगना बहुत आम बात है।'

जिम ने कभी गणपति उत्सव नहीं देखा था और वह मंडप देखना चाहता था। उसने विनायक से पूछा, 'क्या मैं वहाँ आकर देख सकता हूँ और अपनी पुस्तक के लिए कुछ तसवीरें ले सकता हूँ?'

विनायक को जिम की अंग्रेजी समझ आ गई और वह तुरंत इसके लिए तैयार हो गया।

जिम ने आकर उत्सव में होनेवाले विभिन्न कार्यकलापों को देखा। उसने देखा कि स्वयंसेवक पंडाल बना रहे थे, मंच तैयार कर रहे थे, उसे क्रेप पेपर के फूलों से सजा रहे थे, रंग-बिरंगे परदे सिल रहे थे और छोटी-छोटी मूर्तियाँ बनाने के लिए थर्मोकोल शीट काट रहे थे। इन सबके बीच ड्रामा रिहर्सल भी जोर-शोर से चल रहा था।

उनसे बात करते हुए उसे पता चला कि उनमें कोई रिश्तेदारी नहीं है और वे सब अलग-अलग जातियों के हैं। वह इस एकता को देखकर हैरान था। जाते समय वह गणपति फंड में एक सौ डॉलर का बिल दे गया। विनायक की खुशी का कोई पारावार नहीं था। वह तुरंत बैंक की ओर भागा और उसे भुनाया। उससे उसे पाँच हजार रुपए मिले। यह एक व्यक्ति की ओर से आनेवाली एक बड़ी रकम थी, जिसकी कोई उम्मीद नहीं थी। विनायक ने इस पैसे को बहुत जरूरत पड़ने पर ही खर्च करने का फैसला किया।

जल्द ही धूमधाम से उत्सव समाप्त हो गया। कुछ पैसे बच गए थे। अगले दिन जब आयोजकों ने पैसे गिने तो वे लगभग दस हजार रुपए थे। यह उनके लिए एक बड़ी रकम थी। आमतौर पर हर साल दो से तीन हजार रुपए बचते थे और आयोजक समिति के लोग किसी स्थानीय रेस्तराँ में जाकर अपनी कड़ी मेहनत का जश्न मनाते। यह उनके लिए बहुत दुर्लभ था, क्योंकि वे वैसे इस प्रकार के रेस्तराँओं का खर्च नहीं उठा सकते थे।

लेकिन इस बार पैसा काफी बचा था। बन्या ने कहा, 'क्या हम इस वर्ष बीयर लें?'

बापू बोला, 'पिकनिक पर जाकर मजे करने का विचार कैसा है?'

लता बोली, 'हमें एक माइक्रोफोन सेट खरीद लेना चाहिए, ताकि हमें हर वर्ष वह किराए पर न लेना पड़े।'

मुरली ने सुझाव दिया, 'हम इस पैसे को किसी बैंक में फिक्स्ड डिपोजिट में रख सकते हैं। फिर हमें उस पर ब्याज मिलेगा और हम इसका अगले साल

इस्तेमाल कर सकते हैं।'

बन्या ने फिर कहा, 'इसे बाँट लेते हैं, ताकि हम सब अपनी मनपसंद चीजें ले सकें।'

विनायक अब भी सुबह की बात सोच रहा था। उसकी जवाब देने की कोई इच्छा नहीं थी। वह उदास था, क्योंकि थुंगा बाई, जिसे वह बहुत पसंद करता था, की मृत्यु हो गई थी और उसका शव उसकी खोली के बाहर पड़ा हुआ था। सुबह उसने उषा ताई को दाह-संस्कार की चिंता करते देखा था। विनायक उसकी दयनीय आर्थिक अवस्था के बारे में जानता था। मृत्यु के दुःख के अलावा उसमें होनेवाले खर्च को लेकर वह रो रही थी। उसके पति सखाराम को दिल की बीमारी थी। दाह-संस्कार की गाड़ी का किराया वहन करना उनके लिए मुश्किल था और उषा ताई को डर था कि यह तनाव उसके पति का स्वास्थ्य और खराब न कर दे। चूँकि महीने के आखिरी दिन चल रहे थे, चॉल का कोई व्यक्ति उसकी मदद करने की स्थिति में नहीं था, क्योंकि उनके पास खुद ही पैसे नहीं थे।

विनायक ने फैसला लिया, 'हमें दाह-संस्कार में उषा ताई की मदद करनी चाहिए।' वह बोला, 'हम चार लड़के हैं। हम शव को श्मशान स्थल तक कंधा दे सकते हैं और उषा ताई को उस खर्च से बचा सकते हैं। फिर हम यह सोचते हैं कि बचे पैसों का क्या करना है।'

हर कोई विनायक के फैसले पर हैरान था। बन्या ने धीरे से कहा, 'हम उत्सव के मूड में हैं। ऐसे काम से उसे बरबाद न करो।'

विनायक ने उसकी बात नहीं सुनी। 'यदि तुम चाहो तो मेरी मदद कर सकते हो। वरना मैं किसी और से मदद माँग लूँगा,' वह बोला।

बन्या बोला, 'मेरे पास शवों को श्मशान घाट ले जाने का कोई अनुभव नहीं है। मैं कैसे तुम्हारे साथ आ सकता हूँ?'

विनायक ने जवाब दिया, 'किसी के पास कोई अनुभव नहीं है। कोई काम कभी-न-कभी पहली बार होता है।'

विनायक के माता-पिता ने भी आपत्ति की।

'मेरे बच्चो! जब तुम्हारे माता-पिता सही-सलामत हैं तो तुम श्मशान घाट कैसे जा सकते हो?'

'लेकिन आई, यह कोई बुरा काम नहीं है। एक-दूसरे की मदद करनी चाहिए। कभी-न-कभी हम सभी इस भीड़ भरे चॉल में ही मरनेवाले हैं। अगर हम अपने पड़ोसियों की मदद नहीं करेंगे तो याद रखिए हमारी मदद के लिए भी कोई नहीं होगा।'

उसके माता-पिता ने विनायक की बातों में छिपी बुद्धिमत्ता पर गौर किया। कुछ समय बाद उसकी माँ ने कहा, 'विनायक, तुम बिलकुल सही कह रहे हो। हमारा आशीर्वाद तुम्हारे साथ है। हमें तुम्हारे जैसा पुत्र पाकर गर्व हो रहा है।'

लेकिन उसके दोस्तों ने बड़ी अनिच्छा से उसका साथ दिया। वे सब श्मशान घाट गए और पाया कि उन्हें वहाँ भी कुछ पैसे देने हैं। विनायक ने बचे पैसे लिये और जरूरी रकम का भुगतान कर दिया।

अचानक विनायक के मन में एक विचार आया। उसने कहा, 'इस शहर में बहुत से ऐसे लोग होंगे, जो बहुत गरीब हैं और उनके परिवार में किसी की मृत्यु होने पर उनके दाह-संस्कार या उन्हें दफनाने में मदद करने के लिए कोई नहीं होता। वे किसी भी समुदाय के हो सकते हैं। हम उनमें से कुछ की मदद क्यों नहीं कर सकते? हम बाकी की राशि इस उद्देश्य के लिए दान कर सकते हैं। हम अंतिम संस्कार के धार्मिक हिस्से में कोई भूमिका नहीं निभाएँगे। यह परिवार के ऊपर होगा। मैं ज़ानता हूँ कि हम कुछ ही लोगों की मदद करने में समर्थ होंगे, लेकिन पैसे को बरबाद करने की बजाय उसे एक अच्छे मकसद पर खर्च करना बेहतर है। तुम लोगों को नहीं लगता कि हमें लोगों की मदद करनी चाहिए, खासकर ऐसे समय में, जब वे अपने किसी प्रियजन को खोने के दु:ख में डूबे होने के कारण ठीक से सोच तक नहीं पाते?'

बन्या और बापू को यह विचार बिलकुल भी पसंद नहीं आया, लेकिन लता बहुत उत्साहित थी। वह बोली, 'विनायक, यह बहुत अच्छा विचार है। हर कोई अलग-अलग रूप में परोपकार करता है—स्कूलों का निर्माण, जरूरतमंदों को कपड़े उपलब्ध कराना, पुस्तकें देना और रक्तदान—लेकिन तुम्हारा विचार मुझे सच में पसंद आया। पिछले वर्ष मैं अपने चाचा से मिलने राजकोट गई और मैंने उनसे कहा कि मैं वहाँ किसी विशेष जगह जाना चाहती हूँ। वह मुझे श्मशान घाट तक ले गए। मैं बहुत डरी हुई थी। लेकिन वह अद्भुत और खूबसूरत था। उसे बहुत अच्छा पेंट किया गया था, उसकी बाहरी दीवारें बहुत अच्छी थीं—'

'वहाँ दीवारें क्यों होनी चाहिए? वहाँ से वैसे भी कोई भाग नहीं सकता,' बन्या ने मजाक किया।

'चुप रहो बन्या। हमें लता की बात सुननी चाहिए। वह कुछ कह रही थी,' विनायक ने कहा।

लता आगे बोली, 'उसमें एक शिव मंदिर और एक सुंदर बगीचा, बेंच लगे छायादार पेड़ और पानी की व्यवस्था है। वहाँ का वातावरण शोकाकुल लोगों को

ढाँढस बँधाता है और उनके मन को शांति प्रदान करता है।'

'हम इतने अमीर नहीं हैं कि अपने शहर में इतनी सारी व्यवस्था कर सकें। लेकिन हम कम-से-कम इतना कर सकते हैं कि अत्यंत गरीब लोगों की अंतिम यात्रा में उनकी मदद कर सकें। अगर आप सहमत हैं तो हम शेष राशि का बँटवारा कर सकते हैं, लेकिन मैं अपने हिस्से का इस उद्देश्य के लिए इस्तेमाल करूँगा। मैंने यह पैसा कमाया नहीं है। यह लोगों का पैसा है और इसे लोगों तक पहुँचना चाहिए,' विनायक ने निर्णायक स्वर में कहा।

लता तुरंत बोली, 'मैं भी अपना हिस्सा दूँगी!' हर कोई एक-दूसरे का चेहरा देखने लगे और फिर बोले, 'हम भी तुम्हारे साथ हैं।'

विनायक का प्रच्छन्न नेतृत्व अब सामने आ गया। वह बोला, 'चलो, एक स्वयंसेवक समूह बनाते हैं। हम अपने समूह का नाम मुक्ति सेना रखेंगे और गरीब लोगों की मदद करेंगे।'

'हम ऐसे गरीब लोगों को कैसे तलाशेंगे, जिन्हें अपने मृत परिजनों के लिए मदद की जरूरत हो?' बापू ने पूछा।

'हम किसी सरकारी अस्पताल से अपना काम शुरू करते हैं। मेरा दोस्त एक अस्पताल में वार्ड बॉय है। मुझे यकीन है कि उषा ताई की तरह बहुत से गरीब लोग होंगे,' विनायक ने कहा।

इस तरह मुक्ति सेना का सफर शुरू हुआ। जल्दी ही उन्हें एहसास हो गया कि जरूरतमंद लोगों की संख्या के मुकाबले उनके पास जमा राशि नगण्य है। कुछ लोग एक भी पैसा नहीं दे सकते थे, जबकि कुछ लोग कुछ सौ रुपए देते थे। अब विनायक और उसकी टीम को इस बारे में गंभीरता से सोचना था कि इस तरह वे अपना काम किस तरह जारी रख पाएँगे।

यह खबर मिल में काम करनेवाले विनायक के पिता के माध्यम से मिल यूनियन तक पहुँची। मिल यूनियन ने निःशुल्क कपड़ों के बंडल देने का प्रस्ताव रखा। फिर भी आरंभिक वर्षों में मुक्ति सेना के पास पैसों की कमी बनी रही। विनायक को समझ में आया कि आर्थिक स्थिति एक पिरामिड की तरह होती है। गरीब लोग सबसे नीचे होते हैं, लेकिन ऐसे उद्देश्यों के लिए वही असली उपभोक्ता और दानकर्ता होते हैं। विनायक जानता था कि कुछ समय में वे अपने कार्य के लिए पर्याप्त रकम एकत्रित कर लेंगे।

जैसे-जैसे विनायक और उसकी टीम उम्र में बड़ी होने लगी, उन्हें अपनी जीविका के लिए भी कुछ धन की आवश्यकता पड़ने लगी। परंतु विनायक ने

कहा, 'हम मुक्ति सेना के फंड से एक रुपया भी नहीं लेंगे।' किसी स्वयंसेवक के वैतनिक कर्मचारी बन जाने पर संगठन में भ्रष्टाचार आने की संभावना बन जाती है। इसलिए उन्होंने फैसला किया कि मुक्ति सेना पूर्णत: एक स्वयंसेवी संगठन रहेगा और इसके सदस्य अपनी जीविका के लिए दूसरी नौकरियाँ करेंगे। लगभग सभी सदस्यों ने अपना-अपना काम करने का निर्णय किया। इससे वे आय का अपना स्रोत प्राप्त करने के साथ-साथ मुक्ति सेना में भी समय दे सकते थे। इस समय तक मुक्ति सेना और उसके ईमानदार स्वयंसेवकों की चर्चा दूर-दूर तक फैल चुकी थी। विनायक और उसकी टीम को अपना व्यवसाय स्थापित करने में मदद करने के लिए कई लोग सामने आए।

आज मुक्ति सेना के पास तीस स्वयंसेवक हैं, जो दिन-रात काम करते हैं। ये सभी उद्यमी हैं, जो अपना परिवार चलाने के लिए एक छोटी आय अर्जित करते हैं। ये उद्यमी बाकी चीजों के साथ-साथ किराने की दुकानें, बच्चों की नर्सरी, साइकिल किराए पर देनेवाली दुकानें, अखबार वितरण दुकानें और प्रिंटिंग दुकानें आदि चलाते हैं। जब भी मुक्ति सेना का कोई फोन आता है तो इन स्वयंसेवियों के पास वापस आने तक उनकी दुकानों की देख-रेख के लिए एक स्थानापन्न होता है। उनकी अनुपस्थिति से उनके व्यवसाय कभी प्रभावित नहीं होते।

आज भी, विनायक का कहना है कि जब किसी व्यक्ति की मृत्यु हो जाती है तो उसकी जाति कोई मायने नहीं रखती। किसी व्यक्ति का जन्म ही यह फैसला करता है कि उसके मृत शरीर का अंतिम संस्कार कैसे होगा। वह कहता है, 'हिंदू, मुसलिम, सिख, ईसाई, सबको मेरा सलाम।'

□

तीन तालाब

प्राचीन समय में गाँवों के नजदीक कोई नदी न होने पर तालाब ही जल के एकमात्र स्रोत होते थे। इसलिए ग्रामीण अपने तालाब की देख-रेख बहुत अच्छी तरह करते थे। वे प्रत्येक वर्ष उसकी सफाई करते थे और उसका कीचड़ निकाल देते थे। प्रत्येक परिवार अपने एक सदस्य को तालाब की सफाई में सहायता करने के लिए भेजता था। इस काम के लिए कोई भुगतान नहीं किया जाता था, क्योंकि तालाब गाँव की संपत्ति थी। प्रत्येक वर्ष ग्रामीण तालाब के पानी की पूजा करते थे, क्योंकि वे उस जल को गंगा के पवित्र जल की तरह मानते थे।

तालाब अलग-अलग प्रकार के होते थे: कुछ का सिंचाई के लिए इस्तेमाल किया जाता है, कुछ का पेयजल के स्रोत के रूप में और कुछ का दोनों के लिए। अगर तालाब बहुत बड़ा हो और उसका दूसरा छोर न दिखे तो उसे समुद्र कहा जाता था, उनके शांति समुद्र, व्यास समुद्र आदि नाम रखे जाते थे। आमतौर पर तालाबों का नाम उनका निर्माण करवानेवाले व्यक्ति, जैसे—राजाओं, रानियों, अमीर व्यापारियों और शक्तिशाली कमांडरों के नाम पर रखा जाता था।

भारत यात्रा के अपने व्यापक अनुभव में मैंने पाया कि हर तालाब उस गाँव के लिए पवित्र होता है और किसी तालाब के निर्माण के पीछे हमेशा एक कहानी होती है। किंवदंती यह है कि गंगा धरती के नीचे तक चली गई और फिर तालाब के रूप में प्रकट हुई, ताकि लोगों को जल प्राप्त हो सके। इसलिए उस जल को पवित्र जल या गंगाजल कहा जाता है।

मैंने भारत के विभिन्न भागों में कई तालाब देखे हैं, परंतु कर्नाटक के तीन अलग-अलग तालाबों की कहानी ने मुझ पर एक गहरा असर छोड़ा।

अज़्मानी की शर्त

यह वह समय था, जब हमारे देश पर ईस्ट इंडिया कंपनी और अंग्रेजों का राज था। अम्मानी एक अशिक्षित महिला थी, जो कोलार के निकट रहती थी। उसके पास गाय-भैंसें थीं और उसका काम आस-पास के लोगों को दूध देना था। कोलार एक सूखा प्रभावित क्षेत्र है और वह अकसर लोगों को पानी के लिए संघर्ष करते देखती थी। अम्मानी हमेशा से इस संबंध में कुछ करना चाहती थी।

एक दिन उसने सुना कि गाँव के करीब अंग्रेजों का एक शिविर लगने जा रहा है। अंग्रेजी और कन्नड़ दोनों भाषाएँ जाननेवाला मध्यस्थ शिविर में ठहरे अंग्रेज सिपाहियों के लिए दूध, दही, घी और मक्खन की तलाश में गाँव की ओर आया। जब यह खबर फैली तो हर किसी ने मध्यस्थ से कहा कि वह शिविर में दूध की आपूर्ति करेगा। लेकिन अम्मानी ने मध्यस्थ रामप्पा से कहा, 'मैं सिर्फ एक शर्त पर शिविर में दूध दूँगी। मुझे पैसा नहीं चाहिए।'

रामप्पा हैरान था। 'तुम्हारा मतलब है कि तुम इन फिरंगियों को मुफ्त में दूध देना चाहती हो? इन गोरों को?'

'ऐसा मैंने कब कहा? आखिर, मैं एक गरीब औरत हूँ।'

'अब अच्छे पैसे कमा लो, क्योंकि तुम थोक में दूध बेच रही हो। मौके का फायदा उठा लो। यह एक सरकारी दफ्तर है। निजी लोगों के विपरीत यहाँ से पैसे मिलने की गारंटी है। अगर तुमने यह मौका गँवा दिया तो तुम्हें फिर यह अवसर नहीं मिलेगा। बुद्धिमानी से काम लो,' उसने अम्मानी को सलाह दी।

'तुम गलत सोच रहे हो। मैं दूध बेचना चाहती हूँ। लेकिन मैं हर माह पैसे नहीं चाहती। उसे अंग्रेज अधिकारी के पास ही रखना चाहती हूँ। तुमने भी अभी-अभी कहा कि वे भरोसेमंद सरकारी आदमी है।'

'तुम्हारा कहने का यह मतलब है कि तुम अंत में पैसे वसूलोगी? मुझे यह बात समझ नहीं आई।'

लेकिन अम्मानी ने जोर दिया कि वह सिर्फ इसी शर्त पर अंग्रेजों को दूध की आपूर्ति करेगी। इसलिए रामप्पा अंग्रेज अधिकारियों से इस विचित्र अनुरोध के बारे में बात करने चला गया।

अगले दिन रामप्पा ने अधिकारी जॉर्ज से कहा, 'इस गाँव में एक विचित्र महिला है। वह दूध, दही और घी बेचना चाहती है, लेकिन वह अभी पैसे नहीं लेना चाहती।'

जॉर्ज को उत्सुकता हुई। 'उस महिला को यहाँ लाओ। मैं उससे बात करना चाहता हूँ।'

अगले दिन अम्मानी अधिकारी से मिलने गई। उन दिनों भारतीय फिरंगियों से डरते थे। उन्हें हमेशा यह चिंता होती थी कि उन्हें बेवजह सजा दी जा सकती है। उनका रंग अलग था, उनकी भाषा अलग थी और भारत एक ब्रिटिश उपनिवेश था। लेकिन अम्मानी निर्भय होकर वहाँ गई। उसे अंग्रेजी नहीं आती थी, लेकिन वह जानती थी कि उसे क्या कहना है।

जब वह अंग्रेजों के शिविर में पहुँची और जॉर्ज से मिली, उसने कहा, 'सर, आप जो कहें, मैं वह उपलब्ध कराने को तैयार हूँ। लेकिन पैसा आपके पास ही रहना चाहिए। मैं उसे बाद में ले लूँगी।'

उस समय वहाँ बैंक का चलन नहीं था, इसलिए जॉर्ज को लगा कि अम्मानी घर पर पैसे रखने में घबरा रही है। उसने पूछा, 'क्या तुम्हें चोरों या रिश्तेदारों द्वारा पैसे चुराए जाने का डर लग रहा है, क्योंकि तुम बिलकुल अकेली हो?'

वह मुसकराते हुए बोली, 'जी, नहीं। कारण यह नहीं है।'

'फिर क्या बात है?'

'वह मैं आपको बाद में बताऊँगी। मुझे यकीन है कि आप मेरी बात समझेंगे।'

अधिकारी जॉर्ज को अम्मानी की बातें पसंद आईं और उसने उसका अनुरोध स्वीकार कर लिया। इसके तुरंत बाद अम्मानी ने शिविर में दूध, दही और घी की आपूर्ति शुरू कर दी। उसकी चीजों की गुणवत्ता अन्य लोगों से बेहतर थी और वह समय की बहुत पाबंद थी। लेकिन वह अंग्रेजों से पैसा न लेने के कारण अपने गाँव में उपहास का विषय बन गई। अम्मानी अपने गाँव के आस-पास के लोगों को भी दूध बेचती रही और उसी से अपना मासिक खर्च चलाती रही, हालाँकि उसे ब्रिटिश शिविर से एक भी पैसा नहीं मिल रहा था।

वर्ष बीतते रहे। शिविर में हर कोई अम्मानी की ईमानदारी और उसके पदार्थों की गुणवत्ता के लिए उसे जानने लगा। समय के साथ अम्मानी ने दूध और अन्य पदार्थ देनेवाले दूसरे ग्रामीणों की जगह ले ली। वह ब्रिटिश शिविर में दुग्ध पदार्थों की आपूर्ति करनेवाली एकमात्र व्यक्ति बन गई। सारे अधिकारी उससे दोस्ताना व्यवहार करते थे।

एक दिन अधिकारी जॉर्ज अम्मानी से बात करने आए। वह बोले, 'अम्मानी, तुम्हें अपने पैसे ले लेने चाहिए। अब वह एक बड़ी राशि हो चुकी है और मेरे लिए इतने लंबे समय तक उसे अपने पास रखना ठीक नहीं है। हम एक वर्ष के बीच शिविर बदल सकते हैं। हम तुम्हारी ईमानदारी का सम्मान करते हैं और हमें तुम्हारे साथ भी ईमानदारी बरतनी चाहिए।'

'मुझे पहले से सूचना देने के लिए धन्यवाद, सर। अपने पैसों के साथ मुझे आपसे और आपके सिपाहियों से मदद भी चाहिए।'

'अच्छा, तुम अपने लिए एक बड़ा बँगला बनवाना चाहती हो?' अधिकारी ने मजाक में कहा।

'नहीं सर, मैं एक तालाब बनवाना चाहती हूँ।'

'क्या?' अधिकारी हैरान रह गया। 'तुम्हें पता है कि इस पथरीले इलाके में तालाब का निर्माण आसान नहीं है? उसके लिए बहुत सारे लोग चाहिए। सिर्फ पैसा पर्याप्त नहीं है।'

'सर, मैं आपसे प्रार्थना करती हूँ। मैंने इसी कारण पैसा नहीं लिया था। अगर मैं पैसा ले लेती तो इस समय तक सारे पैसे खर्च हो चुके होते। चूँकि मैं एक विधवा हूँ, मेरे रिश्तेदार जबरन मुझसे पैसा ले लेते। सर, आप तेज गरमियों में महिलाओं की दिक्कतें नहीं समझते। कृपया मेरे लिए यह काम कर दीजिए।'

जॉर्ज ने इस बारे में सोचा। यह एक कठिन काम था। उसने मन-ही-मन अम्मानी की ईमानदारी और लोगों के लिए उसकी परवाह की सराहना की। इसलिए वह बोले, 'मैं अपने बॉस से बात करूँगा। देखता हूँ, यदि वह हमारे सिपाहियों से बिना कोई मूल्य लिये यह काम करने को कहते हैं या नहीं।'

आखिरकार दयालु जॉर्ज और उनके सिपाहियों ने तालाब का निर्माण किया। वह तालाब पूरे गाँव के लिए पेयजल का स्रोत बन गया। लोगों को अब पानी लाने के लिए दूर नहीं जाना पड़ता था और आज भी उस तालाब को अम्मानी के तालाब के नाम से जाना जाता है। आज भारत स्वतंत्र है और अम्मानी अब इस दुनिया में नहीं है, लेकिन वह तालाब अब भी गाँव को दिए उसके उपहार का साक्षी है।

शादी का तोहफा

अब मैं आप लोगों को नवलगुंड तालाब की कहानी सुनाती हूँ। नवलगुंड उत्तरी कर्नाटक का एक काफी बड़ा शहर है। बहुत समय पहले गाँव का मुखिया राम गौडा नामक एक व्यक्ति था। उसकी दो खूबसूरत बेटियाँ—चन्नम्मा और नीलम्मा, थीं।

हालाँकि नवलगुंड की जमीन उर्वर थी, लेकिन वह बहुत हद तक वर्षा पर निर्भर थी और नवलगुंड में जीवन बहुत कठिन था। नजदीक में जल का कोई स्रोत नहीं था। पानी की तलाश में कई कुएँ खोदे गए, लेकिन उनमें एक बूँद भी पानी नहीं था। पुरुष और स्त्रियाँ कुछ बालटी पानी के लिए मीलों चलते थे। राम गौडा

का परिवार समृद्ध था और उनके पास सुविधा की सभी चीजें थीं। उनके पास कई नौकर थे, जो बैलगाड़ियों में उनके लिए पानी ढोकर लाते थे। इसलिए इस परिवार को कभी गरीब लोगों की समस्या का एहसास नहीं हुआ।

एक दिन राम गौडा की अगुआई में पंचायत की एक बैठक हुई। गरीब लोग उस बैठक में पहुँचे और बोले, 'महाशय, कृपया इस गाँव में एक तालाब का निर्माण करवा दीजिए। हम खूब मेहनत करके तालाब की खुदाई में मदद करेंगे। इसके लिए हमें मजदूरी भी नहीं चाहिए।'

राम गौडा ने कहा, 'तालाब का निर्माण आसान काम नहीं है। तुम लोग कह सकते हो कि इसमें मजदूरी नहीं लगेगी। फिर भी तालाब के निर्माण के लिए काफी पैसा चाहिए। अगर गाँव का हर समृद्ध व्यक्ति तालाब के निर्माण में थोड़ा-थोड़ा योगदान करे, तब हम उस बारे में सोच सकते हैं और फैसला ले सकते हैं।' लेकिन कोई समृद्ध व्यक्ति पैसा देने के लिए तैयार नहीं था।

उन दिनों हर अमीर व्यक्ति के पास ढेरों मजदूर होते थे और उनमें से कई बंधुआ मजदूर होते थे। इसलिए नवलगुंड के अमीर लोग पानी भरने की कठिनाइयों को समझना नहीं चाहते थे। जब यह बातचीत चल रही थी, नीलम्मा खंभे के पीछे खड़ी थी। वह जानती थी कि उसके पिता तालाब का निर्माण करवा सकते थे, क्योंकि वह गाँव के सबसे समृद्ध व्यक्ति थे। उसे यह भी एहसास हुआ कि गाँव के अन्य समृद्ध लोग राम गौडा के पैसा देने का इंतजार कर रहे थे, लेकिन ऐसा कुछ नहीं हुआ और बैठक समाप्त हो गई।

नीलम्मा बहुत दुःखी हुई। वह पानी भरने की तकलीफ समझती थी, क्योंकि वह अपनी नौकरानी की मुश्किलें जानती थी। एक दिन किसी को सूचित किए बिना नीलम्मा अपनी नौकरानी के साथ एक बालटी पानी लाने चली गई थी। वह एक दुःसाध्य कार्य था, परंतु नीलम्मा जानती थी कि उसके पिता कभी उसकी बात नहीं सुनेंगे। इसलिए वह मौन रही।

कुछ वर्ष बीत गए। चन्नम्मा और नीलम्मा बड़ी हुईं और राम गौडा ने दो अमीर जामाता ढूँढ़े। शादियाँ खूब धूमधाम से हुईं। जब चन्नम्मा और नीलम्मा अपने पिता के घर से विदा हो रही थीं तो पिता ने उनसे पूछा, 'बेटियों, तुम यह शहर छोड़कर जा रही हो। तुम्हें उपहार के रूप में क्या चाहिए?'

चन्नम्मा बोली, 'मैं जेवरातों से भरी बैलगाड़ी चाहती हूँ।'

'ठीक है बेटी,' राम गौडा बोले।

नीलम्मा कुछ नहीं बोली।

'नीलम्मा, तुम क्या चाहती हो?' उसके पिता ने आग्रह किया।

'मैं नहीं जानती कि आप मुझे मनचाही चीज दे पाएँगे या नहीं,' वह बोली।

इस बात ने राम गौडा को कुपित कर दिया। 'अपनी बहन को देखो। जब उसने जेवरातों से भरी बैलगाड़ी की माँग की तो मैंने स्वीकार कर लिया। मैं तुम्हें मना क्यों करूँगा? क्या तुम मुझसे कुछ असाधारण माँगनेवाली हो?'

नीलम्मा बोली, 'मैं आपसे ऐसा कुछ माँगूँगी, जो आप मुझे अवश्य दे सकते हैं, परंतु आपको वादा करना होगा कि आप ऐसा करेंगे। तभी मैं आपसे माँगूँगी।'

राम गौडा ने सोचा कि शायद नीलम्मा अपनी बहन से अधिक जेवरात माँगेगी या शायद वह जमीन माँगे। इसलिए उसने हाँ कह दी।

'पिताजी, मैं आपके घर से ग्राम भर भी सोना या जेवरात नहीं चाहती। न ही मुझे सिल्क साड़ियों की चाह है। मैं आपकी जमीन का एक इंच टुकड़ा भी नहीं चाहती। लेकिन मैं चाहती हूँ कि आप गाँव के बीचोबीच एक तालाब बनवाएँ, ताकि हर गरीब व्यक्ति आसानी से पीने का पानी प्राप्त कर सके।'

राम गौडा स्तब्ध रह गए। पहले तो वह अपनी बेटी से बहुत नाराज हुए। फिर उन्होंने खर्च के बारे में सोचा। वह जानते थे कि वह इतना खर्च उठा सकते हैं। उन्होंने अपना वादा याद किया। मुसकराते हुए बोले, 'मैंने वादा कर दिया तो कर दिया। मैं तुम्हारे लिए एक तालाब बनवाऊँगा।'

आज भी नीलम्मा के नाम का वह तालाब नवलगुंड शहर के मध्य स्थित है। समय के साथ तालाब का विस्तार हो गया है और उसकी सुंदरता भी बढ़ गई है। अब तक उसका अच्छी तरह ध्यान रखा जाता है। तालाब में उतरने से पहले हर किसी को अपने पैर धोने के सख्त नियम का पालन करना पड़ता है। नवलगुंड के लोग पानी को प्रदूषित नहीं कर सकते। आज नीलम्मा, चन्नम्मा और राम गौडा इस दुनिया में नहीं हैं, लेकिन हर कोई नवलगुंड के लोगों के लिए नीलम्मा की परवाह को याद करता है।

भागीरथी

अब हम तालाबों की पसंदीदा कहानी पर आते हैं। यदि आप हंगल से हवेरी की ओर चलें तो आपको बीच में कलाकेरी नाम का एक उनींदा सा गाँव मिलेगा। यहाँ पर स्वच्छ जलवाला एक खूबसूरत तालाब है। तालाब के सामने एक शिव मंदिर भी है। यह तालाब अपने असाधारण कमलों और पत्तों की वजह से अलग ही दिखता है। ये कमल बहुत खूबसूरत दिखते हैं। लेकिन अगर आप तालाब की

ओर जाएँ तो आप महसूस करेंगे कि कमल आपसे दूर जा रहे हैं। आखिरकार यह भागीरथी का तालाब है।

लंबे समय पहले मल्लाना गौडा गाँव के मुखिया थे। उनके सात पुत्र थे और सभी विवाहित थे। उनकी सबसे छोटी पुत्रवधू भागीरथी थी। वह बहुत खूबसूरत थी और बहुत ही अच्छे स्वभाव की युवती थी। वह मृदुभाषी व अंतर्मुखी थी, जो कभी सबके सामने अपनी भावनाओं को व्यक्त नहीं करती थी। उसका पति सेना में मोर्चे पर तैनात एक अधिकारी था। इसलिए वह अकसर बाहर ही रहता था। भागीरथी के सास-ससुर उसका खयाल रखते थे। वह अपने मित्रों, ससुरालवालों और गाँव के सभी लोगों में बहुत लोकप्रिय थी।

मल्लाना गौडा ने गाँव में एक तालाब के निर्माण का आदेश दिया। एक तालाब का निर्माण करवाया गया, लेकिन उसमें पानी नहीं था। वह बहुत चिंतित थे। तालाब में पानी नहीं होने से लोगों और किसानों को बहुत परेशानी होती। उन्होंने इस तालाब को खुदवाने में काफी पैसा खर्च किया था और बहुत सी पूजा करवाई थी, लेकिन फिर भी उसमें पानी नहीं था।

एक दिन गाँव के बुजुर्ग लोग फुसफुसाते हुए कोई चर्चा कर रहे थे। भागीरथी, जो बगीचे में कुछ काम कर रही थी, उनकी आवाजें साफ-साफ सुन सकती थी। किसी ने उस पर ध्यान नहीं दिया।

किसी ने मल्लाना गौडा से कहा, 'महाशय, आप सिर्फ एक तरीके से तालाब में पानी ला सकते हैं। एक विवाहित स्त्री पूरे मन से लोगों के कल्याण के लिए पूजा करे और ईश्वर से पानी की प्रार्थना करे। फिर पानी आ सकता है। परंतु…' वह कहते-कहते रुक गया।

'अरे, इसमें क्या मुश्किल है? गाँव की कोई भी स्त्री ऐसा कर सकती है,' एक दूसरे व्यक्ति ने कहा।

'लेकिन एक शर्त है। एक बार तालाब में पानी आने के बाद पूजा करनेवाला व्यक्ति शायद पानी से बाहर न आ सके और डूब जाए। क्या कोई इसके लिए तैयार होगा?'

लोगों के बीच सन्नाटा छा गया। गाँव में बहुत सी पुत्रवधुएँ थीं, लेकिन कोई पिता या ससुर कुछ नहीं बोला।

'क्या भागीरथी को लाना इतना कठिन है,' किसी ने पूछा। मल्लाना गौडा बहुत नाराज हो गए और उस व्यक्ति पर चिल्लाए, 'पूरे गाँव में तुम्हें मेरी पुत्रवधू ही मिली? और स्त्रियाँ भी तो हैं।'

'नहीं महाशय, मैं आपकी पुत्रवधू भागीरथी की बात नहीं कर रहा, मेरा मतलब गंगा से है।'

गंगा भागीरथी के नाम से भी प्रसिद्ध है। भारत में एक अत्यंत लोकप्रिय लोककथा है। कहानी इस प्रकार है। तब गंगा नदी सिर्फ स्वर्ग में बहती थी। राजा भगीरथ ने गंगा से प्रार्थना की कि वह धरती पर उतरें और लोगों की मदद करें। उन्होंने भारी तपस्या की और गंगा से आने का अनुनय किया। इसलिए वह भगीरथ के अनुरोध पर धरती पर आईं। इसलिए उन्हें भागीरथी भी कहा जाता है। आज भी गंगा के उद्गम गंगोत्री में राजा भगीरथ की प्रतिमा देखी जा सकती है।

भागीरथी ने यह बातचीत सुनी और अपने कमरे में चली गई। वह रात भर सो नहीं पाई। उसने मन में सोचा, 'मेरे पति सेना में देश की निःस्वार्थ सेवा कर रहे हैं। मेरे जीवन का क्या अर्थ है, यदि मैं बलिदान देते हुए लोगों को शांति और सद्भावना में रहने का अवसर नहीं दे सकती?' यह बहुत मुश्किल स्थिति थी और उसके दिमाग में उथल-पुथल मची हुई थी।

अगले दिन उसने अपने श्वसुर से कहा, 'पिताजी, मैं आपसे कुछ माँगना चाहती हूँ। मैं चाहती हूँ कि हम सब तालाब की सीढ़ियों के नीचे एक छोटी सी पूजा करें। क्या पता भागीरथी आ जाए।'

उसके श्वसुर हँसने लगे। 'बेटी, हमने बहुत सी पूजा कर ली है, लेकिन पानी अब तक नहीं आ पाया, लेकिन अगर तुम चाहती हो तो हम अगले सप्ताह पूजा कर लेंगे।'

अगले दिन भागीरथी अपनी सहेली के घर गई और वहाँ हर किसी से बात की। विदा लेते समय उसकी आँखों में आँसू थे। उसकी सहेली ने उसे ढाँढस बँधाया, 'इतनी उदास मत हो। तुम्हारे पति शीघ्र लौट आएँगे। वह विजयी होंगे। बहादुर बनो।' भागीरथी कुछ नहीं बोली।

एक दिन बाद वह अपने मायके गई। उसके माता-पिता भागीरथी को अकेले आए देखकर हैरान हुए, क्योंकि उसने पहले कभी ऐसा नहीं किया था। उसने नम आँखों के साथ उनसे विदा ली। 'भागीरथी, रोओ मत। तुम्हारे पति जल्दी लौट आएँगे,' उन्होंने उसे दिलासा दिया। भागीरथी ने कोई जवाब नहीं दिया और अपने ससुराल लौट आई।

अगले दिन वह जाकर पूरे गाँव को पूजा के लिए आमंत्रित कर आई। समारोह के दिन वह दुलहन की तरह तैयार हुई और उसका परिवार तालाब की तलहटी में पूजा के लिए गया। पूजा समाप्त होने के बाद हर कोई वापस जाने लगा।

भागीरथी कुछ सीढ़ियाँ चढ़ी और अपने श्वसुर से बोली, 'पिताजी, मैं अपनी स्वर्ण थाल तालाब की तलहटी में भूल आई हूँ। आप सब चलें। मैं पीछे से आती हूँ।' फिर वह नीचे उतरी और तालाब की तलहटी में अकेली खड़ी रही। उसने आकाश की ओर अपने हाथ जोड़े और गंगा नदी से प्रार्थना की। 'माँ गंगे, कृपया हमारे गाँव आओ। कृपया अपने मीठे जल से इस तालाब को भर दो और सबको खुशहाल कर दो। गाँव की स्त्रियों, बच्चों, बुजुर्गों और पशुओं का ध्यान रखो और उन्हें पानी प्रदान करो। अगर बदले में आपको मेरी बलि चाहिए तो मेरा जीवन आपका है। आखिरकार मैं भागीरथी हूँ और आपके नाम पर मेरा नाम रखा गया है।'

फिर वह पहली सीढ़ी पर चढ़ी। अचानक जोरों की बिजली कड़कने लगी और आँधी-तूफान आ गया, लेकिन कोई कुछ देख नहीं पा रहा था। तालाब के किनारों से पानी अंदर आने लगा और भागीरथी के टखनों तक आ गया। वह दूसरी सीढ़ी चढ़ी। तालाब में पानी भरता रहा और वह उसके घुटनों तक आ गया।

अचानक भागीरथी को समझ आ गया कि क्या हो रहा है। वह एक साथ खुश और दुःखी दोनों थी। वह तीसरी सीढ़ी पर चढ़ी। पानी उसके नितंबों तक आया। उसने चौथी सीढ़ी पर कदम रखा। पानी उसकी बगलों तक आ गया। वह पाँचवीं सीढ़ी चढ़ी। पानी उसके सिर के ऊपर तक आ गया और अब वह साँस नहीं ले पा रही थी। बिजली का गर्जन रुक गया और तूफान शांत हो गया।

मल्लाना गौडा यह देखने को वापस लौटे कि क्या हुआ। तालाब में पानी भरता रहा, जब तक कि वह पूरा भर नहीं गया। पूरा गाँव इतने सालों की प्रार्थना के बाद तालाब में पानी भरा देखकर हैरान था। कुछ समय के बाद मल्लाना गौडा को एहसास हुआ कि उनकी पुत्रवधू भागीरथी कहीं नहीं है। तब वह समझ गए कि क्या हुआ है। उनकी आँखों से आँसू बहने लगे। वह नीचे बैठ गए और रोने लगे। 'भागीरथी, मेरी बच्ची, तुम्हारे पति के वापस आने तक तुम मेरी जिम्मेदारी थी। मैं तुम्हें अपनी बेटी की तरह प्यार करता था, लेकिन मुझे तुम्हारी योजना पता नहीं थी। क्या इसीलिए तुम अपने माता-पिता और सहेलियों से मिलने गई थीं? क्या इसलिए आज तुम दुलहन की तरह तैयार हुई थी और जान-बूझकर स्वर्ण थाल भूल गई थीं? मुझे नहीं पता था कि तुमने पिछले सप्ताह हमारी बातचीत सुन ली थी। भागीरथी, तुमने अपनी जान दे दी, ताकि दूसरों को पानी मिल सके। लेकिन अब मैं तुम्हारे पति को क्या मुँह दिखाऊँगा।'

अब पूरे गाँव को पता चल गया कि भागीरथी ने उनके लिए अपने प्राणों की

बलि दे दी है। वे गंगा के आगमन की खुशी मनाने में असमर्थ थे।

उसके अगले महीने युद्ध समाप्त हो गया और भागीरथी का पति विजयी होकर लौटा। वह अपनी पत्नी से अपने मोर्चों के बारे में बात करना चाहता था और अपनी उपलब्धियाँ उसके साथ बाँटना चाहता था। उसने भागीरथी के लिए महँगे जेवर और साड़ियाँ खरीदीं। जब वह घर पहुँचा तो उसे महसूस हुआ कि हर कोई खुश तो था, लेकिन किसी बात को लेकर उदास भी। उसे भागीरथी कहीं पर नजर नहीं आई। उसने अपने पिता से पूछा, 'भागीरथी कहाँ है? मैं उससे मिलना चाहता हूँ।'

उसके पिता के पास उसे सच बताने का साहस नहीं था। वह बोले, 'वह अपनी सहेली के घर गई है।' उसका पति तुरंत उसकी सहेली के घर के लिए निकल पड़ा। उसकी सहेली के घर भी उसका परिवार आँसुओं में डूबा था, लेकिन वे उसे सच्चाई नहीं बता पाए। इसकी बजाय वे बाले, 'वह अपनी माँ के घर गई है।'

वह तुरंत भागीरथी के मायके के लिए निकल पड़ा, लेकिन वहाँ भी उसे कोई जवाब नहीं मिला।

जब भागीरथी का पति वापस अपने घर जा रहा था तो उसे तेज प्यास लगी। उसने अपने गाँव में पानी से लबालब एक नया तालाब देखा। वह नीचे झुककर पानी पीने लगा। पानी बहुत मीठा था। उसने तालाब की ओर देखा और वहाँ से उठ नहीं पाया। वह थोड़ी देर वहाँ बैठा रहा।

एक छोटा लड़का अपनी गायें चराने ले जा रहा था वह पानी के लिए वहाँ पर रुका। भागीरथी के पति ने उससे पूछा, 'सुनो बच्चे, मैंने इस झील को पहले कभी नहीं देखा और इसका पानी अमृत जैसा है। मुझे याद आता है कि इस तालाब में बिलकुल भी पानी नहीं था। ऐसा कैसे हुआ?' उस मासूम बच्चे ने भागीरथी की पूरी कहानी उसे सुना दी और चला गया।

भागीरथी का पति उसे खोने के आघात को सह नहीं पा रहा था। वह भागीरथी के बलिदान पर रोने लगा। वह जानता था कि भागीरथी के बिना जीना उसके लिए बहुत मुश्किल होगा। उसने तालाब की ओर देखकर कहा, 'प्रिये, तुम जहाँ भी हो, मैं तुम्हारे साथ रहूँगा। मुझे फर्क नहीं पड़ता कि वह तालाब है या घर।' और वह तालाब में कूद गया।

आज भी जब आप इस तालाब को देखेंगे तो उसमें असाधारण रूप से विशाल कमल और पत्ते हैं। जब मैं उस गाँव में गई तो कमलों ने मेरा मन मोह

लिया। अब गाँव में बहुत से बोरवेल हैं, इसलिए लोग उस तालाब का पानी पीने के लिए इस्तेमाल नहीं करते, परंतु अब भी कपड़े धोने के काम के लिए उसका प्रयोग होता है।

मैंने एक मछुआरे को तालाब से एक कमल का फूल तोड़कर लाने के लिए कहा। वह मेरी अज्ञानता पर हँसने लगा। वह बोला, 'मैडम, आप जरूर बाहर से आई हैं। क्या आपको पता नहीं कि भागीरथी और उसके पति अंदर हैं? मैंने कभी किसी को इस तालाब में घुसकर फूल तोड़ते नहीं देखा। फूल जोड़े में प्रतीत होते हैं, लेकिन उनके पास जाते ही वे आपसे दूर होने लगते हैं। तालाब की गहराई इतनी छलावा है कि यदि आप फूलों तक पहुँचने की कोशिश करें तो डूब भी सकते हैं।'

मैं नहीं जानती थी कि ऐसे खूबसूरत फूलों के पीछे इतनी उदासी भरी कहानी होगी।

□

परप्पा का बगीचा

बचपन में मैं प्रसिद्ध सोमेश्वर मंदिर में दर्शन के लिए गई थी। यह मंदिर लक्ष्मीश्वर शहर में स्थित है। सोमेश्वर मंदिर एक विशाल मंदिर है, जिसमें बहुत सी खूबसूरत मूर्तियाँ और स्तंभ हैं, लेकिन उन्होंने मुझे आकृष्ट नहीं किया। उनकी बजाय मंदिर के आँगन में एक विशिष्ट पत्थर था, जिसने मेरे दिल को छू लिया। वह पत्थर हजार वर्ष पुराना है और उस पर एक शिलालेख तथा तसवीर है। इस तसवीर में बहुत सी गायों और भैंसों को एक टंकी से पानी पीते दरशाया गया है और टंकी में पानी लोगों द्वारा एक कुएँ से लेकर भरा गया है। इसे कन्नड़ में 'धर्म येथा' के नाम से जाना जाता है। कोई समाजसेवी एक कुआँ खुदवाता है, एक टंकी बनवाता है और पानी निकालने की व्यवस्था करता है। गरीब लोग कम-से-कम कुएँ से पानी लेकर उसे टंकी में जमा कर सकते हैं, जिसे मनुष्यों और पशुओं द्वारा उपयोग में लाया जा सकता है। यह बात बचपन से मेरे दिमाग में बैठी हुई है। आमतौर पर जब लोग किसी की सहायता करते हैं तो हमेशा बदले में कुछ पाने की उम्मीद होती है, परंतु यदि आप एक सच्चे समाजसेवी हैं तो समय के साथ उम्मीदें कम होती जाती हैं। जीवन के व्यापक संदर्भ में स्वामित्व की भावना अर्थहीन हो जाती है। निःस्वार्थ मदद की यह भावना व्यक्ति को वास्तविक खुशी प्रदान करती है।

परप्पा एक गाँव में एक बुजुर्ग व्यक्ति थे। उनकी दृष्टि अच्छी थी, सुनाई ठीक तरह से देता था, परंतु चलना उनके लिए वास्तव में कठिन था। जब उनकी आयु कम थी तो वह आसानी से दिन में बीस मील चल लेते थे। उन्हें अपने माता-पिता से विरासत में सिर्फ पाँच एकड़ जमीन मिली थी, लेकिन अपनी मेहनत से वह उसे पचास एकड़ तक विस्तृत करने में कामयाब रहे।

उनके पुत्र भीमप्पा ने उनसे कहा, 'पिताजी, आपने अपने जीवन में बहुत

मेहनत कर ली। अब खेती की पद्धति बदल गई है। हमें मजदूरों को देखने के लिए रोज आने की जरूरत नहीं है। यहाँ तक कि अब अधिक मजदूरों की जरूरत भी नहीं रह गई है। अगर मुझे आपकी सलाह की जरूरत होगी तो मैं अवश्य आपको बताऊँगा। आपको आराम करना चाहिए और घर की देखभाल करनी चाहिए।'

इसलिए परप्पा ने काम छोड़ दिया और जमीन की जिम्मेदारी भीमप्पा ने सँभाल ली। परप्पा ने एक बड़ा घर बनवाया था, जो गाँव की टंकी की मिट्टी की बाउंड्री की ओर था। इस बाउंड्री को कन्नड़ में 'बदुवु' कहा जाता है। गाँव में परप्पा को बदुविना परप्पा के नाम से जाना जाने लगा और बदुवु उसकी पहचान बन गई। रोज शाम को परप्पा घर के बरामदे में बैठकर अपने दोस्तों के साथ गाँव की खबरों पर चर्चा करता।

परप्पा एक समृद्ध किसान था और उनके पास कई सेवक थे। भीमप्पा की पत्नी के पास परव्वा नामक एक नौकरानी थी। वह रोज आकर घर की सफाई करती। वह बहुत बातूनी थी और गाँव की सभी मजेदार खबरें लाती थी। अपना नाश्ता करके बदुवु की ओरवाले बरामदे में बैठकर परव्वा से बातें करना परप्पा का रोज का काम हो गया। परव्वा स्थानीय अखबार से बेहतर खबर लाती थी और परप्पा को गाँव की अंदरूनी खबरें लाकर देती थी।

परव्वा परप्पा को अपनी घरेलू समस्याओं के बारे में भी बताती थी। उसका बड़ा परिवार था, जिसमें उसका पति, सास-ससुर, दो बच्चे और देवर तथा उसके तीन बच्चे थे। उसका पति परप्पा के खेतों में काम करता था। लेकिन फिर भी उनके लिए जीवन आसान नहीं था।

एक सुबह परव्वा ने अपनी खबरें सुनानी शुरू कर दीं। 'हमारी सब्जियों में एक नई बीमारी लग गई है। इसलिए गाँव में सब्जियों की कीमत दस गुनी हो गई है। यहाँ तक कि अमीर लोगों को भी सब्जियाँ महँगी लग रही हैं और वे सब्जियों पर पैसे खर्च करने से पहले दोबारा सोचते हैं। एक किलो टमाटर दो लीटर दूध से भी महँगा है। अरे, कल मुझे बड़ी मुश्किल हुई,' वह ठंडी साँस भरते हुए बोली।

'क्या हुआ?' परप्पा ने पूछा।

'कल मेरी बहन और उसके घर के पाँच सदस्य अचानक हमारे घर आ गए। चूँकि वे मेहमान थे, मुझे उनके लिए अच्छा खाना बनाना था। मैंने रोटी, चावल और दाल बना ली, लेकिन मुझे कोई सब्जी नहीं मिली। मुझे बहुत शर्मिंदगी हुई।'

'तुम्हारे पास सब्जियाँ क्यों नहीं थीं?'

'मैं इस कीमत पर सब्जियाँ कैसे खरीद सकती हूँ? आप जानते हैं कि हमारे गाँव का हाट सप्ताह में एक दिन ही लगता है। हालाँकि मैं सब्जियाँ खरीदती हूँ, मेरे पास उन्हें रखने के लिए फ्रिज नहीं है। हमारे गाँव में जब चाहे, सब्जी लाना मुश्किल है।'

'तुमने कम-से-कम कुछ लौकी नहीं रखे थे,' परप्पा ने पूछा। गाँव में घर पर कुछ अतिरिक्त लौकी रखने का चलन था, क्योंकि वे जल्दी खराब नहीं होते थे और उन्हें फ्रिज में रखने की जरूरत नहीं होती थी।

'मेरे पास दो लौकी थे, लेकिन कुछ सप्ताह पहले मैंने उनका इस्तेमाल कर लिया था, जब हमारे घर अचानक कुछ मेहमान आ गए थे। काश मेरे पास एक छोटा सा बगीचा होता, जिसमें मैं लौकी की बेल उगा पाती, ताकि ऐसी स्थिति कभी उत्पन्न न होती। लेकिन हमारी झोंपड़ी के पास एक टुकड़ा जमीन भी नहीं है,' परव्वा बोलती रही, 'हमारे गाँव में मेरे जैसे बहुत से गरीब लोग हैं। वे सब्जियाँ खरीदने या उगाने में समर्थ नहीं हैं। सब्जियाँ बहुत जरूरी होती हैं। यह दु:खद है कि हमारे सभी राजनीतिक दल हमें चावल देने का वादा करते हैं, लेकिन सब्जियाँ नहीं।'

फिर वह अपने आप से बोली, 'आज आपके घर में पंचायत की बैठक है। मुझे हॉल की सफाई कर देनी चाहिए, धूल साफ करनी चाहिए और बैठक के लिए कुछ जलपान की तैयारी करनी चाहिए।' और वह हॉल की सफाई के लिए घर के अंदर चली गई।

परप्पा उसकी बातों के बारे में सोचने लगे। उन्हें कभी अपने भोजन में सब्जी के अभाव का सामना नहीं करना पड़ा था। चूँकि वह एक अमीर किसान थे, उनके पास हमेशा अपने खेतों में कुछ सब्जियाँ उगाने की जगह होती थी। वे सब्जियाँ उनके घर के लिए पर्याप्त होती थीं और उन्हें कभी सब्जियाँ खरीदनी नहीं पड़ती थीं। जब सब्जियाँ अधिक हो जाती थीं तो वह उन्हें अपने मजदूरों में बाँट देते थे। लेकिन वह हमेशा ऐसा नहीं कर सकते थे। उनकी माँ कहा करती थी, 'कभी जरूरत से अधिक फूल, फल या सब्जियाँ नहीं रखनी चाहिए क्योंकि वे बहुत जल्दी खराब हो जाते हैं और उन्हें बरबाद नहीं करना चाहिए, उन्हें लोगों में बाँट देना चाहिए।' उनकी माँ का नियम चावल, रागी और ज्वार पर लागू नहीं होता था, क्योंकि ये चीजें महीनों खराब नहीं होती थीं और आसानी से भंडारघर में रखी जा सकती थीं।

जब परप्पा परव्वा की दुर्दशा पर विचार कर रहे थे, उनका कुत्ता बंदू भौंकने

लगा। परप्पा का ध्यान भंग हो गया और वह बंदू को एक दूसरे कुत्ते के पीछे दौड़ते देखने लगे। दोनों कुत्ते टंकी के बदुवुवाले हिस्से के पास पहुँच गए। वहाँ बहुत सारी कांग्रेस घास, आम घास, कैक्टस और दूसरी अनजान झाड़ियाँ थीं। दोनों कुत्ते लड़ने लगे और वहाँ मूत्रत्याग किया। वे घास पर लेट गए और सुबह की धूप में आराम करने लगे। अचानक एक सूअरी अपने बच्चों के साथ वहाँ आई। दोनों कुत्ते भौंकने लगे और उसे वहाँ से भगा दिया। यह कोई अनोखा दृश्य नहीं था। परप्पा रोज ही ऐसे दृश्य देखते थे, क्योंकि बदुवु एक सार्वजनिक जमीन थी और गाँव की ग्राम पंचायत की थी। कोई उसकी सफाई की चिंता नहीं करता था। वह चूहों, सूअरों, कुत्तों और अन्य जानवरों की शरणगाह थी।

परप्पा के मन में एक विचार आया। 'मैं इस जमीन का इस्तेमाल गरीबों के लिए सब्जियाँ उगाने में क्यों न करूँ?' उन्होंने खुद से पूछा, लेकिन वह जमीन समतल नहीं थी। वह एक ढलान पर थी। आज उनके घर में ग्राम पंचायत की बैठक थी और उन्होंने यह प्रस्ताव पंचायत के सामने रखने का फैसला किया।

परप्पा का गाँव में काफी सम्मान था और हर कोई उन्हें अच्छा कहता था। आमतौर पर परप्पा पंचायत की किसी बैठक में शामिल नहीं होते थे, क्योंकि उनका बेटा भीमप्पा भी पंचायत का सदस्य था। इसलिए भीमप्पा उन्हें बैठक में देखकर हैरान हुआ। सभी सदस्यों ने गरमजोशी से परप्पा का स्वागत किया और बैठक आरंभ कर दी।

जब बैठक समाप्त होनेवाली थी तो परप्पा खड़े हुए और बोले, 'मेरे पास एक आइडिया है। हमारे गाँव के कई लोग सब्जियाँ महँगी होने के कारण नहीं खरीद पाते। उनके लिए कुछ लौकी सँभालकर रखना भी कठिन होता है। मेरे घर के सामनेवाले बदुवु की जमीन बेकार पड़ी है। वहाँ फालतू झाड़ियाँ उगी हैं। यदि पंचायत इजाजत दे तो मैं उस जमीन की सफाई करके वहाँ कुछ सब्जियाँ उगाना और उसे हमारे गाँव के गरीब लोगों में बाँटना चाहता हूँ।'

उनके अजीब से प्रस्ताव पर हर कोई हैरान था। 'अच्छा, मैं आपके उत्साह और सोच की कदर करता हूँ,' एक युवा सदस्य सुरेश बोला। 'मगर पंचायत कार्यालय सफाई के लिए पैसे नहीं देगी। यह पैसे की बरबादी है। कुत्ते और सूअर आपको वहाँ कुछ उगाने नहीं देंगे। बगीचे की रखवाली कौन करेगा? सिंचाई कौन करेगा? क्या आपने इन बातों के बारे में सोचा है?'

परप्पा ने जवाब दिया, 'मैंने इस बारे में सोचा है। मुझे पूरा बदुवु नहीं चाहिए। मैं एक बूढ़ा आदमी हूँ। मैं सिर्फ जमीन के एक टुकड़े की देखभाल कर

सकता हूँ। मैं उसकी सफाई पर अपने पैसे खर्च करूँगा। पंचायत को इस काम पर एक भी पैसा खर्च करने की जरूरत नहीं है, परंतु मुझे आपकी अनुमति चाहिए।'

'आप सब्जियाँ किसे देंगे? शायद आप उन्हें अपने नौकरों को देना चाहते हैं। लेकिन यह अनुचित होगा, क्योंकि यह जमीन आपकी नहीं है,' सुरेश बोला। 'मैं आप लोगों से वादा करता हूँ कि मेरे किसी नौकर को इस बगीचे की सब्जी नहीं मिलेगी। जब सब्जियाँ तैयार हो जाएँगी तो मैं सारी सब्जियाँ पंचायत कार्यालय में ले आऊँगा और आप उसके वितरण का फैसला कर सकते हैं। क्या यह ठीक है?'

पंचायत सदस्यों को लगा कि यह कोई व्यावहारिक विचार नहीं है, लेकिन वे बुजुर्ग परप्पा का बहुत सम्मान करते थे, इसलिए वे उन्हें एक मौका देने के लिए तैयार हो गए।

जब बैठक समाप्त हो गई, भीमप्पा बहुत नाखुश था। 'आप इस आयु में इन चीजों में क्यों पड़ना चाहते हैं?' उसने अपने पिता से कहा, 'क्या आप अपनी वृद्धावस्था का आनंद नहीं उठा सकते? मंदिर जाइए, टी.वी. देखिए या बच्चों के साथ खेलिए। यदि आप इस काम में कामयाब नहीं हुए तो लोग आपका मजाक बनाएँगे। अगर आप सफल भी हुए तो भी हमें कोई लाभ नहीं मिलना है। इसलिए चाहे जो हो, हमें नुकसान होगा। बल्कि हमें बदुवु की सफाई और रखवाली तथा सब्जियाँ उगाने पर पैसे भी खर्च करने पड़ेंगे।'

'बेटा, उन लोगों के बारे में सोचो, जिनके पास अपना कहने के लिए एक इंच जमीन तक नहीं है। क्या गरीबी रेखा के दूसरी ओर स्थित लोगों की मदद करना हमारा कर्तव्य नहीं है? इन गरीबों के पास फ्रिज तक नहीं है और वे सप्ताह में सिर्फ एक बार हाट से अपनी सब्जियाँ खरीदते हैं। मैं वास्तव में उन लोगों की मदद करना चाहता हूँ। मेरा खर्च बहुत नहीं है। मुझे इस काम में थोड़े पैसे खर्च करने और एक अच्छा काम करने दो। लोगों को मेरे बारे में जो कहना है, कहने दो। उससे कोई फर्क नहीं पड़ता, 'परप्पा ने कहा।'

'मुझे नहीं पता कि आप यह कैसे करेंगे, लेकिन कृपया मुझसे किसी प्रकार की मदद की उम्मीद मत रखिएगा,' भीमप्पा ने कठोरता से कहा।

इस प्रकार परप्पा की नई परियोजना शुरू हुई। उन्होंने मजदूरों की मदद से सब्जियाँ उगाने के लिए पर्याप्त जमीन की पहचान की। उन्होंने उन क्षेत्रों को चिह्नित किया और मजदूरों से उसकी सफाई करने के लिए कहा। वह प्लास्टिक की थैलियों और बोतलों से भरा हुआ था।

इसके बाद उन्होंने बाँस की पतली बुनी हुई चटाइयों से उस इलाके को घेर दिया, जिससे उसके अंदर जानवर न घुस सकें। अंत में उन्होंने लौकी के बीज, खीरा और हरी सब्जियाँ बोईं। वह जानते थे कि पानी की कोई समस्या नहीं होगी, क्योंकि बदुवु के दूसरी ओर पानी की टंकी थी और पानी सीधे बगीचे की ओर आता था। उन्होंने बगीचे के निकट एक बेंच भी बनवाया और वहाँ लोगों से मिलते थे। लोगों ने उसे 'परप्पा का बगीचा' कहना शुरू कर दिया। जब पौधे बड़े हुए और उनमें फूल आने लगे, छोटी-छोटी लौकियाँ नजर आने लगीं। परप्पा इतने उत्साहित थे कि लोगों को लगा मानो वह घर में नए मेहमान का स्वागत कर रहे हों। जब हरी सब्जियाँ उगीं और बड़ी संख्या में पत्ते आने लगे तो परप्पा को अपने पौधों पर गर्व होने लगा। लेकिन उनके सामने बहुत सी मुश्किलें भी आईं। एक बार, एक क्रोधित सूअर ने बाँस की दीवार को लगभग तोड़ ही डाला। कुछ सप्ताह बाद चूहे कुछ खीरे ले गए। कुछ शरारती बच्चों ने भी दो-चार लौकियाँ चुरा लीं। इसलिए परप्पा ने रात में बगीचे की रखवाली के लिए एक चौकीदार रखा। खेती का मौसम बीता और अब प्रचुर मात्रा में सब्जियाँ उग गई थीं।

एक दिन उनकी पुत्रवधू ने कुछ खीरों की माँग की। परप्पा ने पैसे के प्रस्ताव के बावजूद उसे खीरा देने से मना कर दिया। वह बोले, 'मैं पंचायत से किया अपना वादा नहीं तोड़ सकता।' उनकी पसंदीदा नौकरानी परव्वा ने भी काफी अनुरोध किया, लेकिन उसे भी सब्जियाँ नहीं मिलीं।

आखिरकार उन्होंने उगाई गईं सभी सब्जियाँ इकट्ठा कीं और उन्हें पंचायत कार्यालय लेकर गए। वह बोले, 'आप ये सब्जियाँ जिसे चाहे, बाँट सकते हैं। लेकिन मेरा विनम्र अनुरोध है कि ये सब्जियाँ गरीब लोगों को मिलें।'

परप्पा जवाब का इंतजार किए बिना चले गए। पंचायत के सदस्य परप्पा की निर्लिप्तता पर हैरान थे और उन्होंने उनकी भावना को सलाम किया। भीमप्पा ने अब महसूस किया कि उसके पिता ने क्या उपलब्धि हासिल की है और वह उन पर गर्व महसूस करने लगा।

अब, परप्पा वर्ष भर बदुवु से सटे अपने बगीचे में सब्जियाँ उगाते हैं और तैयार होने पर पंचायत को दे देते हैं।

इस सदी का परप्पा का बगीचा अतीत के धर्म येत से कम नहीं है।

□

चिपकू

कुछ वर्ष पहले, मैं शहर से बाहर जा रही थी और ट्रेन पकड़नेवाली थी। दूर से मैंने वेंकट को रेलवे प्लेटफॉर्म पर देखा। मैं कभी कहीं पर वेंकट को देखने में भूल नहीं कर सकती, क्योंकि वह भीड़ में अलग नजर आता है। वह लंबा, दुबला है और हमेशा सफेद कपड़े पहनता है।

मैंने जैसे ही उसे देखा, मैं तुरंत एक कंपार्टमेंट में चढ़ गई, ताकि वह मुझे देख न सके। मैं अपने वातानुकूलित कूपे में चली गई, जिसमें चार सीटें थीं। तीन पहले से भरी हुई थीं। मैं खिड़की के बगलवाली चौथी सीट पर बैठ गई और सोचा कि कुछ पढ़ लूँ। जैसे ही मैंने किताब निकालने के लिए अपना बैग खोला, मैंने आवाज सुनी, 'अरे, तुम हो। मेरी खुशकिस्मती है कि तुम इस ट्रेन में हो। मैं भी इसी ट्रेन से सफर कर रहा हूँ।'

सिर उठाए बिना मैं जान गई कि यह वेंकट की आवाज है। वह ताड़ के पेड़ की तरह मेरे सामने खड़ा था।

'हाँ, हाँ,' मैं हकलाने लगी। हमेशा की तरह उसने मेरी बात पर ध्यान नहीं दिया।

'मुझे लगा कि मैंने तुम्हें इस ट्रेन के सामने प्लेटफॉर्म पर देखा है, फिर तुम गायब हो गईं, इसलिए मुझे पक्का पता नहीं था। मैंने तुम्हें तलाश करने का निर्णय किया। तुम्हारे तुरंत गायब होने से मुझे लगा कि तुम अवश्य इस ट्रेन में होंगी। मैं सोच रहा था कि तुम्हें ढूँढ़ना कैसे शुरू करूँ, लेकिन खुशकिस्मती से तुम पहले कंपार्टमेंट में ही निकलीं, हा हा हा।' वह अपने आप पर हँसने लगा, 'मेरी खोज तुम्हारी कंप्यूटर की खोज से बेहतर है।'

फिर उसने कंपार्टमेंट में चारों ओर देखकर कहा, 'अच्छा, बाकी सभी सीटें भरी हुई हैं।' उसने मेरे बगल में बैठे यात्री से कहा, 'सर, हम अच्छे मित्र हैं,

लेकिन लंबे समय से एक-दूसरे से नहीं मिले हैं। अगर बुरा न मानें तो क्या आप मुझसे सीट बदल सकते हैं?'

उस सीट पर बीसेक साल का एक नौजवान बैठा था, जिसके कानों में ईयरफोन लगे हुए थे। वह वेंकट की बात ठीक से नहीं सुन पाया, लेकिन माजरा समझ गया और उसने पूछा, 'आपका सीट नंबर क्या है?' मैं मन-ही-मन प्रार्थना कर रही थी कि वह सीट बदलने से इनकार कर दे, लेकिन मेरी बदकिस्मती से वह तैयार हो गया। अब अगले आठ घंटों तक वेंकट मेरा हमसफर था।

मैं लगभग पचास सालों से वेंकट को जानती हूँ। वह अच्छे स्वभाव का है और हर जरूरतमंद की मदद करता है, लेकिन वेंकट के बारे में अजीब बात यह है कि वह बहुत बोलता है और उसे इस बात की परवाह नहीं होती कि सामनेवाला व्यक्ति उसकी बात सुन रहा है या नहीं।

ट्रेन स्टेशन से चल पड़ी और वेंकट ने तुरंत किसी बेकार से विषय पर बोलना शुरू कर दिया। मेरा मन भटकने लगा और मैंने वेंकट के साथ अपने अनुभवों को याद करना शुरू कर दिया।

स्कूल में वेंकट वाद-विवाद क्लब में था। अगर वाद-विवाद की समय-सीमा तीन मिनट की होती तो वह विषय का सिर्फ परिचय ही चार मिनट में देता। कक्षा में हम सभी उसकी अनवरत बात करने की आदत से परेशान थे। यहाँ तक कि शिक्षक भी अकसर उससे कम बात करने को कहते, लेकिन वह कहता, 'सर, मुझे बोलने की बीमारी है और इसका मैं कुछ नहीं कर सकता।' आखिरकार, हमारी कक्षा ने ही धैर्य रखना सीख लिया, लेकिन वेंकट नहीं बदला।

एक बार हमारे स्कूल में एक वाद-विवाद प्रतियोगिता थी। वेंकट ने अपना भाषण आरंभ किया। उसकी आदत को जानते हुए हमारे शिक्षक ने दो मिनट में घंटी बजा दी, जबकि समय-सीमा तीन मिनट की थी। लेकिन वेंकट बोलता ही रहा। दूसरी घंटी से उसे चेतावनी दी गई कि अब उसे चुप हो जाना चाहिए। उसने शिक्षक के डेस्क से कॉलिंग बेल ले लिया, अपने पॉकेट में उसे रख लिया और बोलता रहा। एक मिनट के बाद हमारे विभाग का चपरासी आया और उसका माइक ले लिया, फिर वेंकट को मंच से उतरना पड़ा। उसे कभी भी वाद-विवाद में कोई पुरस्कार नहीं मिला।

कक्षा में कोई भी उसे किसी गतिविधि में अपने साथ नहीं रखना चाहता था, क्योंकि वह अनवरत बोलता था और लोगों का सिरदर्द करवा देता था। टीम में उससे कोई काम निकलवाने में बहुत समय लगता था। हम सब को लगता था कि

वह एस्पिरिन या झंडु बाम का कंपनी चेयरमैन बन जाएगा। वह इन कंपनियों के लिए बढ़िया सेल्सपर्सन बन सकता था।

स्कूल से पास होने के बाद वेंकट ने अधिक काम नहीं किया, क्योंकि उसे विरासत में अच्छा-खासा धन मिला था और उसने बहुत बुद्धिमानी से उस धन का निवेश किया। इसके कारण उसे अपने निवेशों से नियमित आय होती थी। जल्दी ही हमारे सहपाठी एक-एक करके विवाह करने लगे और हम सब को यह चिंता थी कि वेंकट से कौन शादी करेगा। हमने एक शर्त लगाई थी कि उसकी पत्नी शादी के एक साल के अंदर भाग जाएगी, बशर्ते वह बहरी न हो। वेंकट ने लता से विवाह कर लिया। वह अच्छी, मिलनसार और बहुत शांत स्वभाव की थी।

विवाह के एक वर्ष बाद मैंने उससे पूछा, 'लता, तुम वेंकट की अनवरत बातों को कैसे सहन करती हो?'

वह बोली, 'यह बहुत आसान है। मैं ऐसा दिखाती हूँ, मानो मैं रेडियो सुन रही हूँ।'

'लेकिन रेडियो को भी बंद किया जा सकता है।'

'मैं मानसिक रूप से सुनना बंद कर देती हूँ। बस इतना ही है। वैसे वेंकट बहुत अच्छा पति है। मेरे और मेरे परिवार के प्रति उसका व्यवहार बहुत अच्छा है। वह घर में सबका खयाल रखता है। कुछ लोग ज्यादा बोलते हैं।' उसने अपने पति के बारे में बहुत सौम्यता से बताया।

वेंकट को पार्टियों और जश्नों का बहुत शौक था। जब उसका पहला बच्चा हुआ तो उसने हमें पार्टी के लिए बुलाया। मैं निर्धारित समय पर पहुँची, लेकिन उसके सभी मित्र एक घंटा देर से पहुँचे, क्योंकि उन्हें पता था कि वे जितनी देर से पहुँचेंगे, उन्हें वेंकट की बातें उतनी कम सुननी पड़ेंगी। दुर्भाग्यवश मैं इतनी चतुर नहीं थी। मैं जैसे ही पहुँची, वेंकट ने लता की प्रसव पीड़ा, डिलीवरी, बच्चे के टीकों और पार्टी के दिन तक हर महीने के उसके विकास के बारे में बताना शुरू कर दिया। मेरा मन कर रहा था कि मैं उसकी मेज पर अपना उपहार छोड़कर भाग जाऊँ। मैंने आखिरकार वेंकट के साथ समय बिताने के बारे में अपना सबक सीख लिया था।

मुझे एक और घटना याद आई। एक दिन वेंकट सिर्फ बात करने मेरे घर आया। मेरे लिए उसे मना करना मुश्किल था, क्योंकि वह एक बहुत अच्छा इनसान है। मैंने उससे कहा, 'मैं जल्दी में हूँ। क्या तुम किसी खास विषय पर चर्चा करना चाहते हो?'

'ऐसा नहीं है,' वह बोला, 'यदि तुम जल्दी में हो तो जाओ। मैं यहाँ तुम्हारा इंतजार कर लूँगा।' मेरे घर के लोग डर गए, क्योंकि कोई इतने लंबे समय तक बैठकर वेंकट से बात नहीं कर सकता था। मैंने उससे कहा, 'चलो, ऐसा है तो मैं पंद्रह मिनट तुमसे बात कर लेती हूँ, फिर मुझे जाना है।'

वेंकट बोला, 'ठीक है। मैं तुम्हें बताना चाहता था कि मैं एक नया घर बनवा रहा हूँ।' मैं जानती थी कि वह अगले पंद्रह मिनट तक बोलना बंद नहीं करेगा। 'तुमने मेरे दादाजी का बनवाया हुआ वह बड़ा सा घर देखा ही है। उन्होंने इतना सीमेंट इस्तेमाल किया कि उससे चार घर बन जाते। रसोईघर इतना विशाल था कि उसमें सौ लोग समा सकते थे। हम वहाँ कोई छोटी-मोटी शादी भी कर सकते थे। उस तीनमंजिला मकान को बनाने में पूरी जगह का इस्तेमाल किया गया। तुम जानती हो कि मेरे पिता अपने माँ-बाप की इकलौती संतान हैं। इसलिए उन्हें वह घर विरासत में मिला और उन्होंने अपने वास्तु विशेषज्ञ मित्र की बातों में आकर कुछ मूर्खतापूर्ण बदलाव किए। उन्होंने प्रवेश द्वार हटा दिया और उसे बगल की दीवार की ओर ले गए। इसलिए उस दीवार की खिड़की बंद करनी पड़ी। उन्होंने लाल ऑक्साइड खूबसूरत फर्श की जगह टाइलें लगवाईं। उन्होंने पहले तल को धार्मिक चर्चाओं के लिए एक खुले स्थान में भी बदल दिया। इन चर्चाओं के लिए आनेवाले लोग काफी बुजुर्ग होते थे। वे पहले तल तक भी नहीं चढ़ सकते थे। इसलिए उन्हें उनके लिए लिफ्ट लगवानी पड़ी। फिर उन्होंने शयनकक्ष को तोड़ दिया। उन्होंने नवीनीकरण में इतना पैसा खर्च किया कि वह उसके बदले एक नया मकान बनवा सकते थे। मेरी माँ पुश्तैनी मकान में बदलाव किए जाने से बहुत नाराज थीं। इसलिए उन्होंने उसी जगह एक नया घर बनाने के लिए मुझे कहना शुरू कर दिया। मेरी पत्नी पुराने घर के दूसरे तल पर रहकर खुश थी, क्योंकि वह बहुत सुविधाजनक स्थान पर है। वहाँ नजदीक में अच्छे स्कूल और दुकानें हैं और पड़ोस भी अच्छा है। हमारे घर के सामने एक पार्क है, जो लगभग एक निजी पार्क की तरह है, लेकिन उसका रखरखाव बंगलौर निगम करती है। मुझे लगता है कि वह बिलकुल निजी पार्क की तरह है...'

मैंने उसका प्रलाप बंद करने के उद्देश्य से हस्तक्षेप किया, 'तुम यह नया घर कैसे बना रहे हो?'

'ओह, मुझे हर किसी को संतुष्ट और खुश करना पड़ता है। हमारे घर में पाँच लोग हैं, लेकिन पचास मत हैं। अब मेरा बेटा भी चर्चा में शामिल होता है। हम पुराने घर को तोड़कर उसी जगह एक नया घर बनवा रहे हैं। मैं बस तुम्हें

दिखाने के लिए प्लान साथ लाया हूँ। बंगलौर निगम भले मेरे प्लान को मंजूरी दे दे, लेकिन घर के लोग सहमत नहीं हो सकते हैं। इसलिए मैंने पहले इसे घर से मंजूर करवाया और अब मैं निगम जा रहा हूँ।' फिर उसने अपना प्लान खोला। मैंने कुछ ड्राइंग देखी, लेकिन मुझे वाकई उसमें कोई दिलचस्पी नहीं थी। मुझे लगा कि यह वेंकट को जाने के लिए कहने का अच्छा मौका है। 'मेरे खयाल से तुम्हें अब निगम भागना चाहिए,' मैं बोली, 'उनका विभाग बंद हो जाएगा।'

'अरे, तुम उसकी चिंता मत करो। मेरे पास एक एजेंट है। मैंने उसे कह दिया है कि जब भी अधिकारी आए तो वह मुझे फोन कर दे। अब वहाँ भोजनावकाश हो गया है, इसलिए अधिकारी कुछ समय और वापस नहीं आएगा।'

मुझे डर लग रहा था कि वेंकट मेरे घर और दो घंटे न बैठ जाए। हर गुजरते मिनट के साथ मैं परेशान हो रही थी, लेकिन वेंकट को कभी यह एहसास नहीं हुआ। वह बोलता रहा, 'यह प्लान देखो। यह घर का प्रवेश द्वार है। पहला कमरा एक छोटा बरामदा है, लेकिन आम बरामदों जितना छोटा नहीं। यह चप्पल बाहर खोलकर आने के लिए पर्याप्त होगा। मैं लकड़ी के कुछ बेंच लगाना चाहता हूँ, ताकि लोग आराम से बैठकर अपनी चप्पलें उतार या पहन सकें। फिर एक और बरामदा है, जहाँ हम लोगों का स्वागत कर सकते हैं। इसलिए मैं वहाँ कुछ सोफे और कुरसियाँ रखूँगा। तुम्हें पता है, हमारे वर्तमान घर में हर कोई लिविंग रूम में प्रवेश करता है। लता को यह बिलकुल पसंद नहीं है और मुझे उसकी पसंद-नापसंद का ध्यान रखना चाहिए, क्योंकि वह अपना ज्यादातर समय घर पर बिताती है...'

तभी उसका सेलफोन बजा। उसने फोन उठाया और बोला, 'ठीक है।' मैंने राहत की साँस ली। शायद निगम का अधिकारी वापस आ गया था, लेकिन उसने चंद सेकेंड में बात खत्म कर ली। फिर मेरी ओर देखकर बोला, 'निगम का इंजीनियर आज अवकाश पर है। अब हमारे पास ढेर सारा समय है। मैं तुम्हें हर कमरे का डिजाइन समझाता हूँ।'

'तुम्हें ऐसा करने की जरूरत नहीं है, वेंकट। इन दिनों आपको कंप्यूटर पर त्रिआयामी चित्र मिल जाते हैं, जिनसे आप काम चला सकते हैं।'

'ओह हाँ, तुम ठीक कह रही हो। मेरे पास मेरा लैपटॉप भी है। मैं तुम्हें दिखाता हूँ।' उसने अपना लैपटॉप खोला। अब मैं जानती थी कि मैं उसकी कैदी हूँ। मुझे वह विज्ञापन याद आया : 'फेविकोल का जोड़ है, टूटेगा नहीं।'

मैंने फैसला किया कि मैं इस स्थिति का बहादुरी से सामना करूँगी। मैं उठ

खड़ी हुई और वेंकट से कहा, 'माफ करना, वेंकट। मुझे कहीं जाना है।'

वह मेरी ओर देखकर मुसकराया और बोला, 'तुम्हारा ड्राइवर कुछ मिनट पहले दोपहर के भोजन के लिए चला गया है। मैंने खिड़की से उसे जाते हुए देखा। तुम्हें उसका इंतजार तो करना ही पड़ेगा।' फिर उसने मुझसे पूछा, 'तो मैं कहाँ था?'

'तुम हमेशा से यहाँ मेरे सामने बैठे हो,' मैंने व्यंग्य से कहा।

हमेशा की तरह वेंकट को व्यंग्य समझ नहीं आया। 'ओह, मुझे लगा कि मैं अपने घर के बरामदे पर था,' उसने अपना लैपटॉप खोलना जारी रखा।

अपने नए-नए साहस के साथ मैंने उससे पीछा छुड़ाने का एक और तरीका सोचा। मैं उठ खड़ी हुई और मुख्य द्वार की ओर चलने लगी। 'वेंकट, ऐसा करते हैं। मैं जल्दी ही तुम्हारे घर आती हूँ। वहाँ लता भी होगी, फिर हम आराम से बैठकर चर्चा करेंगे।' मैं अपने ड्राइवर को देखने के लिए बाहर निकल गई।

अब वेंकट को उठकर जाना ही पड़ा।

चायवाले की आवाज ने मुझे फिर से वर्तमान में ला दिया। मैं ट्रेन में थी। वेंकट अब भी बोल रहा था। इन घटनाओं को याद करते हुए मुझे पता नहीं था कि मैं बाकी के सफर में विनम्रता से उसकी बात सुन पाऊँगी या नहीं।

मेरे पास बचने का सिर्फ एक तरीका था, ट्रेन के शौचालय का इस्तेमाल। लेकिन मैं वहाँ हाइजीन के स्तर को देखते हुए पाँच मिनट से अधिक नहीं बैठ सकती थी।

वेंकट ने विषय बदल दिया और जापान की अपनी हालिया यात्रा के बारे में बताना शुरू कर दिया। अब मैं जापान के बारे में सुनने को तैयार हो गई—उसका जी.डी.पी., उसके लोग और वेंकट के वहाँ पहुँचने से लौटने तक उसका सफर। वेंकट बोलता रहा, 'जापानी लोग बहुत ही संवेदनशील होते हैं। वे कभी अपने मन की बात नहीं कहते। वे बाहर से शांत दिखेंगे, लेकिन अंदर से वैसे नहीं होते। वे इनकार करने में बहुत शर्मिंदगी महसूस करते हैं और उसे बदतमीजी मानते हैं।'

अचानक मुझे याद आया, 'अरे वेंकट, क्या तुमने स्टिकी बॉटम्स के बारे में सुना है?'

वेंकट को इस बारे में पता नहीं था, इसलिए उसने एक मिनट सोचा। मैंने उसे बताया, 'जापान में अगर किसी के घर में मेहमान आता है और वह लंबे समय तक घर से नहीं जाता तो मेजबान एक झाड़ू लाकर उसे उलटा रख देता है। वे ऐसा तब करते हैं, जब उनके पास बहुत काम होता है और मेहमान का सत्कार करने का

समय नहीं होता। वह मेहमान जैसे ही झाड़ू को उलटा रखा देखता है, वह समझ जाता है, फिर वह विनम्रता से विदा ले लेता है। ऐसे व्यक्ति को स्टिकी बॉटम कहा जाता है।'

'ओह, यह तो बड़ा अच्छा विचार है। मुझे लता को यह बताना चाहिए। जब कुछ लोग हमारे घर आते हैं और जाने का नाम नहीं लेते, वह उस तरीके से झाड़ू रख सकती है।'

'वेंकट, हमारे देश में कोई यह नहीं समझेगा, क्योंकि हममें से अधिकतर लोग इतने संवेदनशील नहीं होते।'

मैं सोच रही थी कि वेंकट को कैसे बताया जा सकता है कि वह उनमें से एक है। इस समय तक मेरा स्टेशन आ चुका था और मैं खुश थी। मैंने मन-ही-मन सोचा, 'वेंकट ऐसा क्यों है? वह इतना असंवेदनशील है और बहुत बातें करता है। क्या इसकी वजह यह है कि उसमें ढेर सारी ऊर्जा है और उसके कोई शौक या विशेष जिम्मेदारियाँ नहीं हैं और जीवन का कोई लक्ष्य नहीं है? या शायद यह व्यग्रता के कारण है। मुझे नहीं पता। वह हर समय बोलता रहता है और अपनी सारी ऊर्जा खर्च कर देता है।'

जब मैं ट्रेन से उतरने के लिए तैयार हो रही थी, वेंकट अचानक बोला, 'अरे, मेरे स्टॉप का क्या हुआ? वह कहाँ गया?' फिर उसे पता चला कि उसका स्टेशन निकल चुका है।

□

कितने प्रश्न

फाउंडेशन में हम बंगलौर से दूर स्थित एक गाँव में मौजूद फैक्टरी से नोटबुक खरीदते हैं, फिर हम उसे जरूरतमंद बच्चों में वितरित कर देते हैं।

जब मैं इस फैक्टरी को देखने गई तो मैंने पाया कि वह एक बहुत संकीर्ण जगह पर स्थित था। दो सौ लोग वहाँ शिफ्टों में काम कर रहे थे और वे सभी गरीब थे। मैंने इन स्त्री-पुरुषों को उपहार देने का फैसला किया, क्योंकि दीवाली पास आ रही थी।

मैंने फैक्टरी मैनेजर को बुलाया और उससे अपने दो सौ कर्मचारियों के नामों की सूची देने के लिए कहा। वह कारण जानने के लिए उत्सुक था और जब मैंने उसे बताया कि मैं उन्हें दीवाली के उपहार देना चाहती हूँ तो मुझे लगा कि वह काफी खुश होगा। इसकी बजाय वह एक मिनट के लिए सोच में पड़ गया और धीरे से बोला, 'मैं कल आपको बताऊँगा।'

अगले दिन मैनेजर ने मुझे फोन किया और कहा, 'मैडम, इस प्रयास के पीछे असल उद्देश्य क्या है? क्या आप उपहार पर जितने पैसे खर्च करेंगी, उतना पैसा मैं उनके वेतन से कम कर दूँ?'

'इसका उनके वेतन से कोई लेना-देना नहीं है,' मैं बोली।

'उम्मीद करता हूँ कि आप नोटबुक्स में कमी या उनकी कीमत कम करने के लिए नहीं कहेंगी।'

'नहीं, मैंने इस बारे में सोचा तक नहीं।'

'क्या मेरे किसी कर्मचारी ने आपसे कहा कि आपको उन्हें उपहार देना चाहिए?'

'नहीं, मैं आपके अलावा फैक्टरी में किसी और से नहीं मिली।'

उसे यकीन नहीं हो रहा था कि मैं बेवजह उसके कर्मचारियों को उपहार

देना चाहती हूँ।

उसने सवाल पूछना जारी रखा, 'क्या आप हर साल उन्हें उपहार देंगी? यदि ऐसा है तो कृपया मुझे एक पत्र भेजकर बताएँ कि आपकी कितने वर्ष उपहार देने की योजना है।'

'मैं हर वर्ष उपहार नहीं दूँगी। मुझे बस इस बार उपहार देने का मन कर रहा है। मैं आपके कर्मचारियों को उपहार देना चाहती हूँ, जो आपके माध्यम से नहीं देना चाहती। क्या आप मुझे सूची देंगे?'

'बिलकुल मैडम। मैं दे दूँगा।' और उसने फोन काट दिया।

मैनेजर ने फिर अगले दिन मुझे फोन किया, 'मैडम, आप मेरे कर्मचारियों को क्या उपहार देना चाहती हैं?'

'मैं एक अच्छे साड़ी बुनकर को जानती हूँ और मेरे पास अब ज्यादा समय नहीं बचा है, इसलिए मैं हर किसी को एक साड़ी दे दूँगी।'

'और पुरुषों को?'

'हर पुरुष के घर में एक स्त्री होती है। वह माँ, पत्नी, बहन या बेटी हो सकती है। वह उसे दे सकता है। साड़ी अच्छी क्वालिटी की है।'

'मैडम, पुरुष आपसे काफी नाराज होंगे। महिलाएँ आपकी अच्छी साड़ियाँ उत्सव पर पहन लेंगी, लेकिन पुरुषों के पास कुछ नहीं होगा। मेरा सुझाव है कि आप उनके लिए पैंट और शर्ट के कुछ कपड़े खरीद लें।'

मैं उसके हस्तक्षेप से थक चुकी थी। मैं बोली, 'ठीक है, मुझे इस बारे में सोचने दीजिए। हम बाद में बात करते हैं।'

अगले दिन उसने फिर मुझे फोन किया। 'मैडम, हमारी फैक्टरी में लंबे लोग भी हैं। क्या मैं आपको अलग-अलग सूची भेज दूँ, ताकि आप उनके लिए अधिक कपड़ा खरीद सकें?'

'सुनिए, मेरे पास संशोधनों के लिए समय नहीं है। मैं ऐसा नहीं कर सकती।'

'साड़ियों और कपड़ों का रंग क्या होगा?'

'एक ही मूल्य के कपड़ों में हम अलग-अलग रंग ले लेंगे।'

'अरे, आप ऐसा नहीं कर सकतीं। कुछ लोगों को अपने उपहारों के रंग पसंद आ सकते हैं और कुछ को बिलकुल भी नहीं आ सकते तो वे बहुत दुःखी हो जाएँगे।'

'ऐसा है तो मैं एक ही रंग सभी को दे दूँगी।'

'नहीं मैडम, ऐसा मत कीजिएगा। वे सोचेंगे कि आप उन्हें एक यूनिफॉर्म दे रही हैं।'

थककर मैं बोली, 'तो आपका क्या सुझाव है?'

'अगर आप मुझे अपना बजट बता दें तो बंगलौर से साड़ियाँ और बाकी कपड़े लाने की बजाय मैं गाँव में ही वह खरीद लूँगा, ताकि रंग पसंद न आने पर वे उसे बदल सकें।'

मैंने एक पल के लिए सोचा, फिर कहा, 'नहीं, यह मेरी नीति नहीं है।' मैं उससे तंग आ चुकी थी।

वह आगे बोलता रहा, 'चलिए, ठीक है मैडम, यह आपके ऊपर है। आखिरकार देना आपको है। लेनेवाले को चुनने का अधिकार नहीं होता। लेकिन मेरा एक सवाल है। सिलाई का खर्च कौन देगा?'

'मैं नहीं दे रही हूँ,' मैंने स्पष्ट कर दिया।

'मैं भी नहीं दे रहा हूँ,' उसने और भी स्पष्ट कर दिया।

उसने विनम्रता से बोलना जारी रखा, 'तो क्या मैं कुछ और सुझाव दूँ?'

'वह क्या है?'

'अगर मैं उनके साइज बता दूँ तो आप पुरुषों के लिए तैयार पैंट और शर्ट खरीद सकती हैं।'

मेरा धैर्य समाप्त हो रहा था, लेकिन मैंने दरशाया नहीं। मैं बोली, 'उनके नाप भेज दीजिए।'

मेरा सहायक, जो हमारी बातचीत सुन रहा था, बोला, 'मैडम, आप उसकी बात और उसके मूर्खतापूर्ण सुझावों को क्यों सुन रही हैं? आखिर यह एक उपहार है।'

मैं बोली, 'मैं यह उसके लिए नहीं कर रही हूँ। अधिकांश समय ऐसी चीजें मध्य स्तर का प्रबंधन करता है, क्योंकि उन्हें ऐसे लाभ या उपहार नहीं मिलते। अंत में नुकसान गरीब लोगों का होगा। यह उपहार भले ही हमारे लिए बड़ी बात न हो, लेकिन उनके लिए हर साड़ी कीमती है। मुझे यकीन है कि वे इस साड़ी को सँभालकर रखेंगे और शादियों में इसे पहनेंगे। उनके विपरीत मैनेजर की पत्नी महँगी साड़ियाँ खरीदेगी और उन्हें पहनेगी भी नहीं। फाउंडेशन में हम उन लोगों के लिए काम करते हैं, जिनके जीवन में हम कोई बदलाव ला सकें।'

जल्दी ही साड़ियाँ वितरित करने का दिन आ गया। मुझे साड़ियाँ एक-तिहाई मूल्य पर मिल गईं, क्योंकि मैंने उन्हें सीधे बुनकर से लिया था। मैंने दो सौ साड़ियाँ पैक कराईं और फैक्टरी पहुँची। स्त्री-पुरुष पंक्तिबद्ध होकर खुशी-खुशी अपने उपहारों की प्रतीक्षा कर रहे थे। मैनेजर एक ओर खड़ा था और उसने

अप्रसन्नता से मेरी ओर देखा।

मैंने साड़ियाँ देने से पहले फैक्टरी के कर्मचारियों से बात की। 'मेरे प्रिय मित्रों, मैं यह उपहार प्रेम और स्नेह के प्रतीक स्वरूप दे रही हूँ। यह मैं दिल से दे रही हूँ। दीवाली एक महत्त्वपूर्ण त्योहार है और हमारे पास जो भी है, उसे आपके साथ बाँटते हुए मैं आपके परिवार के साथ यह त्योहार मनाना चाहती हूँ। एक कहावत है कि जब आपको उपहार मिले तो उसकी कीमत नहीं देखनी चाहिए, क्योंकि उपहार के पीछे की भावना अधिक महत्त्वपूर्ण होती है। इसलिए कृपया उसकी कीमत या रंग के बारे में चिंता न करें। यदि किसी को यह उपहार पसंद न आए तो आप मुझे वापस कर सकते हैं, मैं उसे वापस ले लूँगी।'

फिर मैंने साड़ियाँ वितरित करनी शुरू कीं। मैंने किसी के लिए पैंट-शर्ट नहीं खरीदे थे। सभी स्त्री-पुरुषों ने पूरी शिष्टता और खुशी के साथ साड़ियाँ स्वीकार कीं। मैंने देखा कि कुछ की आँखों में आँसू भी थे।

वितरण के बाद एक पुरुष और एक महिला मेरे पास आए और कहा, 'सबकी ओर से हम आपको धन्यवाद देना चाहते हैं। हमने अपनी बीस साल की नौकरी में इतना बढ़िया उपहार कभी नहीं देखा। ईश्वर का आशीर्वाद हमेशा आपके साथ रहे। हम आपको कोई उपहार तो नहीं दे सकते, लेकिन आपके अच्छे स्वास्थ्य और खुशहाली की कामना करते हैं। दीपावली मंगलमय हो!'

मैं पीछे मुड़ी तो देखा कि मेरे पास वापस ले जाने के लिए एक भी उपहार नहीं था।

□

बलिदान

प्रोफेसर के रूप में मेरे कार्यकाल के दौरान राजीव मेरे कंप्यूटर साइंस छात्रों में एक था। हर कक्षा समाप्त होने से पहले मैं अपने विद्यार्थियों को हमारे देश के इतिहास से संबंधित कहानियाँ सुनाती थी। कुछ विद्यार्थी उन्हें सुनना पसंद करते थे और कुछ नहीं। राजीव को इतिहास में कोई दिलचस्पी नहीं थी। इसलिए मैंने उससे पूछा, 'मुझे बताओ कि इतिहास के प्रति तुम्हारा दृष्टिकोण क्या है और तुम्हारी पीढ़ी किस तरह सोचती है।'

वह बोला, 'इतिहास अतीत का एक मृत विषय है, जो हमें मृतकों और अतीत की घटनाओं के बारे में जानकारी देता है। वह घटनाओं का एक कालक्रम है, जिसका वर्तमान में कोई उपयोग नहीं है। मुझे वाकई महसूस होता है कि वह समय की बरबादी है।'

'राजीव, जब तुम काम या शिक्षा के लिए विदेश जाते हो तो दूसरे लोगों से संपर्क कैसे स्थापित करते हो? तुम्हें कैसे पता चलता है कि वे क्या कहते हैं और उनका अर्थ क्या है। साथ ही वे हमारी बात कैसे समझते हैं?' मैंने पूछा।

'आपको उन लोगों के बारे में जानकारी होनी चाहिए, जिनसे आप संपर्क में आते हैं।'

'यदि आप लोगों को जानना चाहते हैं तो आपको उनके देश के इतिहास और अतीत के बारे में जानकारी होनी चाहिए। इतिहास आपको संस्कृति के बारे में भी बताता है और संस्कृति लोगों के व्यक्तित्व का एक बड़ा हिस्सा होती है।'

'आप ऐसा कैसे कह सकते हैं?'

'अगर तुम मेरे किसी टूर पर मेरे साथ चलो तो मैं वादा करती हूँ कि कम-से-कम तुम्हें यह यकीन हो जाएगा कि तुम्हें खुले दिमाग से सोचने की जरूरत है।'

अपने एक आगामी दौरे पर मेरी एक छोटे शहर की यात्रा करने की योजना थी। इस शहर के पास एक गाँव था। मेरा एक पूर्व छात्र प्रकाश, जो अब एक सॉफ्टवेयर कंपनी में सीनियर मैनेजर था, वह उसी गाँव का रहनेवाला था। जब प्रकाश को पता चला कि मैं उस शहर में जा रही हूँ तो उसने मुझे फोन किया और कहा, 'मैम, शहर में ठहरने की बजाय आप गाँव में मेरे घर पर क्यों नहीं ठहरतीं? वह सिर्फ तीस किलोमीटर दूर है। मेरे माता-पिता वहाँ अकेले रहते हैं और वे आपसे मिलकर बहुत खुश होंगे। चूँकि आपको इतिहास में दिलचस्पी है, वे आपको आस-पास की जगहें घुमा भी देंगे।'

मैंने राजीव के बारे में सोचा और उससे पूछा कि क्या वह मेरे साथ आना पसंद करेगा। राजीव तैयार हो गया और खुशी-खुशी मेरे साथ आया। मैंने शहर का अपना काम पूरा किया और प्रकाश के गाँव के लिए निकल पड़ी।

जब तक हम गाँव पहुँचे शाम हो चुकी थी, लेकिन अँधेरा पूरा नहीं घिरा था। प्रकाश के पिता मदप्पा और माँ पार्वती हमारी प्रतीक्षा कर रहे थे। उन्होंने कहा, 'आप लोग घर पर आराम कीजिए। हमारी नौकरानी ने आपके लिए बढ़िया नाश्ता तैयार किया है। बाथरूम में गरम पानी है। हम एक घंटे में वापस आते हैं।'

मैंने देखा कि वे बाहर जाने के लिए तैयार थे। उनके हाथ में एक थाली थी, जिसमें नारियल, एक माला, एक दीया और बाकी छोटी-मोटी वस्तुएँ थीं और मैं समझ गई कि वे कहीं पूजा करने जा रहे हैं। मैंने अनुमान लगाया कि वे मंदिर जा रहे हैं और कहा, 'अगर आप मंदिर जा रहे हैं तो कृपया एक मिनट रुकिए। मैं कपड़े बदलकर आपके साथ चलती हूँ।'

उन्होंने हिचकिचाते हुए कहा, 'वह असल में मंदिर नहीं है, लेकिन हमारे लिए एक मंदिर की तरह है। वह हमारे परिवार का पूजा स्थल है। प्रकाश ने आपको इसके बारे में बताया होगा।'

मैं अपनी उत्सुकता रोक नहीं पा रही थी। 'हाँ, प्रकाश ने मुझे बताया था कि आप मुझे एक विशिष्ट ऐतिहासिक स्थान पर ले जाएँगे। क्या यह वही स्थान है?'

जब उन्होंने हामी भरी तो राजीव भी तैयार हो गया और हम दोनों उनके साथ निकल पड़े।

पूजा स्थल गाँव के बाहरी इलाके में था। हमारे चारों ओर खेत थे और हम उनमें से एक खेत में घुसे। चारों ओर हरे-हरे धान के खेत थे, लेकिन इस खेत में सिर्फ सब्जियाँ थीं। खेत में नीम का एक बड़ा सा पेड़ था। उसकी छाया ने खेत के अधिकांश हिस्से को घेरा हुआ था। पेड़ के नीचे जमीन पर पत्थर की एक बड़ी सी

चट्टान थी। चट्टान का निचला हिस्सा मिट्टी में गहरे धँसा हुआ था। चारों ओर पत्थर की कई बेंचें थीं, जिन पर लोग आकर आराम कर सकते थे।

मैंने देखा कि कोने में एक नल था। मदप्पा और पार्वती ने नल के पानी से अपने पैर और चेहरा धोया। उत्सुकतावश राजीव और मैंने भी ऐसा ही किया। फिर मदप्पा ने एक जग पानी लिया और उस प्रस्तर खंड को धोने लगे। पार्वती नजदीक में दीया जलाने में व्यस्त हो गई। मैंने उस चट्टान पर ध्यान दिया। वह लगभग साढ़े पाँच फीट लंबा और दो फीट चौड़ा था। उसका शिखर एक मेहराब की तरह लग रहा था।

उस चट्टान का एक खूबसूरत बॉर्डर था और उसके पाँच क्षैतिज खानों में कुछ अद्‌भुत नक्काशी थी। पहले खाने में एक अभिलेख था। दूसरे खाने में दाहिनी ओर तलवार थामे एक घुड़सवार व्यक्ति का चित्र उकेरा हुआ था और बाईं ओर एक पैदल खड़े व्यक्ति का चित्र था, जिसके हाथ में सिर्फ एक लाठी थी। लाठी थामे व्यक्ति ने गाँवों में पहने जानेवाला परिधान पहन रखा था। उसके बाल कंधों तक थे। वह क्रोधित था और हमले की मुद्रा में खड़ा था। उसके पीछे एक गाय का चित्र था।

तीसरे खाने में पंखोंवाली चार महिलाएँ एक पालकी लेकर उड़ रही थीं, जबकि एक पुरुष अंदर बैठा हुआ था। मैंने पृष्ठभूमि में बादल, महिलाओं के चेहरों की मुसकराहट और कमरबंद के साथ उनकी साड़ियाँ देखीं। चौथे खाने में एक व्यक्ति एक सिंहासन पर बैठा हुआ था। दोनों ओर से दो महिलाएँ उसे पंखा झल रही थीं। उन महिलाओं ने आभूषण पहने हुए थे और अपने बाल एक बड़े जूड़े में बाँधे हुए थे। मैं उनकी चूड़ियों, चेनों, पायलों और साड़ियों के महीन डिजाइन देख सकती थी।

पाँचवें और आखिरी खाने में एक ईश्वर लिंग था, जिसके एक ओर अर्धचंद्र और दूसरी ओर सूर्य था। सामने नंदी बैठा था और उसके पीछे एक भक्त हाथ जोड़े बैठा था।

'यह क्या है? आप लोग यहाँ पूजा क्यों कर रहे हैं?' राजीव ने पूछा।

मदप्पा ने जवाब दिया, 'यह एक वीरागल्लु है, ऐसा पत्थर जो साहस प्रदर्शित करता है। यह ग्वाला गोपाला गोल्ला हमारे पूर्वज थे। यह उनकी कहानी और हमारे लिए उनका उपहार है।'

'मैं समझा नहीं,' राजीव बोला।

मदप्पा ने आगे कुछ नहीं कहा और पूजा आरंभ कर दी। पूजा के बाद हम

सभी बेंचों पर बैठ गए और मदप्पा ने हमें वह कहानी सुनाई।

गोपाला गोल्ला एक युवा ग्वाला था। वह लगभग पच्चीस वर्ष की आयु का था और अपने माता-पिता की इकलौती संतान था। उसने बचपन में ही अपने पिता को खो दिया था। गोपाला की नई-नई शादी हुई थी और उसकी पत्नी गर्भवती थी। वह अपनी दस गायों से बहुत खुश था। वह उन्हें पहाड़ी के निकट चराना पसंद करता था और उसे अपना शांतिपूर्ण जीवन बहुत पसंद था। एक दिन जब वह बाँसुरी बजा रहा था और अपनी गायें चरा रहा था, वहाँ घोड़े पर सवार एक सिपाही आया। वह रुका और घोड़े से उतरा। उसने गोपाला गोल्ला को एक सिल्क कवर दिया और कहा, 'अंदर एक अत्यावश्यक संदेश है। दुश्मन मेरा पीछा कर रहे हैं। यदि तुम नदी पार करके यह संदेश हमारी सेना के कप्तान को दे दो तो तुम हमारे देश की रक्षा कर सकोगे। कप्तान नीम के पेड़ के नीचे प्रतीक्षा कर रहे हैं। चूँकि तुम एक सैनिक नहीं हो, किसी को संदेह नहीं होगा कि तुम यह संदेश लेकर जा रहे हो।' गोपाला के उत्तर की प्रतीक्षा किए बिना सैनिक अपने घोड़े पर चढ़ा और तेजी से निकल गया।

गोपाला को समझ नहीं आया कि वह क्या करे। वह एक सरल ग्वाला था और उसे कोई जानकारी नहीं थी कि राज्य पर किस तरह शासन किया जाता है या किस प्रकार उसकी रक्षा की जाती है, लेकिन वह एक बात जानता था। अकसर दुश्मन के सैनिक आकर गाँव से गायें ले जाते थे। उस दौरान राजा के सैनिक गाँव को बचाने आते थे और दुश्मन के सैनिकों के साथ लड़ते थे। आमतौर पर वे विजयी होते थे।

शुरू में गोपाला ने सोचा कि वह सैनिक की बात की अनदेखी कर दे और कुछ न करे। वह इस सब पचड़े में नहीं पड़ना चाहता था, फिर उसने सोचा कि यदि वह संदेश नहीं देगा तो हो सकता है कि दुश्मन जीत जाए और राज्य पर कब्जा कर ले। वह इससे भी बुरी बात होगी। हर कोई अपनी गायें खो देगा और दुश्मन गाँव को जला देंगे। गाँव और गायों की भलाई के लिए जो आवश्यक था, उसने वह करने का फैसला किया।

गोपाला ने घोड़ों की टापों की आवाज सुनी और उसने तत्काल सिल्क कवर को अपने भोजन के थैले में छिपा लिया। कुछ मिनटों बाद ही दुश्मन के सिपाही घोड़े पर सवार आए और उससे पूछा, 'क्या कोई घुड़सवार सैनिक इधर से गुजरा है?'

गोपाला बोला, 'सैनिक? यहाँ? नहीं, मैंने तो अपनी गायों के अलावा किसी

को नहीं देखा।'

दुश्मन के सिपाही चले गए। गोपाला ने अपने भोजन का थैला लेकर नदी की ओर दौड़ना शुरू कर दिया, उसने अपनी गायों को वहीं छोड़ दिया। उसे उनकी चिंता नहीं थी। उसे पता था कि सूर्य के अस्त होते ही गायें अपने आप घर चली जाएँगी।

गोपाला की मंजिल बहुत दूर थी और रास्ता दुर्गम था। वहाँ कोई सड़क नहीं थी और उसे डर था कि कोई उसका पीछा कर सकता है।

जब वह नदी तक पहुँचा तो उसे पता था कि उसे तैरकर पार जाना होगा। जब वह नदी में कूदने ही वाला था, दुश्मन के कुछ सिपाही झाड़ियों से निकले और अपनी तलवारों तथा भालों के साथ उस पर हमला कर दिया। गोपाला के पास सिर्फ चरवाहे की छड़ी थी, लेकिन वह बहादुरी से लड़ा और बुरी तरह जख्मी हो गया। उसने अपने जख्मों की परवाह नहीं की और पानी में कूद गया। वह किसी तरह नदी पार हो गया और तट पर पहुँचने के बाद बहुत मुश्किल से चल पा रहा था। वह थोड़ी दूर तक लँगड़ाते हुए चला और फिर उसे नीम का पेड़ दिखा। वहाँ उसने कप्तान को इंतजार में पाया। गोपाला ने उसे सिल्क कवर दे दिया और फिर जमीन पर गिरकर मृत्यु को प्राप्त हो गया।

गोपाला ने जो संदेश पहुँचाया था, वह युद्ध के दौरान एक महत्त्वपूर्ण फैसला लेने में बहुत आवश्यक था। आखिरकार गोपाला के गाँव का शासक राजा युद्ध में विजयी हुआ। जब राजा को पता चला कि एक युवक ने अपने जीवन का बलिदान कर दिया, जबकि वह सिपाही भी नहीं था तो उसने युवक को एक महान् शहीद का दरजा दिया।

राजा स्वयं गोपाला के घर गया और उसकी बूढ़ी माँ तथा गर्भवती पत्नी को सांत्वना दी। उसने गोपाला की पत्नी से कहा, 'तुम्हारी क्षति कभी पूरी नहीं हो सकती। तुम्हारे पति ने अपने जीवन का बलिदान कर दिया, ताकि हम शांति से रह सकें।' और उसने गोपाला की पत्नी को गोपाला की मृत्यु के स्थान पर भूमि का एक बड़ा टुकड़ा दे दिया।

मदप्पा थोड़ी देर रुके और फिर बोलने लगे, 'हम उनके वंशज हैं। समय के साथ वह जमीन कई टुकड़ों में बँट गई और उनके कुछ वंशजों ने अपना हिस्सा बेच लिया। यह हिस्सा हमारे परिवार को मिला था और मैं इसे हमेशा रखूँगा। वर्ष में एक बार हम गोपाला गोल्ला की स्मृति में एक उत्सव करते हैं और उसमें उनके सभी वंशज गाँव आते हैं, चाहे वे कहीं भी रहें। हम एक साथ जुटते हैं और इस

शिला के लिए पूजा करते हैं। लेकिन पार्वती और मैं हर दिन यहाँ उस महान् व्यक्ति के लिए दीया जलाने आते हैं।'

'अंकल, यह शिला यहाँ कैसे आई और इन आकृतियों का क्या अर्थ है?' राजीव ने पूछा।

मदप्पा ने समझाया, 'यह प्रस्तर हमें गोपाला की कहानी बताता है। पहले खंड में इसमें कहा गया है कि इस दिन इस इलाके के राजा ने गोपाला की शहादत की सराहना की थी और उसके बलिदान के प्रति सम्मान प्रदर्शित करते हुए इस जमीन को उपहारस्वरूप दिया था। उसके परिवार को इस जमीन का एकमात्र स्वामित्व प्राप्त होगा।'

'यह अभिलेख कितना पुराना है?'

'लगभग सात सौ वर्ष पुराना। दूसरे खंड में गोपाला को सैनिकों से लड़ाई करते दिखाया गया है। तीसरे खंड में दिखाया गया है कि वह मृत्यु को प्राप्त हुआ और देवदूत उसे स्वर्ग ले जा रहे हैं। चौथे खंड में बताया गया है कि उसे योद्धाओं के दरबार में एक विशेष स्थान प्राप्त हुआ है और वह वहाँ आनंदपूर्वक है। अंत में पाँचवें खंड में उसे ईश्वर का महान् भक्त बताया गया है। अर्धचंद्र और सूर्य का अर्थ है कि जब तक सूर्य और चंद्रमा का अस्तित्व रहेगा, तब तक उसका गौरव रहेगा। यह शिला सैनिकों के दल के कप्तान द्वारा यहाँ स्थापित की गई थी, ताकि गोपाला के बलिदान को हमेशा याद रखा जा सके।।'

'लेकिन आपको यह कहानी किसने सुनाई?' राजीव ने पूछा, 'वह तो शिला पर नहीं लिखी गई है।'

'यह कहानी हमारे परिवार में पीढ़ियों से चलती आ रही है। प्रकाश को भी यह कहानी पता है। अब आगे अपने बच्चों को इस बारे में बताना उसका फर्ज है। यदि हम अपने परिवार के इतिहास को नहीं जानते तो हम इस जमीन का मूल्य नहीं समझ पाते और इसे एक व्यावसायिक संपत्ति की तरह देखते।'

राजीव ने मेरी ओर देखकर अपना सिर हिलाया। मैं जानती थी कि उसे अपना उत्तर मिल चुका है।

□

मदद का बोझ

मैं अपने गाँव गई हुई थी, जहाँ मैं बड़ी हुई और अपने ऑफिस से कुछ कागजात आने की प्रतीक्षा कर रही थी। चूँकि गाँव छोटा सा था, वहाँ कोई कोरियर सेवा नहीं थी और मेरे ऑफिस से रजिस्टर्ड पोस्ट द्वारा कागजात भेजे गए थे। मैं स्थानीय डाकघर गई तो पता चला कि वह बहुत ही कम कर्मचारियोंवाली एक छोटी सी इमारत है। उस इमारत की बरसों से मरम्मत या रँगाई-पुताई नहीं हुई थी। बिजली न होने के कारण पंखे भी काम नहीं कर रहे थे। डाकघर में गरमी और धूल थी। वह बहुत पुराना था और बहुत कम लोग वहाँ आते थे, क्योंकि इ-मेल और इंटरनेट के बढ़ते उपयोग के कारण वह अपना महत्त्व खो चुका था।

अपने कागजातों का इंतजार करते हुए मुझे अपना बचपन याद आ गया। हमारे गाँव में डाकिए को बहुत प्यार मिलता था और उसके प्रति लोगों के मन में बहुत सम्मान था। घर पर हम सभी उसकी प्रतीक्षा करते थे। वह बाहरी दुनिया से हमारा मुख्य संपर्क था। वह हमारे लिए ग्रीटिंग कार्ड, पार्सल, मनीऑर्डर और पत्र लाया करता था। वह पूरे गाँव में पत्र इत्यादि बाँटा करता था। हमारा घर उसके दिन का आखिरी पड़ाव होता था। वह हमें हमारे पत्र देकर हमारे साथ दोपहर का भोजन करता था। भोजन के दौरान वह हमें बहुत सी कहानियाँ सुनाता था और गाँव की सारी खबरें हमें देता था। डाकिया हमारे व्यक्तिगत न्यूज चैनल की तरह था और हमें उसका आना अच्छा लगता था। वह हमें वित्तीय सलाह भी दिया करता था और हमें सरकारी बॉण्ड खरीदने और डाकघर में बचत खाता खोलने का सुझाव देता था।

आज मैं डाकघर जाती तक नहीं हूँ। मैं सोचने लगी, 'जब मैं छोटी थी, मैं बिना इ-मेल के कैसे लोगों से संपर्क करती थी?'

पोस्टमास्टर की आवाज से मैं हकीकत की दुनिया में लौट आई। वह बोला, 'हमें आपके कागजात मिलने में थोड़ा समय लगेगा। आप घर क्यों नहीं चली जातीं?

मैं दोपहर या शाम को अपने डाकिए के हाथों आपके पास कागज भिजवा दूँगा।'

'धन्यवाद', मैंने जवाब दिया और घर चली गई।

दोपहर बाद एक डाकिया और एक युवक हमारे घर आए। लड़का लंबा, खूबसूरत और संकोची था, लेकिन उसकी आँखें चमकीली थीं। मैंने उन्हें बैठने और भोजन करने के लिए कहा। उन्होंने विनम्रता से इनकार कर दिया।

डाकिया बोला, 'मैडम, हमने भोजन कर लिया है। ये रहे आपके कागजात। आपको इसके लिए हस्ताक्षर करने होंगे। लेकिन…' मैंने दस्तावेज पर हस्ताक्षर कर दिए और ऊपर देखे बिना मैंने उससे पूछा, 'क्या?'

वह बोला, 'मेरे बेटे सतीश से मिलिए। यह बहुत जहीन है। इसने अभी-अभी बहुत अच्छे अंकों से बारहवीं कक्षा पास की है। इसे बी.आई.टी.एस. पिलानी नामक एक प्रतिष्ठित इंजीनियरिंग कॉलेज में दाखिला मिल गया है…' और वह बोलते-बोलते रुक गया।

मैंने लड़के की तरफ देखा। वह इस बातचीत से असहज लग रहा था। उसके पिता ने बोलना जारी रखा, 'मैडम, मैं पिलानी में इसका खर्च वहन नहीं कर सकता। मैं कभी कर्नाटक से बाहर नहीं गया बल्कि मैं धारवाड़ जिले से बाहर कभी नहीं गया हूँ। यह मेरा इकलौता बच्चा है। मैं चाहता हूँ कि यह पढ़े-लिखे। आप हमारे गाँव की हैं और आपने बाहर की दुनिया देखी है। क्या आप किसी तरह मेरे बेटे को बी.आई.टी.एस. पिलानी में पढ़ने में मदद कर सकती हैं? अपने वेतन से मैं उसे स्थानीय इंजीनियरिंग कॉलेज में भेज सकता हूँ, सतीश बाहर जाने के लिए बहुत आतुर है।'

फाउंडेशन के ट्रस्टी के रूप में मैं तुरंत उसकी स्थिति समझ गई। हमें बहुत से बुद्धिमान् बच्चे मिलते हैं, जिनकी महत्त्वाकांक्षाएँ ऊँची होती हैं, लेकिन वे गरीब परिवारों से संबंधित होते हैं। अधिकांश हम आंशिक रूप से ऐसे बच्चों की मदद करते हैं और कभी-कभार हम पूरी तरह उनकी शिक्षा का खर्च उठाते हैं। यह ऐसा ही एक मामला था। बंगलौर जैसे बड़े शहर में बहुत से रोजगार के अवसर होते हैं, लेकिन एक छोटे गाँव में डाकिया सिर्फ अपने वेतन पर निर्भर होता है। मुझे वह लड़का अच्छा लगा और मैंने उससे उसके अंक तथा दाखिला पत्र आदि माँगे। वह पूरी तैयारी के साथ आया था और उसने मुझे सभी कागज दिखाए।

उसके कागजातों को देखते हुए मैंने ध्यान दिया कि उसका उपनाम बहुत दिलचस्प था। जब मैंने सतीश से उस बारे में पूछा, तो वह बोला, 'मैंने अपना उपनाम अपने गाँव के नाम से लिया है।'

मैंने सतीश से कहा, 'अभी मुझे इन्हीं चीजों की आवश्यकता है। मैं वादा करती हूँ कि हम तुम्हारे प्रथम वर्ष के कॉलेज शुल्क का भुगतान कर देंगे और हर वर्ष तुम्हें

अपनी अंक सूची मुझे भेजनी होगी। यदि तुम मेरिट लिस्ट में हुए तो हम तुम्हारे शिक्षा शुल्क का भुगतान जारी रखेंगे, जब तक कि तुम अपनी पहली डिग्री पूरी नहीं कर लेते।'

सतीश और उसके पिता अपने चेहरों पर मुसकराहट के साथ मेरे घर से निकले। हर वर्ष सतीश के अंक कार्ड हमारी समीक्षा के लिए आते और हम स्वत: पैसे भेज देते। चार सालों के बाद उसकी अंक सूची नहीं आई और मैं समझ गई कि उसने अपनी डिग्री पूरी कर ली होगी।

कई वर्ष बीत गए और मैं सतीश के बारे में भूल गई, क्योंकि वह उन हजारों लोगों में एक था, जिन्हें इंफोसिस फाउंडेशन से मदद मिली थी। हम मदद प्राप्त करनेवालों और उन्हें दी गई सहायता का रिकॉर्ड रखते हैं, लेकिन हम इस बात का रिकॉर्ड नहीं रखते कि वे कहाँ हैं, न ही आमतौर पर वे हमें इस बारे में सूचित करते हैं।

मेरी एक अच्छी मित्र विनीता है, जो महाराष्ट्र की है, लेकिन बंगलौर में रहती हैं। उनकी बेटी एक अच्छी कंपनी में सॉफ्टवेयर इंजीनियर थी। एक चिंतित अभिभावक की तरह विनीता अपनी बेटी के लिए एक उपयुक्त वर ढूँढ़ रही थी। उसने भारतमैट्रीमोनी डॉट कॉम, शादी डॉट कॉम जैसी बहुत सी साइटों पर रजिस्टर करा रखा था। उसने मुझे भी कोई उपयुक्त लड़का मिलने पर बताने को कहा।

एक दिन मैं उसके पड़ोस में गई और पहले से फोन किए बिना उसके घर जाने का फैसला कर लिया। वह रविवार का दिन था और शाम के चार बजे थे, मुझे पता था कि वह घर पर होगी। लेकिन मैंने जैसे ही घर में प्रवेश किया, मैंने महसूस किया कि उसके घर पर मेहमान हैं। विनीता की बेटी बहुत खूबसूरत तरीके से तैयार हुई थी और वह एक युवक से बात कर रही थी। लड़के के माता-पिता एक सोफे पर बैठे हुए थे। मैं समझ गई कि एक विवाह योग्य लड़का लड़की से बात करने उनके घर आया हुआ है।

मैंने विनीता से कहा, 'माफ करना, मुझे आने से पहले फोन करना चाहिए था। मैं किसी और दिन आती हूँ।'

लेकिन विनीता ने मुझे जाने नहीं दिया। वह बोली, 'कोई फर्क नहीं पड़ता। तुम परिवार की ही सदस्य हो। आओ, हमारे साथ बैठो।' मैं बैठ गई।

मैंने लड़के के माता-पिता की ओर देखा। वे काफी तंदुरुस्त थे और बड़े सोफे पर बैठे हुए थे। उसके पिता ने एक महँगा सफारी सूट पहना हुआ था और उसके गले में सोने की एक मोटी सी चेन थी। माँ ने एक महँगी कांजीवरम साड़ी पहनी हुई थी और उसका बदन गहनों से लदा हुआ था। उसने एक बड़ी सी बिंदी लगाई हुई थी

और अपने बालों में ढेर सारे फूल लगा रखे थे। मैंने ध्यान दिया कि उसके बालों में एक 'मोगीना मेल' सजा हुआ था, जो सोने की मोगरा की कलियों की माला होती है। उसने हीरे के झुमके पहने हुए थे, जो उसकी उम्र के अनुकूल नहीं थे। लड़का लंबा और खूबसूरत था। गरम मौसम के बावजूद उसने एक महँगा सूट पहन रखा था। उसने सोने का कड़ा और हीरे की अँगूठी पहन रखी थी। जहाँ मैं बैठी थी, वहाँ से मुझे दिखाई दे रहा था कि बाहर एक महँगी कार उनका इंतजार कर रही थी। मुझे एहसास हुआ कि वे लोग बहुत अमीर हैं।

लड़के और उसके परिवार की तुलना में विनीता की बेटी ने बहुत साधारण कपड़े पहने हुए थे।

विनीता ने उनसे मेरा परिचय कराया, 'सुधा कॉलेज की मेरी पुरानी मित्र है।' मैंने नमस्कार में हाथ जोड़े और हालाँकि उन्होंने मेरे नमस्कार का जवाब दिया, मुझे लगा कि वे असहज हो गए थे। इससे पहले कि वह उनका परिचय मुझसे करा पाती, मेरे पास बिजनेस संबंधी एक फोन आ गया और मैं फोन पर बात करने बाहर चली गई। वह फोन लंबा था।

जब तक मैं लौटी, विनीता के मेहमान जाने के लिए तैयार थे। लड़के के चेहरे से रंग उड़ा हुआ लग रहा था। मैंने मुसकराकर कहा, 'आपको शुभकामनाएँ।' वे हड़बड़ी में वहाँ से गए।

विनीता और उसकी बेटी बहुत खुश थे। उसने कहा, 'ये लोग बहुत अच्छे हैं और अच्छे परिवार से संबंध रखते हैं। लड़का एक अच्छी कंपनी में सीनियर मैनेजर है और जयनगर में उसका एक अपार्टमेंट है। उसकी इकलौती बहन एक सॉफ्टवेयर इंजीनियर है। वह विवाहित है और अमेरिका में रहती है। लड़का और उसके माता-पिता पिछले सप्ताह हमारे घर आए थे और हमारी बेटी को पसंद कर गए थे। लड़का एक बार और मिलना चाहता था। अगर सबकुछ अच्छा रहा तो अगले सप्ताह ही सगाई हो सकती है। उसके बाद लड़का एक प्रोजेक्ट के लिए अमेरिका जा रहा है। उसके वापस आने के बाद हम विवाह करेंगे। वे धूमधाम से सगाई और शादी चाहते हैं— हमें उसमें कोई आपत्ति नहीं है।'

विनीता के पति कमरे में आए। वह बोले, 'अभी शादी और बाकी चीजों के बारे में बात नहीं करनी चाहिए, जब तक कि वे पक्का हाँ न कर दें। अगर वे सहमत होंगे तो अगला गुरुवार सगाई के लिए शुभ है।'

वे सब इस वैवाहिक गठबंधन के लिए राहत और अच्छा महसूस कर रहे थे।

मैं बोली, 'माफ करना, जब तुम उनका परिचय मुझसे करानेवाली थी, तभी मेरा फोन आ गया था। मुझे इस लड़के और उसके परिवार के बारे में बताओ।'

विनीता ने जवाब दिया, 'हम इंटरनेट पर वैवाहिक साइटों द्वारा उनके संपर्क में आए। लड़के का नाम सतीश है। वह अमेरिका में भी पढ़ा है, वहाँ कुछ सालों तक काम किया और फिर वापस भारत आ गया। उसके माता-पिता पिछले पाँच सालों से बंगलौर में रह रहे हैं। हमने उसकी शिक्षा और जॉब रिकॉर्ड के बारे में पता किया तो सबकुछ अच्छा था। उसने अपनी इंजीनियरिंग बी.आई.टी.एस. पिलानी से की है। वह इतना जहीन था कि संस्थान ने उसे छात्रवृत्ति भी दी थी।'

बी.आई.टी.एस. पिलानी मेरे दिमाग में चमका, क्योंकि फाउंडेशन की मदद पानेवाले लोगों की सूची में सिर्फ सतीश था, जो बी.आई.टी.एस. पिलानी में पढ़ा था। हमारी मदद पानेवाले अधिकतर लोग कर्नाटक के थे और स्थानीय कॉलेजों में पढ़े थे।

मैंने विनीता से पूछा, 'सतीश का उपनाम क्या है?'

जब विनीता ने मुझे उसका उपनाम बताया तो मेरा संदेह पुष्ट हो गया, लेकिन मैं अपने रिकॉर्ड की पुष्टि किए बिना उससे कुछ नहीं कहना चाहती थी। 'उसने बी.आई.टी.एस. में अपनी पढ़ाई कब पूरी की?' मैंने पूछा।

विनीता ने मुझे वर्ष बताया और कहा, 'अभी वह तीस वर्ष का है। उसने बाईस की आयु में अपनी डिग्री पूरी की थी। तुम्हें लड़का कैसा लगता है?'

मैंने कहा, 'पता नहीं। मैं उससे सिर्फ एक बार मिली हूँ, लेकिन वह अच्छा लग रहा है।'

विनीता ने आग्रह किया, 'तुम्हें सगाई में जरूर आना है।' मैंने जवाब दिया, 'बिलकुल, कृपया जल्द-से-जल्द तिथि बता देना।' और मैं वहाँ से चली आई।

अगले दिन मैं अपने दफ्तर गई और अपने रिकॉर्ड चेक किए। यह वही सतीश था। मैं खुश थी कि उसने इतनी कामयाबी अर्जित की है। अब मुझे समझ आया कि उसके माता-पिता ने इतना सोना क्यों पहना हुआ था और अपने वैभव का प्रदर्शन क्यों कर रहे थे, ऐसा इसलिए था, क्योंकि वे एक गरीब पृष्ठभूमि से आते थे और हाल में उन्हें संपत्ति मिली थी। इसलिए जो चीजें वे पहले नहीं खरीद सकते थे, उन चीजों को अंधाधुंध खरीद रहे थे।

मैंने विनीता को यह बताने के लिए फोन उठाया कि मैं उस परिवार को जानती हूँ और वह लड़का काफी होशियार है। लेकिन किसी चीज ने मुझे रोक दिया। मैंने सोचा, 'उन्होंने मुझे पहचाना क्यों नहीं? उन्होंने मेरी ओर ध्यान तक नहीं दिया? फाउंडेशन में हम हर किसी से आभार व्यक्त करने की उम्मीद भी नहीं रखते, लेकिन कम-से-कम कुछ शिष्टाचार की उम्मीद करना सामान्य बात है।'

सोचने पर मुझे लगा कि क्या हुआ होगा। सतीश और उसके परिवार ने विनीता

को अपनी पृष्ठभूमि के बारे में नहीं बताया होगा। उन्होंने शायद यह बात भी छिपाई होगी कि सतीश के पिता कभी डाकिया थे। वे विनीता और उसके परिवार को यह दिखाना चाहते थे कि वे हमेशा से अमीर रहे हैं। मुझे समझ नहीं आ रहा था कि मुझे विनीता को यह बात बतानी चाहिए या नहीं। गरीब होने में कुछ भी गलत नहीं है और यदि लोग अपनी पृष्ठभूमि छिपाना चाहते हैं तो यह उनकी मूल्य प्रणाली पर निर्भर करता है। मुझे इस पर कोई राय नहीं बनानी चाहिए, जबकि मेरा मन इस बारे में डाँवाँडोल था कि मुझे फोन करना चाहिए या नहीं, तभी फोन बजा। दूसरी ओर विनीता थी। वह उदास लग रही थी। वह बोली, 'माफ करना, कोई सगाई नहीं होगी। लड़का हमारी बेटी से शादी नहीं करना चाहता।'

'क्यों? क्या हुआ?' मैंने पूछा।

'मुझे कोई जानकारी नहीं है। वे रविवार को हमारे घर आने तक शादी को लेकर बहुत उत्साहित थे। मुझे नहीं पता कि उन्होंने अपना मन कैसे बदल लिया।'

मैं चुप हो गई। मैं विनीता से कुछ कहने से पहले पूरी तरह आश्वस्त हो जाना चाहती थी। 'उनकी पृष्ठभूमि क्या है? उसके पिता क्या करते हैं?' मैंने पूछा।

'उसके पिता जमींदार हैं। उत्तरी कर्नाटक के एक गाँव में उनकी संपत्ति है और उनकी पीढ़ियाँ धनाढ्य रही हैं। तुम भी उसी इलाके की हो। क्या तुमने कभी उनके बारे में सुना है?'

'हाँ, विनीता, मैं उन्हें जानती हूँ। मैं पूरी तरह आश्वस्त हुए बिना कुछ नहीं कहना चाहती थी। सतीश के पिता एक डाकिया थे और यह लड़का काफी होशियार है। हमने फाउंडेशन के माध्यम से सतीश की पढ़ाई में मदद की थी, लेकिन उसने अपने बलबूते पर सारी सफलता हासिल की है। उन्होंने सोचा होगा कि मैंने उन्हें पहचान लिया है और मैं तुम्हें सच्चाई बता दूँगी। इसलिए उन्होंने सगाई तोड़ दी। मुझे यही लग रहा है।'

मैं फोन पर बात करने के बाद विचारों में खोई वहीं बैठी रही। मैंने कभी नहीं सोचा था कि आर्थिक जरूरत पर आधारित छात्रवृत्ति पाना सतीश और उसके परिवार के लिए शर्मिंदगी का सबब होगा। यही वजह थी कि उसने मुझे पहचानने से इनकार कर दिया था। जीवन में पहली बार मुझे समझ आया कि यदि कोई व्यक्ति खुद को मिलनेवाली मदद से सहज नहीं है तो वह उसके लिए जीवनपर्यंत बोझ बना रहता है।

□

एक भूत की कहानी

दो दशक पहले मैं एक कॉलेज में पढ़ा रही थी। परिसर इतना बड़ा था कि सिर्फ आधी जगह में कॉलेज था, जबकि बाकी आधे हिस्से में एक उच्च विद्यालय का प्राइमरी सेक्शन था। मैं अपने कॉलेज की पुरस्कार समिति की अध्यक्ष थी। एक समाजसेवी कॉलेज के लिए कुछ राशि छोड़ गए थे, जिससे कन्नड़ भाषा में सबसे अधिक अंक लानेवाले विद्यार्थी को पुरस्कार दिया जाता था। एक हजार रुपए की पुरस्कार राशि हमेशा कॉलेज डे पर दी जाती थी।

पुरस्कार समिति के क्लर्क का काम था अंतिम वर्ष के सभी विद्यार्थियों के अंकों की जाँच करना और पुरस्कार विजेताओं की सूची समिति को देना। उन दिनों किसी कंप्यूटर स्कैनिंग, अपने आप छँटाई या इ-मेल की सुविधा नहीं थी। क्लर्क को अपने आप सूची तैयार करनी पड़ती थी। उस वर्ष रोहिणी को कन्नड़ में पचासी अंक मिले थे, जो कॉलेज में अधिकतम थे। हमने कॉलेज के सूचनापट्ट पर उसका नाम पुरस्कार विजेता के रूप में घोषित कर दिया। अगले दिन रोहिणी मेरे दफ्तर में आई और बोली, 'मैम, एक गलती है। सेक्शन डी में पढ़नेवाली सुनीता के भी पचासी अंक आए हैं।'

'तुम कैसे जानती हो?' मैंने उससे पूछा।

'सुनीता ने मुझे अपना अंक कार्ड लेने के लिए कहा था। इसलिए मैं दफ्तर आई और देखा कि उसके भी अंक मेरे बराबर हैं। लेकिन सूचनापट्ट पर सिर्फ मेरा नाम था। जरूर कोई गलती हुई होगी, इसलिए मैं आपको बताने चली आई।

मुझे रोहिणी की ईमानदारी से खुशी हुई। मैंने तत्काल क्लर्क को बुलाया और सुनीता के अंकों के बारे में पूछा। उसने संकोच से कहा, 'माफ कीजिए मैडम, मैंने गलती से पचासी को पैंतीस समझ लिया, जिसकी वजह से यह गलती हुई।'

मैंने सख्ती से उससे अगले दिन अपनी आँखों की जाँच करवाने के लिए

कहा, ताकि ऐसी गलती दोबारा न हो। यदि रोहिणी मुझे सूचित न करती तो एक प्रतिभाशाली छात्रा के साथ अन्याय हो जाता।

रोहिणी ने खुशी-खुशी कॉलेज डे पर सुनीता के साथ पुरस्कार राशि शेयर की।

शेयर करने की घटना मुझें कई अन्य दिलचस्प घटनाओं की याद दिला देती है, जिनसे कॉलेज में रहने के दौरान मेरा सामना हुआ।

एक बार मैं किसी पद के लिए लोगों का इंटरव्यू ले रही थी। इंटरव्यू बोर्ड में मेरे सहयोगी बोले, 'जब उम्मीदवारों की योग्यताएँ समान हों तो हमें ऐसे व्यक्ति को चुनना चाहिए, जो टेनिस की बजाय क्रिकेट खेलता हो।' मुझे उनकी टिप्पणी से हैरानी हुई। मैं हमेशा सोचती थी कि क्रिकेट और टेनिस बस खेल हैं। जब मैंने उनकी ओर देखा तो उन्होंने स्पष्ट किया, 'क्रिकेट हमें कामयाबी को बाँटना सिखाता है, लेकिन टेनिस हमें वैयक्तिकता सिखाता है।'

वर्षा का मौसम था। मैं अपने दफ्तर से स्कूल के प्राथमिक सेक्शन की ओर देख रही थी। बूँदा-बाँदी हो रही थी। मैंने एक युवती को एक बड़े से छाते के साथ देखा। वह अपनी बच्ची को स्कूल से लेने आई थी। वह बच्ची छाते में अपनी एक सहेली को भी लाना चाहती थी, जिसके पास छाता नहीं था। हालाँकि माँ जानती थी कि ऐसा संभव है, लेकिन उसने बच्ची से कहा, 'देखो बेटे, मेरे पास सिर्फ एक छाता है। उसे अपनी छतरी लाने दो। तुम दोनों एक छाते में नहीं आ सकते।' मुझे महसूस हुआ कि उस माँ को अपनी बच्ची को शेयर करने के लिए प्रोत्साहित करना चाहिए था। वह उसके लिए जीवन की एक महत्त्वपूर्ण सीख हो सकती थी।

एक अन्य घटना में एक शिक्षक ने बाल दिवस (14 नवंबर) को प्राथमिक विद्यालय में खेलों के आयोजन के लिए मुझे बुलाया। हमने दस-दस विद्यार्थियों का एक समूह बनाया, हर समूह को पाँच केले दिए और उन्हें अपने बीच वे फल बाँटने को कहा। इसके नतीजे विस्मित कर देनेवाले थे। पहले समूह में पाँच आक्रामक बच्चे थे। उन्होंने एक-एक केला ले लिया और बाकी पाँच बच्चों के लिए कुछ नहीं बचा। दूसरे समूह में तीन बच्चों ने दो केले आपस में बाँटे और सात बच्चों ने बाकी तीन को आपस में बाँटा। तीसरे समूह में सभी दस बच्चों ने पाँच केले बराबर-बराबर बाँटे। सबसे बुरी बात यह थी कि पहले समूह के आक्रामक बच्चों की माँएँ बहुत खुश थीं और उन्होंने एक-दूसरे को बधाई दी। 'अरे, मेरा बच्चा बहुत स्मार्ट और प्रतिस्पर्धी है। मुझे यकीन है कि आज के जमाने में यही रवैया होना चाहिए।' मेरा भ्रम दूर हो गया, जब मैंने महसूस किया कि अपने बच्चों

में अच्छे नैतिक मूल्य डालने के लिए जिम्मेदार माँओं ने कभी अपने बच्चों को शेयर करना नहीं सिखाया।

इस संदर्भ में रोहिणी के पुरस्कार राशि शेयर करने से मुझे बहुत प्रसन्नता हुई।

जब मैं अंतिम वर्ष के विद्यार्थियों को पढ़ा रही थी तो मैंने अपनी कक्षा को एक दिन की समय-सीमा के साथ एक काम सौंपा। सबसे पहले और सही रूप में काम पूरा करनेवाले को सबसे अधिक अंक दिए जाने थे। मेरी एक छात्रा प्रिया काफी जहीन थी। मैंने उम्मीद की थी कि वह सबसे जल्दी काम पूरा करेगी, लेकिन ऐसा नहीं हुआ। उसने बाकी लोगों के साथ ही काम सौंपा। मैंने प्रिया को कक्षा के बाद रुकने के लिए कहा और उससे पूछा, 'प्रिया, तुम्हें इतना अधिक समय क्यों लगा? यह तुम्हारे जैसी छात्रा के लिए कोई मुश्किल काम नहीं था।' उसने उदास आवाज में कहा, 'मैम, मेरा काम पिछली रात ही पूरा और तैयार हो गया था, लेकिन जब मैं कंप्यूटर लैब में आई तो किसी ने कंप्यूटर को कॉमन प्रिंटर से जोड़नेवाली केबल चुरा ली थी, इसलिए मैं प्रिंटआउट नहीं ले पाई। हमारे कॉलेज में सभी कंप्यूटर के साथ अलग प्रिंटर नहीं हैं, क्योंकि वह महँगा है। हम एक ही प्रिंटर का इस्तेमाल करते हैं, जिसे एक बैच के सभी विद्यार्थी इस्तेमाल करते हैं। इससे हमारा खर्च कम हो जाता है और हम शेयर करना सीखते हैं। जब मैं आज आई तो केबल जुड़ा हुआ था। हर किसी के साथ मैंने भी प्रिंटआउट निकाले।' मैंने महसूस किया कि अपराधी कोई ईर्ष्यालु सहपाठी रहा होगा, जो आलस में अपना काम देर से करना चाहता था और प्रिंटर को शेयर न करने देकर बाकियों को भी विलंब कराना चाहता था।

शेयरिंग एक महत्त्वपूर्ण गुण है, जो लोगों को आपस में जोड़कर रखता है और समाज भी शेयरिंग पर ही चलता है। मैं हमेशा अपने विद्यार्थियों को प्रबंधन निर्णयन पढ़ाने से पहले कक्षा में यह कहानी सुनाती हूँ।

काफी समय पहले एक गाँव में अत्यंत बौद्धिक परिवार में एक साधारण व्यक्ति का जन्म हुआ। हर कोई उसे हिकारत की नजर से देखता था, क्योंकि वह गुणवान नहीं था। वह परिवार के मखमल में टाट का पैबंद था। अपमान को सहन न कर पाने पर उसने घर छोड़ दिया और अपना जीवन समाप्त करने का फैसला किया। जब वह अगले गाँव पहुँचा तो अपनी मौत के बारे में चिंता करने लगा।

जैसे-जैसे रात करीब आने लगी, अँधेरा छाने लगा। युवक भूत का इंतजार करने लगा।

अचानक कहीं से आवाज आई, 'युवक, तुम यहाँ क्यों आए हो? क्या तुम्हें मुझसे डर नहीं लगता?'

बिना घबराए युवक ने जवाब दिया, 'मैं जानता हूँ कि तुम यहाँ हो। फिर भी मैं यहीं रुकना चाहता हूँ।'

भूत को यह जवाब सुनकर बहुत हैरानी हुई। आमतौर पर लोग उससे डर कर भागते थे, लेकिन यह आदमी उससे डर नहीं रहा था तो भूत ने उससे पूछा, 'तुम यहाँ क्यों आए हो?'

युवक ने अपनी स्थिति भूत को बताई।

युवक की बात सुनने के बाद भूत ने पूछा, 'क्या तुम कुछ सीखने, मेहनत करने, उसे दोहराने और सीखे हुए का अभ्यास करने को तैयार हो? अगर हाँ तो मैं तुम्हें व्याकरण के साथ संस्कृत भाषा और उसकी उपयोगिता सिखाऊँगा।'

युवक तैयार हो गया। भूत और युवक ने शिक्षक तथा छात्र के रूप में कक्षाएँ शुरू कीं। दिन पर दिन युवक सीखता रहा। महीने और साल बीतते रहे। युवक ने कभी भूत को नहीं देखा और वह सिर्फ उसकी आवाज सुनता था। एक दिन अचानक भूत उसके सामने प्रकट हुआ और कहा, 'युवक, तुमने अब इस भाषा पर अधिकार प्राप्त कर लिया है। क्या अब मैं स्वर्ग जा सकता हूँ?'

युवक हैरान रह गया, 'मैंने तुम्हें स्वर्ग जाने से कब रोका? तुम कौन हो? तुमने मुझे शिक्षा क्यों दी?'

भूत ने ठंडी साँस भरी और अपनी कहानी सुनाई। 'मैं इस शहर का बहुत विद्वान् और अमीर आदमी था। यह मेरा महल है। मैंने कभी अपना ज्ञान या अपना पैसा किसी के साथ नहीं बाँटा। मैं डरता था कि अगर मैं अपना ज्ञान बाँटूँगा तो कोई चतुर व्यक्ति मुझसे आगे निकल जाएगा। अगर मैं अपना पैसा बाँटूँगा तो मैं गरीब हो सकता हूँ। मैं एक विद्वान् और ताकतवर व्यक्ति ही रहना चाहता था और मैं किसी के साथ शेयर किए बिना मृत्यु को प्राप्त हो गया। जब मेरी आत्मा स्वर्ग पहुँची तो मुझे इस निर्देश के साथ मेरे अपने महल में भूत के रूप में भेज दिया गया कि जब तक मैं किसी को शिक्षा नहीं देता, ईमानदारी से अपना ज्ञान नहीं बाँटता और अपना धन वितरित नहीं करता, मुझे स्वर्ग में जगह नहीं मिलेगी और मैं भूत बनकर रहूँगा। मैं अपना धन बहुत आसानी से बाँट सकता था, लेकिन अपना ज्ञान नहीं। लोग मुझसे इतना डरते थे कि वे कभी यहाँ आकर रहने को तैयार नहीं हुए। मैं कई वर्षों से एक अच्छे और जिज्ञासु विद्यार्थी की तलाश में था। फिर तुम यहाँ आए। मैं जो कुछ भी जानता था, वह मैंने तुम्हें सिखा दिया। तुमने मुझे मोक्ष प्राप्त

करने में मदद की। मैं तुम्हारा शुक्रगुजार हूँ और अब मैं जाना चाहता हूँ। कृपया अपने शिक्षक के अंतिम शब्द हमेशा याद रखना—जीवन में शेयर करना बहुत महत्त्वपूर्ण है।'

कई वर्षों बाद वह युवक कवि कालिदास का एक महान् समीक्षक बना। उसकी बदौलत हमें उस महान् कवि के बारे में बहुत जानकारी मिली। उस युवक का नाम भैरवी था।

□

मूर्खता

सावित्री एक शिक्षिका थी, जब मैं एक शिक्षिका थी, वह मेरी सहकर्मी थी। वह बुद्धिमान् थी और काफी समृद्ध परिवार से संबंधित थी। वह कोई रचनात्मक काम करने की बजाय अपना समय लोगों के बारे में गॉसिप करते हुए बिताना पसंद करती थी। हमारे सभी सहकर्मी उसके स्वभाव के बारे में जानते थे और उसका मजाक उड़ाते हुए शिक्षक उसे सावित्रीजी कहकर बुलाते थे, जिसमें 'जी' का मतलब गॉसिप होता था।

जो लोग उसे नहीं जानते थे, वह बहुत जल्दी समझ जाते थे कि उसकी राई का पहाड़ खड़ा करने की आदत है। उसके बाद वे उससे कन्नी काटने लगते थे और अंत में सावित्री हमेशा अकेली रह जाती थी। इसलिए वह हमेशा ऐसे लोगों की तलाश में रहती थी, जो उसके साथ बैठकर गॉसिप कर सकें।

एक दिन मैं अचानक कॉलेज कैंटीन में उससे टकरा गई। इससे पहले कि मैं पलट पाती, उसने मुझे देख लिया और मेरा हाथ इतनी जोर से पकड़ लिया कि सुपरमैन भी उस जकड़ से आजाद नहीं हो सकता था। मैं अपने विद्यार्थियों के सामने कोई तमाशा नहीं चाहती थी, जो हमें आदर्श रूप में देखते थे। इसलिए हम एक कप कॉफी के लिए एक जगह बैठ गए। तुरंत ही अगली कक्षा की घंटी बज गई। मैं उसकी पकड़ से आजाद होना चाहती थी, इसलिए मैंने झूठ बोला, 'सावित्री, मेरी एक कक्षा है। मैं तुमसे बाद में मिलती हूँ।'

मैं सहजता से झूठ नहीं बोल सकती और जब हम झूठ बोलते हैं तो हमें उन झूठी बातों को याद रखना पड़ता है। झूठ बोलना बहुत मुश्किल काम है। मेरे दिमाग में जो पहली बात आई, वह मैंने बोल दी, 'कमरा नं 207'।

'कौन सी कक्षा?' उसने पूछा।

मैंने जवाब दिया, 'फर्स्ट ईयर एम.सी.ए.।'

विजयी मुसकराहट के साथ वह बोली, 'ढंग से झूठ बोलना सीख लो। आज फर्स्ट ईयर एम.सी.ए. कक्षा के विद्यार्थी अपने क्लास टीचर गणेश के साथ पिकनिक पर गए हैं।'

मैं अब भी उसकी जकड़ से आजाद होने की कोशिश कर रही थी, मैं बोली, 'माफ करना, मेरा मतलब सेकेंड ईयर एम.सी.ए. से था।'

'चुपचाप बैठ जाओ। 201 और 210 नंबर कमरों में कल से ही पुताई चल रही है।'

मैं जानती थी कि मैं गलत थी, अब मेरे पास फिर से बैठ जाने के अलावा कोई चारा नहीं था।

सावित्री ने तुरंत अपनी बातें शुरू कर दीं। ऐसा लग रहा था, मानो वह महीनों एकांतवास में रही हो और लंबे समय बाद उसे कोई श्रोता मिला हो।

'ताजा खबर क्या है?'

'हाल में यह घोटाला हुआ है। साथ ही बंगलौर में ट्रैफिक बहुत है।'

व्यंग्यपूर्वक सावित्री ने जवाब दिया, 'मैं भी अखबार पढ़ती हूँ और टी.वी. देखती हूँ। मैं इस तरह की खबर की बात नहीं कर रही थी।' वह कुछ पल रुकी, फिर बोलने लगी, 'तुमने अनुसूया के बारे में अफवाहें सुनी हैं? मैंने जो सुना, उस पर यकीन नहीं कर पा रही हूँ।'

अनुसूया या अनसी, जो कि मैं उसे कहकर पुकारती हूँ, हम दोनों की मित्र है। वह बहुत गरिमापूर्ण और किसी के जीवन में हस्तक्षेप न करनेवाली थी। जब सावित्री ने उसके बारे में फुसफुसाकर बात करनी शुरू की तो मुझे चिंता होने लगी। मैंने पूछा, 'क्यों? अनसी को क्या हुआ?'

'क्या तुम्हें मालूम है कि उसकी शादी में समस्याएँ आ रही हैं? अनसी और गिरीश अलग हो चुके हैं।'

'तुम्हें कैसे पता?'

'मैं जब भी अनसी को फोन करती हूँ, वह हमेशा कहती है कि उसका पति बाहर गया है या टूर पर है। मुझे बताओ, यह असामान्य नहीं है?'

'नहीं, ऐसा कुछ नहीं है। गिरीश ऑफिस में बहुत वरिष्ठ पद पर है और उसे इधर-उधर जाना पड़ता है। इसमें गलत क्या है? और जब भी तुमने फोन किया होगा, हो सकता है वह बाहर गया हो। मैं कल ही गिरीश से मिली थी।'

'अच्छा? उसके साथ कौन था?' सावित्री ने जासूस की तरह मुझ पर सवाल दागने शुरू कर दिए।

'वह ताज वेस्ट ऐंड में अपनी एक महिला सहकर्मी के साथ था।'

मैंने देखा कि सावित्री उत्साहित हो रही है। मैंने तुरंत महसूस किया कि यह बात बताकर मैंने गलती कर दी। मैं सावित्री को और हथियार नहीं देना चाहती थी।

'बोलती रहो। वह किस उम्र की थी?'

'मैंने उसका जन्म प्रमाणपत्र नहीं माँगा।' अब मुझे अपने और उसके ऊपर सही में गुस्सा आ रहा था।

'शांत हो जाओ। वह बीसेक साल की थी या तीसेक की?'

'मुझे नहीं पता। गिरीश की एक बिजनेस मीटिंग थी और उसके आस-पास बहुत से लोग थे। मुझे कुछ भी अजीब नहीं लगा। क्या तुम हमारे पुरुष सहकर्मियों के साथ सेमिनारों में नहीं जातीं? तुम्हें कैसा लगेगा अगर कोई तुम्हारे बारे में इस तरह बात करे? सावित्री, प्लीज, गॉसिप रहने दो।'

लेकिन वह मेरी बात सुन ही नहीं रही थी। वह इस तरह बोलती रही, मानो मैंने कुछ कहा ही न हो। 'आजकल मेकअप के साथ पैंतालीस साल की महिला भी पच्चीस की लगती है। शायद इसलिए तुम उसकी उम्र का अंदाजा नहीं लगा पाई। अगर मैं तुम्हारी जगह होती तो मैं सही अंदाजा लगा लेती और तुरंत अनसी को बताती कि अपने पति पर ध्यान रखे। लोगों को सचेत करना भी एक तरह की समाजसेवा है। खैर, तुम नहीं समझोगी।'

उसने विषय बदल दिया और मेरे जवाब का इंतजार किए बिना पूछने लगी, 'क्या तुम हाल में रोमा से मिली हो?'

रोमा एक और कॉमन मित्र थी। वह काफी फैशनेबुल थी और आधुनिक विचारों की थी। मैं जानती थी कि रोमा एक अच्छी महिला थी।

सावित्री ने अपनी कमेंटरी जारी रखी, 'पैसा रोमा के सिर पर चढ़ गया है। उसका पति इतने कम समय में इतना पैसा कैसे कमा सकता है? वे जरूर कुछ गैरकानूनी काम करते होंगे। बिना मेहनत के उन्होंने इतना पैसा कमा लिया है। रोमा को देखो। वह कितना फैशन करती है। वह सिर्फ डिजाइनर साड़ियाँ पहनती है और ब्यूटी पार्लरों में महँगे फेशियल करवाती है। उसके पास पर्सनल फिटनेस ट्रेनर तक है। वह अपने गरीब रिश्तेदारों की कोई मदद नहीं करती, लेकिन अपने ऊपर ढेर सारा पैसा खर्च करती है।'

'यह सब तुम्हें कैसे पता?'

वह मुसकराते हुए बोली, 'मैं बिना सुबूत के बात नहीं करती। गोविंद ने मेरे ड्राइवर को बताया।'

'गोविंद कौन है?'

'गोविंद मेरे ड्राइवर का दोस्त और रोमा के ड्राइवर का रिश्तेदार है।'

मैं नहीं जानती कि गोविंद ने सावित्री के ड्राइवर को क्या बताया था और सावित्री ने उसका क्या अर्थ निकाला था। मगर मैं रोमा को अच्छी तरह जानती थी। यह सच था कि रोमा फैशनेबुल और अमीर थी, लेकिन इसका अर्थ यह नहीं था कि वह दूसरों की मदद नहीं करती थी। रोमा ने कई बार हमारे फाउंडेशन के दफ्तर में आकर बड़ी राशि का चेक दानस्वरूप दिया था। वह हमेशा मुझसे अनुरोध करती थी कि मैं उस बारे में किसी से न कहूँ। मैं यह भी जानती थी कि रोमा के सभी रिश्तेदारों ने उसकी मदद से घर बनवाए थे और यहाँ तक कि कारें खरीदी थीं, मगर कोई भी यह बात सार्वजनिक रूप से नहीं कहता था, क्योंकि रोमा नहीं चाहती थी कि किसी को यह बात पता चले। वह चुपचाप मदद करना पसंद करती थी। हमें कभी बाहरी रूप देखकर लोगों के बारे में निर्णय नहीं करना चाहिए। लेकिन इन बातों के बारे में सावित्री से बात करने का कोई मतलब नहीं था, जो बस गॉसिप करना और बिना किसी बात की जानकारी के दूसरों पर तोहमत लगाना पसंद करती थी। मुझे सावित्री से चिढ़ होने लगी और मैं उठने लगी। सावित्री ने फिर विषय बदल दिया। 'सुमति एक अच्छी महिला है और काफी सीधी-सादी भी। मैं सरलता और अज्ञानता को बराबर मानती हूँ। तुम्हें क्या लगता है?'

सुमति बहुत स्वार्थी, चालाक थी और भरोसेमंद मित्र नहीं थी। सुमति की अपनी बहनों ने मुझे उसके बारे में बहुत कुछ बताया था। उनका कहना था कि वह बहुत सरल होने का दिखावा करती है और ऐसा व्यवहार करती है, मानो वह बहुत सीधी-सादी और सिद्धांतवादी है। वह एक सरकारी विभाग में काम कर रही थी और एक बार गलत काम करते हुए पकड़े जाने पर निलंबित भी की गई थी।

आखिरकार घंटी बज गई और मुझे खुशी हुई कि यह एक घंटा समाप्त हो गया है। मैं खड़ी हो गई और दृढ़ता से कहा, 'सावित्री, किसी के बारे में उसकी बाहरी छवि या अफवाहों के आधार पर फैसला मत करो। बाहरी छवि छलावा हो सकती है। ऐसा नहीं होता कि सभी अमीर लोग बुरे होते हैं और न ही यह सच है कि सरल दिखनेवाले सभी लोग सीधे-सादे होते हैं। अज्ञानता सरलता से भिन्न होती है। अज्ञानता का मतलब जानकारी का अभाव होता है, लेकिन सरलता विश्वास और अन्य लोगों पर भरोसा कर लेने का नाम है। एक बच्चा हमेशा मासूम और सरल होता है, लेकिन हम बड़े अज्ञान होते हैं और शायद ही मासूम होते हैं। सावित्री गॉसिप करना बुरी बात है और यह बहुत से परिवारों को बरबाद कर देती

है। जब तुम किसी के बारे में बात करते हो तो यह याद रखो कि कहीं कोई और भी तुम्हारे बारे में बात कर रहा है। लोग समय काटने के लिए गॉसिप सुनना पसंद कर सकते हैं, लेकिन हर कोई गॉसिप करनेवाले को नापसंद करता है। वे ऐसे लोगों से दूरी बनाकर रखना पसंद करते हैं।'

जब मैं यह बात कह रही थी, मुझे समझ आ रहा था कि यह सावित्री के दिमाग में नहीं घुसेगा। वह अब हमारी सहकर्मी कमला की ओर देख रही थी, जो हमारे पास की एक टेबल पर कॉफी का प्याला लेकर बैठ रही थी। मुझे गुडबाई बोले बिना सावित्री उठकर कमला की टेबल की ओर चली गई। मैं जानती थी कि उसकी गॉसिप का अगला शिकार मैं रहूँगी। मैंने खुद ही मूर्खता करते हुए अपने पैरों पर कुल्हाड़ी मार ली थी।

□

कामयाबी की कीमत

विष्णु कॉलेज में मेरे पढ़ाए पहले बैच का एक युवा होनहार और महत्त्वाकांक्षी छात्र था। इसलिए उसके साथ मेरा रिश्ता बाद के बैचों के मेरे विद्यार्थियों की अपेक्षा अधिक करीबी था। वह आकर्षक और स्पष्ट सोचवाला लड़का था।

कॉलेज में हम विभिन्न मुद्दों पर लंबी बहसें किया करते थे और कई विषयों में हमारी मतभिन्नता होती थी। मैं विष्णु से कहती थी, 'विष्णु, मैंने तुमसे अधिक दुनिया देखी है। जीवन में अपने अनुभव को देखते हुए मैं तुम्हें बताना चाहती हूँ कि उपलब्धियों, पुरस्कारों, डिग्रियों या पैसे की अपेक्षा अच्छे रिश्ते, करुणा और मन की शांति अधिक महत्त्वपूर्ण है।'

विष्णु जवाब में कहता, 'मैडम, आपका पेट भरा हुआ है और आपने सब कुछ पा लिया है। इसलिए आप जीवन में संतुष्ट हैं और ऐसा कह सकती हैं। आपको कई पुरस्कार मिल चुके हैं, इसलिए आपको उनकी परवाह नहीं है और आप महत्त्वाकांक्षी नहीं हैं। आप मेरे जैसे लोगों को कभी नहीं समझ पाएँगी।' तब मैं बस मुसकरा दिया करती थी। मैं उसकी स्पष्टवादिता के लिए उसे पसंद करती थी।

विष्णु पढ़ने में भी काफी अच्छा था। उसने अपनी पढ़ाई पूरी की और उसे सीएटल, अमेरिका में माइक्रोसॉफ्ट में एक बढ़िया नौकरी मिल गई। वह विदेश जाने के लिए अपने वीजा का इंतजार कर रहा था। मैंने इस बीच उसे अपने कॉलेज में पढ़ाने के लिए कहा। जब भी मैं प्रयोगशाला के सेशन में शामिल नहीं हो पाती थी, उस समय मैंने उसे जूनियर लैब का भार सँभालने और मेरे बदले में काम करने के लिए कहा। वह विद्यार्थियों में काफी लोकप्रिय हो गया।

मैंने विष्णु से पूछा, 'तुम्हारी शिक्षण-शैली बहुत अच्छी है, तुम प्रोफेसर बनने के बारे में गंभीरता से क्यों नहीं सोचते?'

वह बोला, 'अमेरिका में मेरा मासिक वेतन यहाँ एक शिक्षक के वार्षिक वेतन से अधिक है। फिर मैं प्रोफेसर क्यों बनना चाहूँगा?'

'विष्णु, इस तरह की बातें मत करो। एक शिक्षक का सम्मान उसके वेतन के लिए नहीं, बल्कि उसके ज्ञान और शिक्षण के लिए किया जाता है। यदि तुम शिक्षक के काम का सम्मान नहीं करते तो कोई बात नहीं, मगर ऐसी तुलना मत करो।'

जल्दी ही विष्णु अपने नए काम के लिए विदेश चला गया। कई वर्ष बीत गए और एक दशक गुजर गया। कभी युवा रहे मेरे छात्र अब मध्यवय हो चुके थे और मैं मध्यवय से वृद्धावस्था की ओर चली गई थी।

एक दिन मेरे सेक्रेटरी ने मुझसे कहा कि विष्णु नामक कोई व्यक्ति मुझसे मिलना चाहता है। इस समय तक मैं कई विष्णु को जानती थी और एक बार में उसे पहचान नहीं पाई। मेरी सेक्रेटरी ने कहा कि वह मेरे विद्यार्थियों के पहले बैच का छात्र है। अब मैंने तुरंत उसे पहचान लिया और उसे तत्काल मिलने का समय देने के लिए कहा। आखिरकार जीवन में पुरानी वाइन, पुरानी यादें और पुराने छात्र बहुमूल्य होते हैं।

नियत दिन विष्णु समय पर हाजिर हो गया। उसके सिर पर बाल कम हो गए थे और कुछ पक भी गए थे। उसका वजन भी बढ़ गया था। उसने एक महँगी शर्ट पहन रखी थी और एक प्लेटिनम हीरे की अँगूठी उसकी अँगुली में जगमगा रही थी। लेकिन अफसोस कि उसका चेहरा एक सूखे हुए टमाटर की तरह लग रहा था। उस पर उत्साह की एक झलक तक नहीं थी। बल्कि मुझे उसके चेहरे पर चिंता की कुछ लकीरें दिख रही थीं।

वह मेरे सामने बैठा और मैंने उसके लिए चाय मँगवाई। विष्णु ने मेरी ओर देखकर कहा, 'मैडम, अब आप वाकई बुजुर्ग लगने लगी हैं।'

मैंने मुसकराते हुए कहा, 'समय और लहरें किसी के लिए नहीं रुकतीं।' लेकिन वह नहीं मुसकराया। 'तुम कैसे हो विष्णु?' मैंने पूछा। 'मैं तुमसे पंद्रह सालों से नहीं मिली थी। बड़ा अच्छा लगा कि तुमने अपनी पुरानी शिक्षिका को याद किया और मुझसे मिलने आए। तुम कहाँ हो आजकल? क्या कर रहे हो? क्या तुम अब भी माइक्रोसॉफ्ट में हो?'

'नहीं, मैडम। मैंने तीन साल बाद माइक्रोसॉफ्ट छोड़ दिया था,' विष्णु ने जवाब दिया।

'लोग सही कहते हैं कि यदि कोई किसी सॉफ्टवेयर कंपनी में तीन साल से

अधिक रह जाता है तो वह एक वफादार व्यक्ति है!'

उसने मेरे मजाक का जवाब नहीं दिया। 'तो अब तुम कहाँ हो?' मैंने फिर पूछा।

'मैं सिंगापुर में एक कंपनी का मालिक हूँ। दो सौ लोग मेरे लिए काम करते हैं। हमारा मुनाफा काफी अच्छा है।' मैंने विष्णु के स्वर में उपलब्धि का वह गर्व महसूस किया, जो बहुत स्वाभाविक था।

'तो तुम सिंगापुर में बस गए हो?'

'नहीं, मैं अकसर काम के सिलसिले में भारत आता हूँ। मेरे पास दिल्ली में वसंत विहार में एक घर, मुंबई, वर्ली में एक फ्लैट, बंगलौर में राजमहल विलास एक्सटेंशन में एक बँगला, बनेरगट्टा रोड पर एक फॉर्म…'

मैंने उसे रोक दिया। 'विष्णु, मैंने तुमसे तुम्हारी संपत्ति के बारे में नहीं पूछा। मैं आयकर विभाग की कर्मचारी नहीं हूँ। मैं बस यह जानना चाहती थी कि तुम आमतौर पर कहाँ रहते हो।' मैं उसकी टाँग खींच रही थी, फिर भी वह नहीं मुसकराया।

'विष्णु, तुमने अपनी आर्थिक संपत्ति के बारे में काफी कुछ बता दिया,' मैं बोलती रही। 'अब मुझे अपनी वैवाहिक स्थिति के बारे में बताओ। क्या तुमने शादी की? तुम्हारे कितने बच्चे हैं? वे क्या करते हैं?' आमतौर पर एक माँ और शिक्षक को अपने बच्चों और विद्यार्थियों से ये सवाल करने का हक स्वतः मिल जाता है। मैं कोई अपवाद नहीं हूँ। कुछ लोग मेरे सवालों का बुरा मानते हैं, क्योंकि यह उनका व्यक्तिगत जीवन है और फिर मैं वह संकेत पाकर रुक जाती हूँ, लेकिन अधिकतर लोग खुशी-खुशी मुझे अपने जीवन के बारे में बताते हैं।

'जी, मैंने शादी कर ली। मेरी आठ साल की एक बेटी है,' वह बोला।

विष्णु ने अपना वॉलेट बाहर निकाला और अपने परिवार की तसवीर दिखाई। जब वह कॉलेज में था तो अपनी जूनियर लड़की भाग्या के साथ डेटिंग कर रहा था, लेकिन तसवीरवाली लड़की दूसरी थी। वह किसी मॉडल की तरह बहुत ही खूबसूरत थी और उसकी बेटी प्यारी थी।

मुझे लगा कि उसका जीवन पूरी तरह खुशहाल है। वह कामयाब अमीर था, उसकी एक सुंदर पत्नी और बेटी थी। किसी को जीवन में और क्या चाहिए? इस प्रकार की कामयाबी से उसे काफी खुश और उत्साहित होना चाहिए था—जो वह नहीं दिख रहा था। मैं वजह नहीं जानती थी, लेकिन मैं जानती थी कि वह मुझे बताएगा। मैंने बात करना बंद कर दिया और उसे बोलने दिया। धीरे-धीरे विष्णु

खुलने लगा। 'मैडम, मुझे एक समस्या है। मैं आपसे बात करने आया हूँ।'

'कौन सी समस्या? और तुम्हें क्यों लगता है कि मेरे पास उसका हल है? वास्तव में तुम्हारे जैसे सफल इनसान को मेरे जैसे बुजुर्ग शिक्षक की मदद करनी चाहिए,' मैंने तनाव कम करने के लिए मजाक किया। 'उसका सफलता से कोई लेना-देना नहीं है मैडम। पिछले कुछ सालों से मैं बहुत उदास महसूस कर रहा हूँ। मुझे लग रहा है, मानो जीवन में मैं कुछ खो रहा हूँ। मैं ठीक-ठीक नहीं बता सकता कि वह क्या चीज है,' वह बोला। 'मुझे किसी चीज से खुशी नहीं मिलती। कोई चीज मुझे प्रभावित नहीं करती या मेरा दिल नहीं छूती, चाहे मैं कोई हृदयविदारक दुर्घटना क्यों न देख लूँ। मुझे महसूस होता है, मानो मैं किसी रेगिस्तान में बिना पानी के सफर कर रहा हूँ और सड़कें सोने-चाँदी की बनी हुई हैं⋯।' मैंने सीधे उससे पूछ लिया, 'तुमने किसी डॉक्टर या काउंसलर से बात की?'

'जी हाँ, मैंने बात की। उन्होंने कहा कि जीवन का आनंद उठाने के लिए हृदय में करुणा का होना महत्त्वपूर्ण है। उन्होंने मुझसे किताबें पढ़ने के लिए कहा और मुझे सूर्योदय देखने, चिड़ियों की आवाज सुनने, लंबी दूरी तक टहलने और नियमित कसरत जैसी चीजों में खुशी तलाशने के लिए कहा।'

'तो क्या हुआ?'

'इन सभी चीजों से मेरा वजन कम हो गया, लेकिन स्थितियाँ दुरुस्त नहीं हुईं। मैं फिर से काउंसलर के पास गया। उसने मुझे सोमालिया की यात्रा करने के लिए कहा।'

'सोमालिया क्यों?' मुझे हैरत हुई। 'मुझे पता है कि यूरोप, हांगकांग और बैंकॉक लोग घूमने जाते हैं, लेकिन मैंने कभी सोमालिया घूमने के बारे में नहीं सुना। बताओ, तुम वहाँ गए थे? तुमने सोमालिया में क्या किया?' मैं जानने के लिए उत्सुक थी।

'वे हमें अनाथआश्रम, एच.आई.वी. शिविरों और कुपोषण से पीड़ित बच्चों के शिविरों में ले गए, लेकिन कुछ नहीं हुआ। मुझे फिर भी कुछ महसूस नहीं हुआ। इसके विपरीत मेरा दिमाग इसमें लगा हुआ था कि सोमालिया किस तरह अमेरिका या दूसरे यूरोपीय देशों को निर्यात कर सकता है। आप मेरी जगह होतीं तो क्या करतीं मैडम,' उसने मुझसे सवाल किया।

'मुझे अपनी जगह मत रखो। मैं क्या करूँगी, वह मेरी बात है और तुम्हें वही करने की जरूरत नहीं है। तुम किसी ऐसे व्यक्ति से बात क्यों नहीं करते, जो तुम्हें बहुत प्यारा हो—कोई मित्र या तुम्हारी पत्नी या तुम्हारी उम्र का कोई? वे

शायद तुम्हें बेहतर समाधान देंगे। आखिर हमारे बीच में जेनरेशन गैप है।'

वह चुप रहा। फिर बोला, 'मैडम, अपनी पूरी जिंदगी मैंने बस जोड़-भाग करके दोस्ती की है। मैंने कभी ऐसे लोगों के साथ समय नहीं बिताया, जो किसी-न-किसी तरीके से मेरे काम न आ सकते हों। आखिरकार जीवन एक निर्दय, प्रतिस्पर्धी क्षेत्र है। हर कदम मुझे कामयाबी की एक सीढ़ी की ओर ले जाए।' मैंने मन में सोचा, 'अब मुझे समझ आया कि भाग्या की जगह मॉडल बीबी क्यों आ गई।'

'तुम अपने परिवार के साथ कितना समय बिताते हो?'

'मेरी बेटी मिलनसार है, लेकिन वह मेरे साथ अच्छा व्यवहार तभी करती है, जब उसे मुझसे कुछ चाहिए होता है। कभी-कभी यह मुझे बहुत अजीब लगता है। एक बच्चा अपनी मासूमियत के कारण ही सुंदर लगता है, लेकिन मेरी बेटी अधिक व्यावहारिक है। मेरी पत्नी अपने पिता से विरासत में मिले कालीन व्यवसाय में काफी व्यस्त रहती है। उसके पास मुझसे और मेरी बेटी से बात करने का समय नहीं होता, जबकि अधिकांश समय वह घर से ही काम करती है।' वह एक सेकेंड के लिए रुका और फिर बोलने लगा, 'या शायद मैं इस तरह सोचता हूँ। मेरी पत्नी मेरे सभी संपर्कों और क्लाइंटों का अपना व्यवसाय विस्तृत करने के लिए लाभ उठाना चाहती है। मैं उसके लिए एक साथी से अधिक एक डाटाबेस हूँ।'

मुझे विष्णु की समस्या समझ आ गई। कभी-कभी अपने ही परिवार से बात करना बहुत मुश्किल होता है। यह बात मेरे दिल को छू गई कि उसे मेरे पास आना सुरक्षित लगा, लेकिन वह मुझसे एक त्वरित समाधान चाहता था। मैं उसकी समस्या सुनना चाहती थी, लेकिन इसका अर्थ यह नहीं था कि मुझे हल भी पता था।

विष्णु बोलता रहा, 'मैडम, आप मुझे बताइए, मैं अपने दिल में दया कहाँ से लाऊँ? मैं अपने परिवार को मजबूत कैसे बनाऊँ? मैं सूर्योदय और चाँदनी रात का आनंद कैसे उठा सकता हूँ? ये सभी गुण पाने में कितना समय लगेगा? क्या इस बारे में कोई किताब या कोई कोर्स है या कोई है, जो मुझे यह सब सिखा सकता है? मुझे पैसे की परवाह नहीं, लेकिन इसमें महीनों नहीं लगने चाहिए।'

मैं उसके दृष्टिकोण से हैरान रह गई। 'विष्णु, दया या करुणा सिखाई, बेची या खरीदी नहीं जा सकती,' मैं बोली। 'न ही इसके लिए कोई समय सीमा है। यह ऐसा गुण है, जो आपको शुरू से विकसित करना पड़ता है। यह समझो कि जीवन एक सफर है। उस छोटे सफर में यदि तुम दूसरों के प्रति संवेदना दिखा सकते हो, तो वह अभी दिखाओ। हमारे पूर्वज किसी वजह से मध्य मार्ग की बात करते थे।

वह मार्ग व्यक्ति को स्थिर, प्रसन्न और संतुष्ट बनाता है। विष्णु, तुम अपने बच्चों के लिए आदर्श हो। बच्चे वही बनेंगे, जो देखेंगे। तुमने जो किया, उसी का अनुकरण तुम्हारी बेटी ने किया।'

विष्णु ने ठंडी साँस भरी और बोला, 'हाँ, मैडम। आप जो कह रही हैं, वह मैं समझ रहा हूँ। मैं अपनी बेटी को साथ लेकर नियमित रूप से गरीब लोगों के लिए काम करूँगा। इससे हमारा आपसी रिश्ता भी मजबूत होगा। उम्मीद करता हूँ कि यह मुझे एक बेहतर इनसान बनाएगा और मैं फिर से खुद को योग्य महसूस कर पाऊँगा। अब मुझे समझ आया कि कौन सी चीज मुझे आपके पास लेकर आई। मैं आपका बहुत शुक्रगुजार हूँ।'

विष्णु अपने दिल में एक उम्मीद और अपने चेहरे पर एक मुसकान लेकर मेरे ऑफिस से गया।

□

श्राद्ध

मेरे पिता डॉ. आर.एच. कुलकर्णी का बारह वर्ष पहले देहांत हो गया। वह एक डॉक्टर और मेडिकल कॉलेज में स्त्री रोग विज्ञान के प्रोफेसर थे। वह हमेशा से मानते थे कि महिलाओं के लिए शिक्षा अनिवार्य है। इसलिए उन्होंने सन् 1968 में मुझे इंजीनियरिंग कॉलेज भेजा। वह ऐसा समय था, जब अधिकतर लड़कियों के पिता समाज के दबाव की वजह से ऐसा करने की सोच भी नहीं सकते थे। मेरे पिता अपनी बेटियों और बेटे से बराबर प्यार करते थे और सभी बच्चों के लिए उनके नियम समान थे। उन्होंने अपनी संपत्ति भी हमारे बीच बराबर बाँटी।

मेरे पिताजी का श्राद्ध प्रत्येक वर्ष 30 अक्तूबर को आता है। सुरेश पिताजी का सबसे प्रिय भतीजा था और हमेशा वही मेरे पिताजी का श्राद्ध करता था। मैं एक फिक्स्ड डिपोजिट खाते में पैसा रखती थी और इस खाते से मिलनेवाले ब्याज से नजदीकी मंदिर में श्राद्ध का खर्च किया जाता था। हर साल हमारा परिवार मंदिर जाता, मेरे कजिन सुरेश श्राद्ध करने के दौरान मौजूद रहता और फिर साथ में दोपहर का भोजन करता। फिर शाम को मैं एक अनाथालय जाती और बच्चों में फल वितरित करती। हम पिछले ग्यारह वर्षों से इस नियम का पालन करते आ रहे थे, लेकिन पिछले वर्ष सुरेश अक्तूबर अंत में किसी काम के लिए पेरिस में था और श्राद्ध करने के लिए मौजूद नहीं था, लेकिन हमेशा की तरह मैं और मेरा परिवार मंदिर गए। मैं बेंच पर बैठकर प्रबंधक का इंतजार करने लगी। मैंने अपनी मित्र मीरा को मंदिर में देखा। वह चिंतित लग रही थी। मैंने उससे पूछा, 'क्या हुआ?'

'मेरा भाई मुरली अब तक यहाँ नहीं पहुँचा है। आज मेरी माँ का श्राद्ध है। मैं चाहती थी कि श्राद्ध यहीं पर हो, क्योंकि मुरली ने कहा था कि यह मंदिर उसके नए घर के निकट है।'

मैं मीरा के परिवार को अच्छी तरह जानती थी और मुझे उसके उत्तर से हैरानी हुई। 'मुरली नए घर में क्यों चला गया?' मैंने पूछा। 'तुम्हारे पुराने घर का क्या हुआ?'

मीरा की माँ एक स्कूल शिक्षिका रही थीं। उन्होंने अपने वेतन और पेंशन से पैसे बचाकर एक बढ़िया घर बनवाया था। उन्हें अपना घर बहुत ही प्रिय था और वह उसे 'सार्थक' बुलाती थीं। उनका कुछ वर्ष पहले निधन हो गया था। मीरा ने बचपन में ही अपने पिता को खो दिया था। उसकी माँ ने अकेले मीरा और उसके भाई को पाला था।

मीरा ने उदास होकर जवाब दिया, 'तुम जानती ही हो, मुरली गलत संगत में पड़ गया था। उसे ऋण चुकाने थे, इसलिए उसने घर बेच दिया। अब उसने इस मंदिर के पास किराए का मकान लिया है। कल मैंने उसके पास जाकर माँ का श्राद्ध करने के लिए जल्दी आने का अनुरोध किया था। इस पर पूरा खर्च भी मैं ही कर रही हूँ।'

मैं चुप हो गई और आस-पास देखने लगी। हमारे पास एक बुजुर्ग महिला बैठी हुई थी और वह भी चिंतित लग रही थी। वह बार-बार घड़ी देख रही थी और दरवाजे की ओर उसकी नजर थी। मैंने यों ही उनसे पूछा, 'क्या आप किसी का इंतजार कर रही हैं?'

'हाँ, मैं अपने बेटे का इंतजार कर रही हूँ। वह एक सॉफ्टवेयर कंपनी में सीनियर मैनेजर है। आज उसके प्रोजेक्ट की रिलीज है। उसने कहा था कि वह इस समय तक यहाँ आ जाएगा। उसका सेलफोन स्विच ऑफ है और मुझे नहीं पता कि क्या हुआ। अगर वह नहीं आया तो मेरे पति का श्राद्ध कैसे होगा? मुझे बहुत चिंता हो रही है।'

मुझे एहसास हुआ कि तीन महिलाएँ एक बेंच पर अपने प्रियजनों का श्राद्ध करने का इंतजार कर रही हैं। मंदिर का प्रबंधक आया और उसने उन लोगों के नाम पूछे, जिनका श्राद्ध हम करवाना चाहते थे। हम तीनों ने तुरंत नाम बता दिए। फिर उसने गर्व से कहा, 'श्राद्ध एक धार्मिक कर्म है, जो परिवार के लिए बहुत महत्त्वपूर्ण होता है। आज मृतक, उसके पिता और पूर्वज, यानी तीन पीढ़ियाँ गाय, सूर्य और ईश्वर के रूप में पृथ्वी पर आती हैं। जब परिवार का कोई सदस्य तिल और पानी देता है तो आपकी भावना उन तक पहुँचती है। श्राद्ध एक ऐसा कर्म है, जिसे श्रद्धा से किया जाना चाहिए।'

उसने हमारी ओर देखा और कहा, 'आपके परिवार के पुरुष सदस्य कहाँ

हैं? अब उन्हें बुला लीजिए। उन्हें तैयार होने के लिए कहिए। मैं उनकी मदद के लिए तीन पंडितों की व्यवस्था कराता हूँ।'

फिर वह एक कुरसी पर बैठ गया और रसीदों को देखने लगा।

मैंने जवाब दिया, 'महाशय, इस समय हमारे परिवार का कोई पुरुष सदस्य यहाँ नहीं है।'

'फिर मैं रसोईघर से एक सहायक को बुला देता हूँ। वह आपके परिवार की ओर से श्राद्ध कर देगा।'

एक सेकेंड के लिए मैं रुकी, फिर मैंने दृढ़ता से कहा, 'नहीं महाशय। मैं अपने पिता का श्राद्ध कर सकती हूँ। मुझे श्राद्ध करवाने के लिए किसी अनजान पुरुष की आवश्यकता नहीं है, जो यह भी नहीं जानता कि वह किसका श्राद्ध कर रहा है।'

प्रबंधक रसीदों को उलट-पुलट करता रहा। उसने जवाब देने से पहले मेरी ओर देखने तक की जरूरत नहीं समझी। 'माफ कीजिए देवीजी। कोई स्त्री किसी का श्राद्ध नहीं कर सकती। यही नियम है। अगर आपको वह स्वीकार्य नहीं है तो बस यहाँ दोपहर का भोजन कीजिए, भगवान् की पूजा कीजिए और घर जाइए।'

'नहीं महाशय। मैं आपका निर्णय स्वीकार नहीं करती,' मैं बोली। 'आखिर यह मेरे पिता का श्राद्ध है। एक बेटी के रूप में आज अपने पिता को स्मरण करना मेरा अधिकार है। यह मेरा कर्तव्य भी है। क्या कोई ऐसी किताब है, जिसमें लिखा है कि एक स्त्री श्राद्ध नहीं कर सकती और सिर्फ पुरुषों को ही यह करने की अनुमति है?'

प्रबंधक ने रसीदों से नजर हटाई और मेरी ओर देखा। वह मेरे जवाब से हक्का-बक्का रह गया था। उसे अपने कानों पर यकीन नहीं हो रहा था। वह बोला, 'यह एक परंपरा है।' 'माफ कीजिए। परंपरा प्रथा से भिन्न है। परंपरा मूल्यों को अगली पीढ़ी तक पहुँचाती है, लेकिन एक प्रथा या समारोह वह होता है, जो आप आदतन करते हैं। उदाहरण के लिए श्राद्ध करना एक परंपरा है, लेकिन वह एक पुरुष द्वारा किया जाता है, यह एक प्रथा है। हमें परंपराएँ नहीं तोड़नी चाहिए, लेकिन परिस्थितियों को ध्यान में रखते हुए प्रथाओं को बदला जा सकता है। प्रथाएँ लगभग हमेशा भौगोलिक, आर्थिक और सामाजिक स्थितियों के आधार पर बनाई जाती हैं।'

प्रबंधक मेरे तर्क से खुश नहीं था।

'देवीजी सुनिए' उसने धैर्यपूर्वक कहा, 'हमने पहले कभी किसी स्त्री को

श्राद्ध करने की अनुमति नहीं दी है। अब तक किसी महिला ने हमारी पद्धतियों पर कोई सवाल नहीं उठाया है।'

'अगर ऐसा पहले नहीं हुआ है तो आप आज शुरू कर सकते हैं,' मैंने कहा। 'हर यात्रा की शुरुआत एक कदम से होती है। मुझे नहीं लगता कि बिना प्रथाओं को समझे उन्हें निभाना कोई बुद्धिमानी की बात है। मेरे पिता मुझे एक कहानी सुनाया करते थे। एक व्यक्ति प्रतिदिन पूजा किया करता था और एक बिल्ली उसकी पूजा के समय उसे परेशान किया करती थी। इसलिए उसने अपने पुत्र से कहा, 'बिल्ली को बाँध दो और रोज जब मैं पूजा करूँ तो उसे थोड़ा दूध दे दिया करो।' बिल्ली ने फिर कभी उसे परेशान नहीं किया। कुछ वर्षों बाद उस व्यक्ति और बिल्ली दोनों की मृत्यु हो गई। उसके बेटे ने यह काम सँभाल लिया और पूजा करनी शुरू कर दी। चूँकि वह बिल्ली मर चुकी थी, वह पड़ोसी की बिल्ली को लाया, उसे बाँध दिया और प्रतिदिन पूजा के समय बिल्ली को दूध देने लगा। बेटे ने कभी नहीं समझा कि उसके पिता ने प्रतिदिन बिल्ली को दूध देने के लिए क्यों कहा था। वह एक निरर्थक प्रथा बनकर रह गई। आप भी वही कर रहे हैं।'

इस समय तक हमारे आस-पास भीड़ जमा हो गई थी और लोग हमारी बहस सुन रहे थे। प्रबंधक ने कहा, 'परंतु देवीजी, एक स्त्री श्राद्ध कैसे कर सकती है?'

'क्यों नहीं? जब मैंने इस मंदिर के लिए चेक लिखा तो आपने स्वीकार कर लिया। आपने कभी नहीं जाँचा कि वह एक पुरुष ने दिया या स्त्री ने। पुराने जमाने में पुरुषों और स्त्रियों के बीच श्रम विभाजन था, क्योंकि बड़े परिवार साथ-साथ रहते थे। इसलिए पुरुष घर से बाहर काम करते थे और स्त्रियाँ घर के भीतर। आज महिलाएँ सभी क्षेत्रों में बराबरी से काम करती हैं। दोनों में कोई अंतर नहीं है। यदि आप मुझे श्राद्ध नहीं करने देते तो आप एक तथ्य को स्थापित कर रहे हैं कि कोई बेटी अपने पिता का और कोई पत्नी अपने पति का श्राद्ध नहीं कर सकती। सिर्फ इसलिए कि वह एक स्त्री है, क्या इसका यह अर्थ है कि एक स्त्री की अपने भाई, पिता या पति के प्रति कोई भावना नहीं है? यह अनुचित है। मैं आज श्राद्ध कर के रहूँगी, चाहे जो हो।'

प्रबंधक मेरी जिद से हैरान था, वह बोला, 'अगर ऐसा है तो हमारे पास ऐसा कोई पंडित नहीं है, जो श्राद्ध करने में आपकी मदद करे।'

भीड़ चुप रही और किसी ने किसी के पक्ष में कुछ नहीं कहा। बहुत से युवा

और बुजुर्ग पंडित भी हमारी बात सुन रहे थे। मैंने उनकी ओर देखा, 'क्या यहाँ कोई है, जो मेरी मदद कर सकता है?'

कुछ युवा पुजारी मेरी ओर देखकर मुसकराए, लेकिन आगे नहीं बढ़े। मुझे हैरानी हुई जब एक बुजुर्ग व्यक्ति ने कहा, 'मैं आपके पिता का श्राद्ध करने में आपकी मदद करूँगा।' मैं जानती थी कि वह मंदिर में सबसे वरिष्ठ पुजारी थे। वह सौम्यता से बोलते रहे, 'मैंने ऐसे पुत्र देखे हैं, जो श्राद्ध करते समय फोन पर बात करते रहते हैं। उनका दिमाग कभी इस रस्म में नहीं होता। मैंने ऐसे पुरुष देखे हैं, जो बाहर जाकर सिगरेट पीते हैं और फिर वापस आकर यह रस्म करते हैं। मैंने ऐसे पुरुष देखे हैं, जो मुझसे कहते हैं कि यदि मैं यह रस्म पाँच मिनट में पूरी कर दूँ तो वे मुझे अधिक पैसे देंगे। कुछ अन्य होते हैं, जो प्यार और स्मृति भाव से यह करते हैं। लेकिन जब इसमें दिलचस्पी न रखनेवाले पुरुष श्राद्ध कर सकते हैं तो सच्चे दिल से आग्रह करनेवाली किसी महिला को यह करने से मना क्यों किया जाए? परंपरा के अनुसार हम मानते हैं कि पूर्वज श्राद्ध के दिन धरती पर आते हैं और उन्हें खाली हाथ नहीं जाना चाहिए।'

मैंने राहत की साँस ली और पीछे मुड़ी। मैंने देखा कि मीरा और बुजुर्ग महिला कुछ कहना चाहती हैं। मीरा बोली, 'मैं भी अपनी माँ का श्राद्ध करना चाहती हूँ।'

बुजुर्ग महिला बोलीं, 'अभी-अभी मेरे बेटे का फोन आया और उसने कहा कि वह एक ट्रैफिक जाम में फँसा हुआ है। कोई बात नहीं। मैं भी अपने पति का श्राद्ध करूँगी।'

बुजुर्ग पंडित ने हम तीनों को सूखी घास से बनी अँगूठी, काला तिल और पानी दिया। फिर बोले, 'आ जाइए। शुरू करते हैं।'

मुझे यकीन है कि मेरे पिताजी को उस वर्ष श्राद्ध अच्छा लगा होगा। मैं महसूस कर सकती थी कि मेरे पिता, दादा और परदादा गर्व से मुझे देखकर मुसकरा रहे हैं।

श्राद्ध के बाद मैंने मन-ही-मन सोचा, 'मुझे लग रहा था कि आयु के साथ क्या मैंने पुरुष प्रधान समाज को स्वीकार करना शुरू कर दिया है—लेकिन अब मुझे पता है कि यह सच नहीं है। इसमें कोई हैरत की बात नहीं कि मैंने सन् 1974 में जे.आर.डी. टाटा को वह पत्र लिखा था।'

□

आलसी पोर्तादो

पोर्तादो गोवा का एक युवा, होनहार, आकर्षक और प्यारा लड़का था। हम हुबली में बी.वी.वी. इंजीनियरिंग कॉलेज में थे। वह पूरे कोर्स के दौरान मेरा सहपाठी और लैब पार्टनर रहा, इसलिए मैं उसे काफी अच्छी तरह जानती थी।

पोर्तादो की आदतें विचित्र थीं। हालाँकि वह जहीन था, लेकिन वह आलसी था। हमारी थ्योरी कक्षाएँ सुबह आठ बजे से दोपहर तक होती थीं और वह लैब में दो से पाँच तक होता था। पोर्तादो आठ बजे पहली कक्षा के लिए कभी नहीं आता था। कभी-कभार वह दूसरे या तीसरे घंटे आता था, लेकिन अधिकांश समय वह सिर्फ आखिरी घंटे में आता था। हालाँकि वह लैब सत्र कभी नहीं छोड़ता था।

उन दिनों कॉलेज में उपस्थिति अनिवार्य नहीं होती थी और हमारे शिक्षक काफी उदार थे। उन्होंने पोर्तादो से समय पर आने का अनुरोध किया, लेकिन चूँकि कॉलेज में कोई आंतरिक मूल्यांकन नहीं होता था, वे कुछ नहीं कर सकते थे।

एक दिन मैंने पोर्तादो से पूछा, 'तुम हमेशा लेट क्यों होते हो? तुम घर पर करते क्या हो?'

वह हँसने लगा और बोला, 'मेरे पास करने के लिए बहुत कुछ है। मैं शाम को इतना व्यस्त रहता हूँ कि सुबह नौ बजे से पहले उठ नहीं पाता।'

'किन चीजों में तुम इतने व्यस्त रहते हो?' मैंने मासूमियत से पूछा।

'मैं रात को अपने मित्रों से मिलता हूँ। हम देर तक बातें करते हैं, जिसके बाद भोजन करते हैं। तुम्हें पता है, मित्रता के रिश्ते बनाने में काफी समय लगता है। तुम नहीं समझोगी। तुम लोग पढ़ाकू हो। तुम सिर्फ पढ़ाई करने के लिए कॉलेज आते हो।'

'पोर्तादो, तुम एक विद्यार्थी हो। तुम्हें पढ़ाई करनी चाहिए, ज्ञान प्राप्त करना चाहिए, दक्षता हासिल करनी चाहिए और मेहनत करनी चाहिए। क्या यह महत्त्वपूर्ण नहीं है?'

'ओह, प्लीज। तुम मुझे मेरी माँ की याद दिला देती हो। मुझे उपदेश मत दो। जीवन बहुत लंबा है। हमारे पास बहुत सा समय है। हमें कोई चीज हड़बड़ी में नहीं सीखनी चाहिए। हमें समय के बारे में भी इतना कंजूस नहीं होना चाहिए।'

तब मैंने ध्यान दिया कि उसके पास घड़ी भी नहीं थी, क्योंकि स्पष्ट वजहों से उसे घड़ी की जरूरत नहीं थी।

पोर्तादो बोलता रहा, 'जीवन में आपको संपर्कों और नेटवर्किंग की आवश्यकता होती है। वह आपको कामयाबी दिला सकती है। आप एक दिन में नेटवर्क स्थापित नहीं कर सकते। आपको एक नेटवर्क बनाने के लिए समय और पैसा खर्च करना पड़ता है। कौन जाने, जिन लोगों से आज मैं मिलता हूँ, वे कल एक बड़ा नाम बन जाएँ और फिर वह संपर्क मेरे लिए लाभदायक हो?'

मैं एक मध्यवर्गीय और शिक्षा को महत्त्व देनेवाले परिवार की लड़की थी। मैं सिर्फ मेहनत में यकीन रखती थी। मुझे कभी समझ नहीं आया कि नेटवर्किंग से किस तरह मदद मिल सकती है।

हमारे कॉलेज के ब्रेकों के दौरान पोर्तादो गर्व से हमें अपने बचपन के बारे में बताता था, 'जब मैं छोटा था, तो मैंने बॉम्बे, दिल्ली और कलकत्ता जैसे बड़े शहरों में समय बिताया। कलकत्ता में कई क्लब हैं। किसी क्लब का सदस्य होना प्रतिष्ठा की बात होती है। जब मैं काम करना शुरू करूँगा तो मैं शहर के सभी अच्छे क्लबों की सदस्यता लेना चाहता हूँ।' पोर्तादो अकसर महसूस करता था कि हुबली एक छोटा और ऊबाऊ शहर था। इसलिए वह अपने मित्रों से मिलने और उनसे 'नेटवर्किंग' करने के लिए नियमित रूप से बेलगाम जाता था।

परीक्षाओं के दौरान पोर्तादो गधे की तरह काम करता था। वह मेरी अधिकांश ड्राइंग को ग्लास ट्रेस कर लेता था, ताकि उसे खुद से इंजीनियरिंग संबंधी समस्याओं के समाधान न ढूँढ़ने पड़ें। उसकी ग्लास ट्रेस ड्राइंग निश्चित रूप से मूल ड्राइंग से बेहतर होती थी, क्योंकि वे साफ-सुथरी होती थी और उसमें कोई सिलवट या पेंसिल के निशान नहीं होते थे। उसे हमेशा ड्राइंग में मुझसे अधिक अंक मिलते थे। वह पिछले सालों के प्रश्नपत्र भी रखता था और उनकी सहायता से अपने प्रश्नपत्र तैयार करता था। वह परीक्षा में पास होने के लिए पाठ्यपुस्तकें पढ़ने की बजाय गाइड पढ़ा करता था। इन सब चीजों से वह हमेशा द्वितीय श्रेणी में उत्तीर्ण हो जाता था।

एक बार परीक्षक ने उसे पकड़ लिया, क्योंकि एक सर्वे ड्राइंग में उसने परीक्षक से कहा कि उसकी ड्राइंग पर स्थित चिह्न एक सड़क के मध्य स्थित एक

बड़ा पेड़ है। वह धारवाड़ के निकट के एक शहर का सर्वेक्षण था। दुर्भाग्यवश परीक्षक उसी शहर का था और वह जानता था कि उस सड़क पर कोई पेड़ नहीं है। उसने पोर्तादो से सवाल पूछा, जिसने गंभीर मुद्रा में कहा, 'सर, मैंने खुद सर्वे किया है। मैं उस पेड़ के नीचे बैठा, अपना दोपहर का भोजन किया और फिर आगे बढ़ा।'

परीक्षक ने शांति से कहा, 'मुझे यह पेड़ तुम्हारे किसी सहपाठी की मूल ड्राइंग में नहीं दिख रहा है। यह ग्लास और ड्राइंग के बीच बस एक मच्छर है, जिसे तुमने छिपाने की कोशिश की है।'

उस वर्ष पोर्तादो बस किसी तरह उत्तीर्ण हो पाया, लेकिन उसे कोई फर्क नहीं पड़ा। वह बोला, 'मुझे परीक्षा या अंकों का डर नहीं है। आज के पढ़ाकू कल के मध्यस्तरीय प्रबंधक होंगे। अच्छी नेटवर्किंगवाला व्यक्ति उनका बॉस होगा।'

उसके रवैए और अनुशासनहीनता की वजह से कॉलेज के हॉस्टल में भी उसे रखने से मना कर दिया गया था। इसलिए उसने कॉलेज के नजदीक एक छोटा सा मकान किराए पर लिया था और वहाँ एक राजा की तरह रहता था। एक बार हमारी कक्षा ने पिकनिक के लिए बेलगाम जाने की योजना बनाई। चूँकि पोर्तादो उस शहर से अच्छी तरह परिचित था, हमने उसकी राय और मदद लेने का फैसला किया। हम सब पिकनिक समिति के सदस्य एक रविवार की सुबह लगभग ग्यारह बजे उसके घर गए। हम सब यह मानकर चल रहे थे कि पोर्तादो अब तक जग गया होगा, लेकिन हमें देखकर हैरानी हुई कि वह अब तक सो रहा था। जब उसने दरवाजा खोला तो उनींदी आवाज में बोला, 'अरे, तुम लोग रविवार को इतनी जल्दी क्यों आए हो?' वह हमें देखकर काफी चिढ़ गया था। 'चलो, अब तो मैं जग गया हूँ, इसलिए अंदर आ जाओ।' हम अंदर गए, लेकिन कहीं बैठने की जगह ही नहीं थी। उसके कपड़े पूरे कमरे में फैले हुए थे और अखबार फर्श पर बिखरे हुए थे। रसोईघर के सिंक में जूठे बरतनों का अंबार लगा था और उनसे बदबू आ रही थी। हर कहीं मछली की हड्डियाँ पड़ी थीं। घर के अंदर एक बिल्ली और एक कुत्ता भी था। वे पोर्तादो का जूठन खाकर खूब हृष्ट-पुष्ट थे। खिड़कियाँ भी नहीं खोली गई थीं। बिस्तर की चादर को देखकर लग रहा था। मानो वह साल भर से न बदली गई हो। मुझमें उसका बाथरूम देखने की हिम्मत नहीं थी।

पोर्तादो न परेशान हुआ, न शर्मिंदा। वह बोला, 'अपने लिए थोड़ी-थोड़ी जगह बनाकर बैठ जाओ।' कुछ लोग पोर्तादो के अंतःवस्त्र हटाकर बैठ गए, लेकिन मैं ऐसा नहीं कर सकती थी, क्योंकि मैं एक लड़की थी। इसलिए मैं खडी

रही। पोर्तादो अपने रसोईघर से मेरे लिए एक स्टूल लाया। वह बहुत गंदा था। मुझे उस पर बैठने में, उसके कपड़ों पर बैठने से भी अधिक हिचकिचाहट हो रही थी। मैंने उससे कहा, 'मैं खड़ी ठीक हूँ।' पोर्तादो ने हमें चाय के लिए पूछा, लेकिन हममें से किसी की चाय पीने की हिम्मत नहीं हुई।

जब मैंने उससे पिकनिक की योजना के बारे में पूछा तो वह बोला, 'हम दोपहर में बारह बजे शुरू कर सकते हैं। मेरे दोस्त का एक लॉज है, इसलिए मैं तुम लोगों को वहाँ ले जा सकता हूँ। अगले दिन हम अंबोली जलप्रपात जा सकते हैं। फिर हम गोवा भी जा सकते हैं।' गोवा ने दस दिन का कार्यक्रम बनाया। लेकिन हममें से अधिकतर लोग किसी होटल में दस दिन रुकने का खर्च वहन नहीं कर सकते थे, न ही हम इतने दिनों तक अपनी कक्षाएँ छोड़ सकते थे। इसलिए वह योजना रद्द हो गई। हमने उसे धन्यवाद दिया और वहाँ से चल दिए। जब मैं पीछे मुड़ी तो पोर्तादो दरवाजा बंद कर चुका था और शायद वापस सोने जा चुका था।

जल्दी ही अंतिम वर्ष आ गया। हम सबने परीक्षा पास कर ली और एक-दूसरे से विदा ली। कुछ लोग उदास हो गए, क्योंकि पिछले चार सालों में हम लोग एक परिवार की तरह हो गए थे। हमें अपनी मंजिलें नहीं पता थीं और जानते थे कि हम भविष्य में नहीं मिल सकते हैं। पोर्तादो ने विदा लेते हुए कहा, 'अगर तुम लोग कभी गोवा आओ तो मेरे घर आना।' लेकिन मुझे शक था कि मैं फिर कभी उससे मिलना चाहूँगी या नहीं।

कई दशक बीत गए। एक बार मैं एक लेक्चर देने दुबई गई। लेक्चर के बाद लोग मुझसे बात करने आए, लेकिन एक व्यक्ति हर किसी के जाने तक रुका रहा। फिर वह उस जगह आया, जहाँ मैं बैठी हुई थी और मुसकराया। मुझे उसकी मुसकराहट जानी-पहचानी लगी, लेकिन मुझे याद नहीं आ रहा था कि मैंने उसे कहाँ देखा है। वह व्यक्ति गंजा और मोटा था, उसकी बड़ी सी तोंद थी और उसने बहुत साधारण कपड़े पहने हुए थे। मैंने सोचा कि वह किसी निर्माण कंपनी में मध्य स्तर का मैनेजर होगा। मैं अपने क्षेत्र में बहुत से लोगों से मिलती हूँ और हर किसी को याद रखना मुश्किल है।

मैंने उससे पूछा, 'मैं आपके लिए क्या कर सकती हूँ सर? क्या आप मेरे लिए इंतजार कर रहे हैं?'

वह फटी हुई आवाज में बोला, 'हाँ, मैं आपका इंतजार कर रहा हूँ।'

'ओह, माफ कीजिए, मुझे नहीं पता था कि आप प्रतीक्षा कर रहे हैं। क्या आपको मुझसे कोई काम है?' मैं बोली।

'हाँ, मैं बस आपको यह बताना चाहता था कि आप सही थीं और मैं गलत।'

मैं चकरा गई। उसका क्या मतलब था? मैं पहले कभी उससे नहीं मिली थी। मैं दुबई नहीं आती थी, क्योंकि वहाँ हमारा ऑफिस नहीं था।

'मुझे आपका नाम याद नहीं आ रहा है सर। क्या मैं कृपया आपका नाम जान सकती हूँ?' मैंने पूछा।

उसकी हँसी उदासी से भरी थी। वह बोला, 'मैं पोर्तादो हूँ, आपका सहपाठी।'

मैं उससे मिलकर बहुत खुश थी, मैंने उससे हाथ मिलाया। 'ओह पोर्तादो, मैं तुमसे पैंतीस साल बाद मिल रही हूँ! इतना लंबा समय बीत गया कि मैं तुम्हें पहचान नहीं पाई। हम दोनों काफी बदल गए हैं। तुमसे मिलकर खुशी हुई। रुको। अगर तुम यहाँ हो तो आज डिनर पर मिलते हैं। मैं काफी बातें करना चाहती हूँ,' मैंने कहा।

पोर्तादो ने उदास होकर कहा, 'माफ करना, मेरे पास अधिक समय नहीं है। मैं नाइट शिफ्ट में हूँ, लेकिन मैं तुम्हारे साथ एक कप चाय पी सकता हूँ।'

हम होटल के रेस्तराँ में गए और मैंने उसके लिए एक कप चाय और अपने लिए जूस मँगवाया। मैं और बातें करना चाहती थी। मैंने बड़े उत्साह से बातचीत शुरू की और अपने सवाल रोक नहीं पा रही थी। 'पोर्तादो, तुम अभी कहाँ काम कर रहे हो? दुबई में कब से हो? क्या तुमने शादी की? तुम्हारे कितने बच्चे हैं? वैसे तुम्हारे नेटवर्किंग दोस्त कैसे हैं? क्या तुम कभी भारत आते हो?'

पोर्तादो ने मुझे रोक दिया। 'मैं जानता हूँ कि तुम्हारा काम कंप्यूटरों का है, लेकिन मेरा नहीं। तुम मेरे लिए कुछ अधिक तेज हो, किसी कंप्यूटर की तरह। लेकिन मैं निर्माण के व्यवसाय में हूँ। इसलिए थोड़ा धैर्य रखो, क्योंकि मैं धीमा हूँ। मैं पिछले पाँच साल से दुबई में हूँ। उससे पहले मैं भारत में कई छोटी जगहों पर अलग-अलग कंपनियों में रहा हूँ। हाँ, मेरी शादी हो गई है और मेरी दो बेटियाँ हैं।'

मैंने उसे टोका। 'तुम आज उन्हें ला सकते थे। मुझे उनसे मिलकर अच्छा लगता।'

'सॉरी, मैं उन्हें नहीं ला सकता, क्योंकि वे यहाँ नहीं हैं। मैं प्रबंधन के निचले स्तर पर हूँ। इसलिए मैं अपने परिवार को यहाँ लाना अफोर्ड नहीं कर सकता। मेरी दोनों बेटियाँ भारत में पढ़ रही हैं और इंजीनियरिंग कर रही हैं। मैं यहाँ पर उनकी पढ़ाई का खर्च भी नहीं उठा सकता।'

मुझे समझ नहीं आ रहा था कि मैं क्या बोलूँ। मैंने भी पोर्तादो को इस तरह देखने की कल्पना नहीं की थी।

अब बात करने की बारी उसकी थी। 'तुम्हें याद है, जब मैं कॉलेज में था, तो मैं तुम सबका मजाक उड़ाया करता था? मैं अपना सारा समय नेटवर्किंग में बिताता था। इंजीनियरिंग पूरा करने के बाद मुझे कोई अच्छी नौकरी नहीं मिली। वजह स्पष्ट थी। मेरे पास मेहनत करने के लिए न तो ज्ञान था और न क्षमता। मैं इन दो गुणों को हेय दृष्टि से देखता था, जो कामयाबी के मुख्य कारण होते हैं। मैं यह जानता था कि मैं किसी कंपनी में अच्छा पद चाहता हूँ और सर्वोच्च स्थान पर पहुँचना चाहता हूँ, लेकिन कोई वहाँ तक उड़कर नहीं पहुँच सकता। मुझे यह पता था कि मुझे कहाँ होना चाहिए, लेकिन मुझे रास्ता नहीं पता था। मैंने सोचा कि नौकरी बदलने से मदद मिलेगी, लेकिन उससे बाजार में मेरा मूल्य और कम हो गया। मेरे किसी नेटवर्किंग मित्र ने मेरी मदद नहीं की। उन्होंने मुझसे पल्ला झाड़ लिया। उन्हें लगा कि मैं एक परजीवी की तरह उनसे चिपक रहा हूँ। उनमें से कुछ मेरी तरह थे और वे भी नौकरियों की तलाश कर रहे थे। मैं हमेशा सोचता था कि मुझे किसी की मदद मिल जाएगी। मैंने यह कभी नहीं सोचा कि मैं खुद अपनी मदद करूँ। अब मेरी उम्र हो गई है। मैं नई चीजें सीखने और बरबाद हुए समय की भरपाई करने की कोशिश कर रहा हूँ। लेकिन यह आसान नहीं है। बाजार बहुत ही प्रतिस्पर्धी हो गया है। कॉलेज के युवाओं के पास अधिक जानकारी और तेजी है। उनके पास पर्याप्त समय भी है। मैंने अपनी बेटियों से कहा कि तुम्हें पढ़ाई करनी चाहिए, ज्ञान प्राप्त करना चाहिए, कुशलता हासिल करके मेहनत करनी चाहिए।'

पोर्तादो बोलता रहा, 'तुम्हें याद है, मुझसे यह बात किसने कही थी? तुमने।'

उसने अपनी घड़ी देखी और कहा, 'मेरा समय हो गया। मुझे अब चलना चाहिए।'

मैंने उसे शुभकामनाएँ दीं।

वह कुछ कदम चलकर वापस आया और बोला, 'उस दिन मैंने तुम्हें पढ़ाकू कहा था। आज मैं तुम्हें स्मार्ट कहता हूँ।' और वह चला गया।

□

अंकल सैम

हमारा गाँव मुख्य शहर से तीस किलोमीटर दूर था। केशव जैसे बहुत से लोग हमारे गाँव में रहते थे और शहर तक रोज आते-जाते थे, जो सस्ता पड़ता था। केशव हमारा पड़ोसी था और वह शहर में एक प्राइवेट कंपनी के लिए काम करता था।

केशव के दो पुत्र थे। उनमें से एक न्यूयॉर्क चला गया और वहाँ काम करने लगा। दूसरा शहर में कॉलेज लेक्चरार बन गया। केशव को अमेरिकावाले बेटे पर बहुत गर्व था। साठ और सत्तर के दशक में अमेरिका जाना एक बड़ी उपलब्धि थी। भारत में एक बेहतर भविष्य की संभावना बहुत निराशाजनक थी। नौकरियाँ या तो सरकारी क्षेत्र में या सार्वजनिक क्षेत्र की कंपनियों में थीं। हमारी सरकार जोरदार तरीके से किसी उद्यमिता गतिविधि को हतोत्साहित करती थी। लाभांशों पर 98 फीसदी कर लगा दिया जाता था और आयातित वस्तुएँ बहुत महँगी होती थीं। आज भी मुझे स्पष्ट रूप से याद है कि जब मेरे पिता ने फिएट कार की बुकिंग कराई थी तो प्रतीक्षा अवधि सत्रह वर्ष थी! घर पर टेलीफोन होना भी अमीरी की निशानी थी। सरकारी नीतियाँ इतनी सख्त थीं कि समृद्ध लोगों के लिए भी विदेश यात्रा लगभग असंभव थी। उन दिनों जब कोई विदेश जाता था, भले नजदीकी बैंकॉक, हांगकांग या सिंगापुर जैसे देश तो लोग शहर में बात फैलाने और रिश्तेदारों को सूचित करने के लिए स्थानीय अखबार के एक विशेष सेक्शन में 'शुभ यात्रा' का संदेश छपवाते थे। जब वे लौटते थे तो उनकी यात्रा के सफलतापूर्वक समाप्त होने की बात बताने के लिए अखबार में उनकी तसवीर छपवाई जाती थी।

ऐसी स्थिति में केशव का बड़ा बेटा महेश छात्रवृत्ति पर अमेरिका गया और वहीं बस गया। विद्यार्थी वीजा पर जाने और वापस भारत आनेवाले लोगों का प्रतिशत मुश्किल से एक फीसदी था और महेश कोई अपवाद नहीं था। वह शायद

हमारे गाँव का अमेरिका जानेवाला पहला व्यक्ति था। केशव उसके बारे में बहुत गर्व से बताता। वह गर्व से उसके बारे में महेश की बजाय 'न्यूयॉर्क में रहनेवाला मेरा बेटा' कहकर बात करता। जब भी कोई उसके घर जाता तो उसे महेश की बहुत सी तसवीरें देखने को मिलतीं, रंगीन तसवीरें, जो उस समय दुर्लभ थीं। अलग-अलग तसवीरों में महेश और उसकी पत्नी अपनी कार के सामने खड़े या नियाग्रा जलप्रपात या स्टैच्यू ऑफ लिबर्टी के सामने सर्दियों के कोट पहने होते और उनके आस-पास ढेर सारी बर्फ होती।

जब भी महेश भारत आता तो वह दो भारी सूटकेस लाता, जिनमें परफ्यूम, सिगरेट लाइटर, नायलॉन की साड़ियाँ, सूट पीस, प्लास्टिक के लंच बॉक्स, सिगरेट और बहुत सी अन्य चीजें होतीं। वह उन सबको अपने माता-पिता के लिविंग रूम में दिखाता। हमारे गाँव के अधिकतर लोग अमेरिका के जीवन के बारे में पूछने के लिए उससे मिलने जाते। वह वहाँ के जीवन के बारे में ऐसे बात करता, मानो वह कोई परियों का देश हो। 'मैं न्यूयॉर्क के पास एक छोटे शहर में रहता हूँ। सड़कें इतनी साफ-सुथरी हैं, वहाँ धूल का नामोनिशान नहीं है। हम अपने घर में ताला नहीं लगाते। कोई आकर किसी का कोई सामान नहीं चुराता। जब आप वहाँ के किसी डिपार्टमेंटल स्टोर में जाते हैं तो आपको संतरे, अंगूर और मौसमी जैसे बहुत से फलों के जूस मिलते हैं। वे बड़े शीशे के जारों में बेचे जाते हैं और हमें जार वापस नहीं करना पड़ता। बिलिंग काउंटर पर खरीदी गई चीजें एक प्लास्टिक बैग में दी जाती हैं और उसका पैसा भी नहीं लिया जाता। आपको एक ही जगह सब कुछ मिल जाता है, जो सुविधा भारत में नहीं है। वहाँ किराना की दुकानों में अलग-अलग तरह का खाद्य पदार्थ मिलता है, जिसकी आप कल्पना भी नहीं कर सकते।' फिर महेश किराना दुकानों की कुछ तसवीरें दिखाता। उसके भाई की पत्नी रामा आगंतुकों को चाय या कॉफी पिलाती, लेकिन महेश की पत्नी मालती अपने पति के साथ बैठती और जहाँ वह छोड़ता, वहाँ से उसका बोलना शुरू हो जाता।

'जब भी मैं साड़ी पहनकर बाहर जाती हूँ, लोग मुझे देखते हैं और मुझसे कहते हैं कि मैं बहुत खूबसूरत हूँ। वे मेरी सिल्क साड़ी को छूकर देखते हैं और उसे इतने सुंदर ढंग से लपेटने के तरीके के बारे में मुझसे कई सवाल पूछते हैं। वे मेरी बिंदी भी देखकर बहुत से सवाल पूछते हैं। खाना बनाना वहाँ बहुत अच्छा काम लगता है। आपको कटी और जमी हुई सब्जियाँ मिलती हैं। जब आप भारतीय स्टोर में जाते हैं तो हमें बेहतरीन सामग्री मिलती है, वह गुणवत्ता आपको भारत में

नहीं मिलती। सबसे अच्छी गुणवत्तावाली सामग्री निर्यात करके वहाँ भेजी जाती है। एक दिन मैं रामा की रसोई में इलायची देख रही थी। वह बहुत छोटी थी। लेकिन उस इलायची को देखिए, जो मैं वहाँ से लाई हूँ। वह दस गुना बड़ी है।'

आमतौर पर महेश घर आनेवाले हर व्यक्ति को एक छोटा सा उपहार देता—सुगंध की बोतल, सिगरेट का पैक, स्पैनिश केसर का एक सैशे या दालचीनी के टुकड़े। हमारे गाँव में एक प्रथा थी कि जब आपको कोई उपहार मिले तो आपको बदले में कुछ देना चाहिए। इसलिए लोग महेश और उसके परिवार से चाय या भोजन पर अपने घर आने का अनुरोध करते। महेश अपनी पत्नी की ओर मुड़कर पूछता, 'डियर, क्या हम उस दिन खाली हैं? हम यह निमंत्रण स्वीकार करें?' मालती एक एपॉइंटमेंट डायरी निकालती, नखरे के साथ कहती, 'अफसोस, हम उस दिन खाली नहीं हैं।' हमने अपने गाँव में 'डियर' शब्द का इस्तेमाल पहले कभी नहीं सुना था। हम लोग सबके सामने पत्नी को 'डियर' कहना बहुत अजीब मानते थे। लेकिन महेश कहता, 'अमेरिका में पति और पत्नी एक-दूसरे को ऐसे ही संबोधित करते हैं।'

महेश और मालती के दो बच्चे थे—एक लड़का और एक लड़की। वे अच्छे-अच्छे कपड़े पहनते और विदेशी जूते पहनकर गाँव में घूमते। मालती हमेशा अपने बच्चों से कहती, 'किसी के घर में पानी मत पीना। यहाँ कच्चा सलाद भी मत खाना। मच्छरों से सावधान रहना और हैट पहनकर रहो, ताकि धूप से तुम्हारी त्वचा काली न पड़े।'

रामा गाँव में मालती के रहने के दौरान परेशान हो जाती, जबकि केशव और उसकी पत्नी न्यूयॉर्क से आए अपने बेटे और बहू के साथ खुश रहते, उसे सारा काम अकेले करना पड़ता। मालती को हाथ बँटाना पसंद नहीं था, क्योंकि वह कहती कि यहाँ पर बहुत धूल है। रामा को पानी उबालना पड़ता और हर दिन महेश तथा उसके परिवार की माँग के अनुसार अलग-अलग व्यंजन बनाने पड़ते।

कई वर्ष बीत गए। हमारा संयुक्त परिवार संयुक्त नहीं रहा। पुश्तैनी मकान नहीं रहा। मैं अब भी अपने चाचाओं, चाचियों और चचेरे भाई-बहनों को परिवार का हिस्सा मानती, लेकिन सच्चाई यह थी कि वह रिश्ता पारिवारिक सदस्यों के बीच का रिश्ता कम और परिचितों की तरह अधिक रह गया था। हमारा पूरा परिवार भारत और दुनिया के अलग-अलग हिस्सों में फैल गया था। भौतिक रूप से दूरी हमें अलग कर रही थी। हमारे मन में उससे भी अधिक दूरी थी और उससे भी बदतर हमारे दिल में एक बड़ी दरार हमें बाँट रही थी।

एक दिन शहर में महेश से मिलकर मुझे हैरानी हुई। अब वह फिट और ऊर्जावान लग रहा था, लेकिन मुझे लगा कि उसकी आँखों में मैंने उदासी देखी। मुझे इतने लंबे समय बाद उससे मिलकर बहुत खुशी हुई। मैंने उससे पूछा, 'क्या हम साथ चाय पी सकते हैं?'

वह बिना एपॉइंटमेंट डायरी देखे, तुरंत तैयार हो गया। हम एक नजदीकी कैफे में गए और बातचीत शुरू की। 'आप यहाँ कब आए? मालती अक्का कैसी हैं? आपके बच्चे कैसे हैं? मैंने सुना है कि वे पढ़ाई में बहुत होशियार हैं।'

'मैं कुछ दिन पहले ही आया हूँ। मालती माउंट आबू गई है। बच्चे हमेशा की तरह व्यस्त हैं।'

'मालती अक्का आपके बिना घूमने गई हैं?' दिमाग में कहीं मुझे 'डियर' शब्द आया, जो अपनी किशोरावस्था में मैंने पहली बार सुना था।

'नहीं, वह ब्रह्मकुमारियों में शामिल हो गई है। उनकी अमेरिका में एक सफल शाखा है। मालती एक केंद्र की प्रभारी है। मुझे लग रहा है कि भारत में काफी कुछ बदलाव आ गया है।'

'बिलकुल, पिछले दो दशकों में भारत बहुत बदल गया है।' मैंने फिर से पूछा, 'आपके बच्चे कहाँ हैं?'

'मेरी बेटी ने हारवर्ड से एम.बी.ए. किया। अब वह वेस्ट कोस्ट में है। उसने एक चीनी से विवाह कर लिया है और खुश है। मेरा बेटा न्यूयॉर्क शहर में 'अफ्रीकी जनजातियों की कठिनाइयों' पर एक शोध कर रहा है और फिलहाल जिंबाब्वे में है।'

'आपका भाई रमेश कैसा है? उसके परिवार के क्या हाल-चाल हैं? मैं अब गाँव नहीं जा पाती। इसलिए लोगों के बारे में जानकारी नहीं है। आपके पिता की मृत्यु के बाद हमें आपके परिवार का कोई समाचार नहीं मिला।'

'रमेश बहुत अच्छी स्थिति में है। काफी पहले उसने गाँव के बाहरी इलाके में जमीन का एक टुकड़ा खरीदा था। हम सबको लगा था कि वह एक बुरा निवेश था और उसे राजमार्ग से सटी हुई जमीन खरीदनी चाहिए थी। लेकिन आज पुल अंडरपास बन गए हैं और सड़कों का विस्तार हो गया है। सरकार ने राजमार्ग के दोनों ओर की सारी जमीन ले ली है। हमारा गाँव अब सुदूर नहीं रहा है। वह शहर का एक विस्तार बन गया है। रमेश ने अपनी जमीन को एक रिजॉर्ट में बदल लिया है और उससे अच्छी कमाई हो जाती है। उसका बेटा यह व्यवसाय चलाता है और उसके पास एक पेट्रोल पंप भी है। हमारा पुश्तैनी घर एक शॉपिंग मॉल में बदल

गया है और मैंने उन दिनों संपत्ति का अपना हिस्सा कुछ हजार रुपयों में रमेश को बेच दिया था। हूँ···मैंने बहुत सी चीजें ऐसी की हैं, जो मुझे नहीं करनी चाहिए थीं।'

मैंने उसके चेहरे पर अफसोस के भाव देखे। मैं और अधिक जानने के लिए उत्सुक थी, लेकिन मैंने पूछा नहीं। मुझे लगा कि यदि वह बताना चाहेगा तो मैं उसे खुद बताने देती हूँ।

महेश बोलता रहा, 'छिपाने को कुछ नहीं है। भारत सरकार ने सन् 1991 में अपनी नई नीति के साथ कई अवसर खोल दिए और इसलिए भारत में अब बहुत सी रोजगार की संभावनाएँ हैं। मैं भारत को आर्थिक तेजी और भारी ऊर्जा से दमकता हुआ पा रहा हूँ। अब हमारे गाँव में हर परिवार का कम-से-कम एक व्यक्ति विदेश में है। अब अमेरिका जाना कोई नई बात नहीं रह गई है। हमें वहाँ जो भी मिलता है, वह हम भारत में अधिक सस्ते दामों में खरीद सकते हैं। जमीन की कीमत इतनी बढ़ गई है कि अमेरिकी की बजाय भारत में प्रॉपर्टी खरीदना अधिक महँगा हो गया है। रमेश इसका सबसे अच्छा उदाहरण है। मैंने एक गलती की।'

'मतलब?'

'मुझे अंकल सैम के देश नहीं जाना चाहिए था।'

□

आपको मुझसे पूछना चाहिए था!

मैं राकेश को लंबे समय से जानती थी। कुछ वर्षों पहले उसने मुझे फोन किया और कहा, 'आपको पता है कि हम अपनी फैक्टरी में स्कूल बैग बनाते हैं। उसमें हमेशा छोटे-मोटे डिफेक्टवाले बैग होते हैं। हम उसकी त्रुटि को देखते हुए उसे आधे दामों पर बेच सकते हैं। लेकिन मुझे लगता है कि मैं वे बैग आपको निःशुल्क दे सकता हूँ, क्योंकि आप कम-से-कम उन्हें ग्रामीण इलाकों के जरूरतमंद बच्चों में बाँट सकती हैं। क्या आप आकर हमसे वे बैग ले जा सकती हैं?'

मैं उसके प्रस्ताव से बहुत उत्साहित थी, क्योंकि गाँव के स्कूलों के लिए ऐसे दान मिलने बहुत मुश्किल होते हैं। अधिकतर समृद्ध लोग बड़े शहरों में रहते हैं और अगर वे कुछ दान करते हैं तो वह शहर में ही रह जाता है। कुछ लोग अपने गृहनगरों में कुछ देते हैं, लेकिन उन ग्रामीण इलाकों में कोई भी मदद नहीं देता, जिनसे वे जुड़े हुए न हों। कभी-कभार मुझे लगता है कि गाँव और शहर तभी लाभान्वित होते हैं, जब कोई अमीर परोपकारी उस इलाके का होता है। अन्यथा हजारों गाँवों में किसी प्रकार की कोई सहायता नहीं पहुँच पाती और वे पूरी तरह सरकार पर निर्भर होते हैं। मैं ऐसे गाँवों में काम करती हूँ, जहाँ कोई छोटा सा दान भी उसके बच्चों की जिंदगी में बहुत बदलाव ला सकता है। राकेश का प्रस्ताव अचानक कोई सोने का खजाना मिलने जैसा था।

'राकेश, आपकी मदद के लिए बहुत-बहुत धन्यवाद,' मैं बोली, 'यदि आप चाहें तो मैं आपको उन स्कूलों की सूची दे दूँगी, जहाँ हम आपके बैग वितरित करेंगे। क्या आपको हमारी ओर से किसी पत्र की आवश्यकता है?'

वह दिल खोलकर हँसा और बोला, 'अरे, किसी औपचारिकता की कोई आवश्यकता नहीं है। आपको मुझे किसी बारे में सूचित करने की कोई जरूरत नहीं है। मुझे आप पर पूरा भरोसा और यकीन है। आप हर वर्ष स्कूल खुलने से पहले

मई में आकर मुझसे बैग ले जा सकती हैं।'

विश्वास अर्जित करना सबसे मुश्किल होता है। उसे बनाने में वर्षों लग जाते हैं और एक गलत काम से वह एक पल में टूट सकता है। विश्वास के लिए बहुत ईमानदारी की जरूरत होती है और आपको हर बार साबित करना पड़ता है कि आप उसके योग्य हैं। मैं अपने समाज और समुदाय की बहुत आभारी हूँ। इंफोसिस फाउंडेशन ने अपनी अच्छी साख स्थापित की है और हर कोई हमारी आवश्यकताओं के लिए हमारी मदद करने को तैयार रहता है।

हर वर्ष मेरा सहायक जाकर फैक्टरी मैनेजर से मिलता और अपने साथ बैग लेकर आता। कुछ महीनों बाद मेरे सहायक ने कहा, 'मैम, फैक्टरी में एक नया मैनेजर आया है।' इसलिए मुझे नए मैनेजर को पूरी प्रकिया समझानी पड़ी, जिसमें थोड़ा समय लगा। इन दिनों किसी कंपनी में कर्मचारियों को लगातार बनाए रखना मुश्किल है। इसलिए मैंने नए मैनेजर को प्रक्रिया समझाते हुए और रिकॉर्ड रखने के लिए एक इ-मेल भेजने का फैसला किया। नए मैनेजर ने मेरे इ-मेल का जवाब दिया और बैग लेने के लिए वार्षिक रूप से हमारा जाना जारी रहा। पिछले दस वर्षों में चार नए फैक्टरी मैनेजर आए, लेकिन प्रक्रिया चलती रही।

इस बीच राकेश की उम्र काफी हो गई। उसने सेवानिवृत्त होने और वापस दिल्ली जाने का फैसला किया। एक दिन उसने मुझे फोन किया और कहा, 'मैं अब दिल्ली में रहने जा रहा हूँ। अब मेरा जामाता भरत यह ऑफिस चलाएगा। मैंने यह प्रक्रिया उसे समझा दी है। इसलिए उसे वार्षिक डोनेशन के बारे में पता है और आपको चिंता करने की कोई आवश्यकता नहीं है। इसमें कोई बदलाव नहीं होगा।'

मैंने उसका शुक्रिया अदा किया और उसे एक बढ़िया सेवानिवृत्त जीवन के लिए शुभकामनाएँ दीं। भरत ने अप्रैल में नए मैनेजर के रूप में फैक्टरी का काम सँभाला। मैंने उसे बधाई देने और पुरानी प्रक्रिया समझाने के लिए एक इ-मेल भेजा। मुझे उसका उत्तर नहीं मिला।

मेरा सहायक उस वर्ष मई में फैक्टरी गया। सभी बैग पैक करके ट्रक में लोड कर दिए गए। फिर भरत ने मेरे सहायक को बुलाया और कहा, 'कृपया ट्रक को लोड न करें, जब तक आपकी अध्यक्ष आकर मुझसे नहीं मिलतीं। यदि आपने लोड कर लिया है तो कृपया उसे खाली कर लें।'

मेरे सहायक ने तुरंत मुझे संदेश दिया। चूँकि मैं दान की प्राप्तकर्ता थी, दानकर्ता से मिलना मेरा फर्ज था। मैंने कार्यक्रम बनाया और अगले दिन भरत से मिलने गई। उसने कहा, 'आप मुझे सूचित किए बिना वस्तुएँ कैसे ले जा सकती हैं?'

'सर, मैंने आपके फैक्टरी का काम सँभालते ही आपको एक इ-मेल भेजा था।' मैंने कहा, 'जब भी प्रबंधन में कोई बदलाव होता है, हमने हमेशा एक इ-मेल भेजकर यह बात स्पष्ट की है। हम पिछले दस वर्षों से यही प्रक्रिया अपनाते रहे हैं। यह प्रक्रिया राकेश ने ही स्थापित की थी। क्या इसमें कुछ गड़बड़ है?'

'यदि राकेश सर ने इसे शुरू किया है तो मुझे कोई आपत्ति नहीं है, लेकिन मैं एक नया आदमी हूँ। क्या यहाँ आकर मुझसे मिलना आपका फर्ज नहीं है? आखिरकार यह एक उपहार है, इसलिए यह मेरी अनुमति के बिना बाहर नहीं जा सकता। मुझे आपका कोई इ-मेल नहीं मिला। आपकी टीम द्वारा सेकेंड्स को पैक करके ले जाते देखकर मुझे आश्चर्य हुआ था।'

मैं बोली, 'यह सच नहीं है। आप पिछले वर्षों के लॉग देख सकते हैं। हम वर्ष में एक बार मई में सेकेंड्स ले जाते हैं और आपकी कंपनी को धन्यवाद पत्र भी भेजते हैं।'

'जैसे ही मुझे आपका इ-मेल मिलेगा, हम वस्तुएँ आपके पास भेज देंगे।'

मैंने जवाब में कहा, 'लेकिन हम आपको पहले ही इ-मेल भेज चुके हैं।'

भरत ने कहा, 'हो सकता है, लेकिन मुझे वह नहीं मिला। आप उसे दोबारा भेज सकती हैं।'

मैं अपने ऑफिस वापस आई और इस अप्रसन्नता के पीछे की असली वजह के बारे में सोचने लगी। मैंने अपना इ-मेल चेक किया और देखा कि उसमें भरत को भेजे गए इ-मेल के पढ़े जाने की सूचना थी। इसका अर्थ था कि भरत ने मेरा इ-मेल देखा था और वह मुझसे झूठ बोल रहा था। फिर भी मैंने इ-मेल दोबारा भेज दिया। मैं अपनी जगह पर बैठकर सोचने लगी कि क्या हुआ होगा। मुझे लगा कि इ-मेल की कोई समस्या नहीं थी। यह भरत का अहं था। वह इसलिए अप्रसन्न था, क्योंकि उसके नए मैनेजर बनते ही मैं जाकर उससे नहीं मिली थी। उसने सोचा कि अपना महत्त्व दिखाने का सबसे अच्छा तरीका मुझे बुलाकर यह कहना था कि मैं उसकी अनुमति के बिना सेकेंड्स नहीं ले जा सकती। अब मुझे समझ में आया। मैं बिलकुल भी परेशान नहीं थी। यदि मेरे व्यक्तिगत रूप से जाने और सामने खड़े रहने से किसी का अहं संतुष्ट होता है तो गरीब बच्चों की मदद के लिए मैं ऐसा कर सकती हूँ। यदि मैं नहीं जाती तो उससे मेरा कोई नुकसान नहीं होता, लेकिन मेरे कारण गरीब बच्चों का नुकसान होता।

हर मनुष्य का एक अहं होता है। लेकिन यह फैसला करना हमारे ऊपर है कि हमारे पास कितना अहं है और हम उसका प्रयोग कैसे करते हैं। राकेश का

जामाता युवा था और उसे राकेश या मेरी अपेक्षा जीवन का कम अनुभव था। मैं राकेश को फोन करके यह सारी घटना बता सकती थी, लेकिन मैं इसे कोई मुद्दा नहीं बनाना चाहती थी, जिससे परिवार में कोई तनाव उत्पन्न हो, लेकिन मैं जानती थी कि अंततः भरत मुझे बैग जरूर देगा।

अगली सुबह मेरे पास फोन आया। 'मैडम, मुझे अभी-अभी आपका इ-मेल मिला। आपका सहायक आकर बैग ले जा सकता है।' भरत ने एक बार भी 'सॉरी' शब्द का इस्तेमाल नहीं किया, जबकि मैं उससे बड़ी थी।

'गलतफहमी के लिए माफ करना भरत,' मैं बोली। 'आगे से हर मई को हम आपको एक पत्र भेजेंगे। साथ ही स्कूल बैग मिलने के बाद हम आपको एक और धन्यवाद पत्र भेजेंगे। ठीक है? क्या हम संपर्क बेहतर करने के लिए कुछ और कर सकते हैं? कृपया मुझे बताइए। हम बदलाव करने के लिए तैयार हैं।' दूसरी ओर शांति थी। मैंने फिर कहा, 'क्या आप मुझे सुन सकते हैं?'

'जी हाँ। हमें आप पर विश्वास है। हमें किसी पत्र की आवश्यकता नहीं है।'

मैं फोन रखकर मुसकराई। एक आग को दूसरी आग से नहीं बुझाया जा सकता, सिर्फ पानी ही वह आग बुझा सकता है।

□

माँ का दुलार

महानदी उड़ीसा की एक बड़ी नदी है और दिसंबर में इस नदी को देखना अद्‌भुत है, परंतु यदि आप उसका कोप देखना चाहते हैं तो आपको उससे जून में वर्षा ऋतु के दौरान मिलने जाना होगा। उस समय उसका पानी लालिमा लिये भूरे रंग का हो जाता है और हर वर्ष नदी अपनी सीमाएँ तोड़ देती है। तट पर रहनेवाले गरीब लोगों को अपना घर छोड़ना पड़ता है। महानदी में बाढ़ की घटनाएँ इतनी सामान्य हो गई हैं कि उड़ीसा के बजट में पुनर्वास एक अनिवार्य एजेंडा होता है।

हम पाराद्वीप के निकट इनमें से एक बाढ़-राहत क्षेत्र में काम कर रहे थे। इंफोसिस फाउंडेशन वहाँ मानसिक और शारीरिक विकलांगता से ग्रस्त बच्चों के एक अनाथआश्रम की मदद करता है।

जब मैं भुवनेश्वर पहुँची तो हमारी फाउंडेशन टीम के नेता ने कहा, 'चलिए, तुरंत उस स्थान के लिए निकलते हैं।' मैं बोली, 'जल्दबाजी मत कीजिए। ऐसी विपदा के पहले दिन पीड़ितों से अधिक अखबारों के संवाददाताओं, टी.वी. क्रू, सामाजिक कार्यकर्ताओं और सरकारी अधिकारियों जैसे लोग अधिक होते हैं। इस अफरा-तफरी में राहत कार्य बहुत धीमा हो जाता है। वहाँ पहले से ऐसे लोग हैं, जो बचाए जा रहे हैं। हम वहाँ कल जाएँगे। उस समय तक हमें पता चल जाएगा कि उन्हें क्या मिला है और उनकी वास्तविक जरूरतें क्या हैं। हमें अपने लिए पानी और मूलभूत सुविधाओं की व्यवस्था के साथ तैयार रहना चाहिए और हमें टीके भी ले जाने चाहिए।'

जब अगले दिन हमने अपनी यात्रा आरंभ की तो मैं बोली, 'एक जीप या मिनी वैन ले लेते हैं, ताकि हम बच्चों को वापस ला सकें। कृपया कुछ रजाई, बिस्कुट और पानी की बोतलें तैयार रखिए।'

मेरे नए सहायक वरुण ने पूछा, 'क्या मतलब?'

मेरा जवाब था, 'अगर हमें कुछ बच्चे मिलें तो हमें उन्हें वापस लाकर विशिष्ट बच्चों के स्कूल में डालना होगा।'

'आपको कैसे पता कि आपको ऐसे बच्चे मिलेंगे?'

'मेरे अनुभव से।'

वह सही में चकराया हुआ था। मैंने स्पष्ट किया, 'बाढ़ों के दौरान गरीब लोगों को अधिक-से-अधिक सामान, जो उनके लिए महत्त्वपूर्ण है, के साथ कम-से-कम समय में भागना पड़ता है। वे अपने कपड़ों और पैसों तथा साथ ही अपने स्वस्थ बच्चों के साथ वहाँ से निकलते हैं। यदि उनके बच्चे मानसिक या शारीरिक रूप से अस्वस्थ हैं तो वे उन्हें वहीं छोड़ आते हैं। इसलिए राहत कार्य के क्रम में हमें ऐसे बच्चे मिलते हैं, जिन्हें हम विशिष्ट बच्चों के लिए बने नजदीकी आवासीय स्कूल में छोड़ देते हैं। कभी-कभार माता-पिता आकर अपने बच्चों को वापस घर ले जाते हैं, लेकिन कभी-कभी ऐसा नहीं भी होता है।'

'आप ऐसा कैसे बोल सकती हैं, मैडम,' वरुण बहुत हक्का-बक्का था।

'स्थिति को समझने की कोशिश करो, वरुण। यदि उनके पास कोई वाहन नहीं है और उन्हें इन अशक्त बच्चों को साथ लेकर चलना पड़ता है तो वे अपने जीवन सहित बाकी सबकुछ खो देंगे। ऐसा नहीं है कि उन्हें अपने बच्चों से प्यार नहीं है, लेकिन कठिन आर्थिक स्थिति उन्हें अपने बच्चों को छोड़ आने के लिए विवश कर देती है। उनके लिए हमारे मन में सहानुभूति होनी चाहिए।'

'मैं आपसे सहमत नहीं हूँ मैडम। एक माँ का प्यार दुनिया में सबसे ऊँचा और सबसे निःस्वार्थ प्यार होता है। वह अपने बच्चों के लिए सबकुछ त्याग सकती है।'

'यह अकसर सच होता है वरुण, लेकिन इसका सामान्यीकरण मत करो,' मैं बोली।

हम सब अपने काम में लग गए। जब हम उस दिन वापस लौटे तो हमें चार ऐसे बच्चे मिले।

उस रात जब हम सभी इकट्ठा हुए, वरुण ने मुझसे पूछा, 'मैडम, मैं अब भी अपने बच्चों के प्रति एक माँ के प्यार को लेकर भ्रमित हूँ। आपने कई जगहों पर काम किया होगा। इस विषय पर कुछ बताइए।'

मैं बोली, 'आओ, मेरे पास बैठो। मैं तुम्हें कुछ कहानियाँ सुनाती हूँ।'

मैंने शुरू किया, 'एक दिन मैंने इस बारे में एक बहुत अजीब रिपोर्ट पढ़ी कि एक मादा चिंपाजी मुश्किल के वक्त कैसा व्यवहार करती है। यह प्रयोग कुछ वर्ष

पहले किया गया था। एक माँ और उसके शिशु चिंपाजी को शीशे की बंद छतवाली शीशे की एक बड़ी, खाली और पारदर्शी टंकी में रखा गया था। वे खुशी-खुशी खेल रहे थे। कुछ समय बाद शोधकर्ताओं ने टंकी को पानी से भरना शुरू कर दिया। जैसे-जैसे टंकी का जल स्तर बढ़ना शुरू हुआ, मादा चिंपाजी सतर्क हो गई, उसने अपने शिशु को अपने सीने से चिपका लिया और खड़ी होकर चिल्लाने लगी। वह परेशान हो गई और शीशे की छत को तोड़ने की कोशिश करने लगी। फिर भी जलस्तर बढ़ता रहा। उसने अपनी स्थिति बदल ली और शिशु को अपने एक कंधे पर रख लिया, फिर वह शिशु को एक कंधे से दूसरे कंधे पर करती रही, लेकिन जब जलस्तर उसकी नाक तक आ गया तो उसने शिशु को अपने पैर के नीचे रख लिया और शिशु पर चढ़ने की कोशिश की, ताकि वह साँस ले सके। तब तक शोधकर्ताओं ने पानी बाहर निकाल लिया। यह प्रयोग स्पष्ट रूप से दरशाता है कि हर कोई किसी और के जीवन की अपेक्षा अपने जीवन से अधिक प्यार करता है। मैं यह देखकर चकित थी कि कोई माँ ऐसा कैसे कर सकती है। मैंने निष्कर्ष निकाला कि हो सकता है कि यह सिर्फ चिंपाजियों के लिए सच हो और मनुष्यों पर लागू न होता हो, क्योंकि आखिरकार हम सामाजिक प्राणी हैं और सांस्कृतिक रूप से अधिक जागरूक हैं या कम-से-कम मैं ऐसी उम्मीद करती हूँ।'

वरुण ने कहा, 'यह बहुत दिलचस्प है मैडम। कुछ और बताइए।'

मैंने आगे कहा, 'अगली कहानी छत्रपति शिवाजी के युग की है। वह एक महान् योद्धा थे, उनकी क्षमताएँ असाधारण थीं और वह एक सच्चे देशभक्त थे।'

'शिवाजी के एक किले रायगढ़ के निकट एक गाँव में हीराकनी नामक एक युवा विवाहित स्त्री रहती थी। वह दूध का काम करती थी और प्रतिदिन दूध और दूध से बने पदार्थ किले तक पहुँचाती थी। किले के मुख्य द्वार को सिंहद्वारम नाम से जाना जाता था और वह सूर्योदय से सूर्यास्त तक खुला रहता था।

'कुछ समय बाद हीराकनी ने एक शिशु को जन्म दिया। उसने प्रतिदिन शिवाजी के किले जाना और दूध की आपूर्ति जारी रखी। वह सूर्यास्त से पहले घर लौट आती थी, क्योंकि सूर्यास्त को किले के द्वार बंद हो जाते थे और किसी को किले में प्रवेश करने या उससे निकलने नहीं दिया जाता था, जब तक कि उनके पास स्वयं राजा की अनुमति न हो।

'एक दिन किले के अंदर एक सिपाही की पत्नी को प्रसव पीड़ा हुई और हीराकनी उसकी सहायता के लिए गई। जब तक शिशु का जन्म हुआ, रात हो चुकी थी और द्वार बंद हो चुके थे। उसने किले के द्वार पर तैनात सुरक्षाकर्मियों से

अनुरोध किया कि वे एक छोटा सा रास्ता खोल दें, ताकि वह घर जाकर माँ का दूध पीनेवाले अपने शिशु का खयाल रख सके। घर पर शिशु का ध्यान रखनेवाला कोई नहीं था। वह रोती रही, लेकिन बुरा लगने के बावजूद सुरक्षाकर्मी द्वार खोलने में डर रहे थे, क्योंकि वह राजा के आदेशों के विरुद्ध था।

'फिर हीराकनी ने अपने शिशु तक पहुँचने का एक दूसरा तरीका सोचा। घर जाने का एकमात्र दूसरा तरीका पहाड़ी पर चढ़ना और वहाँ से छलाँग लगाना था। वह जानती थी कि वह बच सकती है, क्योंकि नाले के नीचे एक घास का मैदान था। लेकिन वह मर भी सकती थी या उसके पैर टूट सकते थे, लेकिन उसके मातृत्व ने उसे चुपचाप बैठने नहीं दिया।

'हीराकनी ने ईश्वर से प्रार्थना की और अपना सारा साहस बटोरकर कूद गई। सौभाग्य से वह एक पेड़ के ऊपर गिरी और वहाँ से नीचे उतरने में सफल रही, फिर वह घायल अवस्था में घर पहुँची, लेकिन उसे कोई गहरी चोट नहीं आई थी।

'अगली सुबह उसने दूध और दही लेकर हर रोज की तरह किले में प्रवेश किया। सैनिक उसे देखकर चकित हुए। उनका खयाल था कि वह अंदर ही है। उन्होंने हीराकनी से पूछा, 'तुम सुरक्षित और ठीक-ठाक घर कैसे पहुँची?'

'उसने उन्हें पूरी घटना बताई। फिर वह बोली, 'मेरे बच्चे की जरूरत मेरे जीवन से अधिक महत्त्वपूर्ण है। आखिरकार मैं एक माँ हूँ। एक माँ के लिए उसका बच्चा उसके शरीर का ही विस्तार होता है। कोई माँ अपने बच्चे को खतरे में जानकर शांति से नहीं रह सकती।'

फिर वह चली गई, मानो कुछ हुआ ही न हो।

जल्दी ही बात फैल गई कि उस दुर्जेय किले से बच निकलने का एक रास्ता है, जिससे शिवाजी चिंतित हो गए, लेकिन वह जानते थे कि महान्-से-महान् योद्धा भी पहाड़ी से कूदने से पहले दो बार सोचेगा।

उन्होंने हीराकनी को बुलाया और उसे सम्मानित किया। वह उससे बोले, 'तुम्हारे पास एक महान् माँ का हृदय है।' उसके सम्मान में किले के एक बुर्ज का नाम हीराकनी के नाम पर रखा गया और वह अब भी सलामत है।

मैंने वरुण की ओर देखकर कहा, 'इसलिए वरुण, किसी चीज का सामान्यीकरण मत करो। निर्णय परिस्थितियों को देखते हुए लिये जाते हैं, लेकिन अब भी मैं यह मानती हूँ कि एक माँ का दुलार और प्यार दुनिया में सबसे निःस्वार्थ होता है।'

□

आपको याद है?

कार्नेगी मेलन में एक प्रोफेसर डॉ. राज रेड्डी को सन् 1994 में कंप्यूटर साइंस तथा आर्टिफिशियल इंटेलिजेंस में अपने श्रेष्ठ योगदान के लिए एलन टुरिंग पुरस्कार मिला। यह अत्यंत प्रतिष्ठित पुरस्कार है और कंप्यूटर साइंस में नोबल पुरस्कार के समकक्ष माना जाता है। वह यह पुरस्कार प्राप्त करनेवाले एशियाई मूल के पहले व्यक्ति थे।

मैं बहुत खुश थी कि एक भारतीय को ऐसा प्रतिष्ठित पुरस्कार मिला है। मुझे पता चला कि डॉ. रेड्डी बंगलौर में हैं तो मैं उन्हें बधाई देने गई।

जब मैंने उनके घर में प्रवेश किया तो मुझे बहुत से गुलदस्ते और उपहार लिविंग रूम में चारों ओर दिखे। यह स्पष्ट था कि बहुत से लोग उनसे मिलने आ रहे थे। वह अपनी आरामकुरसी पर आराम कर रहे थे और उन्होंने सफेद कॉटन पैंट और शर्ट पहनी हुई थी। उन्होंने इतने साधारण कपड़े पहने हुए थे कि कोई अनुमान नहीं लगा सकता था कि वह इतने विशिष्ट व्यक्ति हैं। उनकी पत्नी रसोईघर में नाश्ता तैयार करने में व्यस्त थीं।

मुझे लगा कि डॉ. रेड्डी अपनी शानदार सफलता को लेकर बहुत उत्साहित होंगे। मैं बोली, 'आप बहुत गौरवान्वित महसूस कर रहे होंगे। यह पुरस्कार पाना एक बड़ी उपलब्धि है और यह आपके कॅरियर में एक मील का पत्थर है। क्या आपको गर्व नहीं हो रहा?' वह बहुत शांत दिखे। वह बोले, 'मैं आपसे कुछ प्रश्न पूछना चाहता हूँ।'

मैं इतनी हैरान थी कि कुरसी से गिरते-गिरते बची। मैंने कहा, 'अवश्य सर।'

'क्या आपको याद है कि पिछले वर्ष रसायन शास्त्र में नोबल पुरस्कार किसे मिला था?'

हालाँकि मैं रोज अखबार पढ़ती हूँ, मुझे नाम याद नहीं आ रहा था। 'मुझे याद नहीं है कि रसायन शास्त्र के लिए किसे पुरस्कार मिला था, लेकिन मैं पिछले दो या तीन वर्षों में शांति या साहित्य के लिए नोबल पुरस्कार प्राप्त करनेवाले लोगों के नाम बता सकती हूँ,' मैं बोली।

वह हँसे, 'शांति और साहित्य अपनी व्यक्तिपरक प्रकृति के कारण अकसर विवादास्पद होते हैं। इसलिए खबरों में उन्हें हमेशा प्रमुखता दी जाती है। नहीं, मैं रसायन शास्त्र के बारे में जानना चाहता हूँ।'

मैंने अपनी हार स्वीकार कर ली।

फिर उन्होंने मुझसे पूछा, 'क्या आप जानती हैं कि पिछले वर्ष लंदन में रॉयल सोसाइटी का फेलो किसे चुना गया था?'

मुझे यह भी नहीं पता था।

उन्होंने मुझसे एक और प्रश्न पूछा, 'क्या आपको याद है कि इस वर्ष पुलित्जर पुरस्कार किसे मिला है?'

'नहीं, लेकिन मुझे बुकर पुरस्कार के लिए शॉर्टलिस्ट होनेवालों की जानकारी है। उनमें एक रोमेश गुणशेखर थे।'

'आपको उनका नाम इसलिए याद है, क्योंकि वह भी एशियाई थे।'

'आपके सभी प्रश्नों का जवाब इंटरनेट पर पाया जा सकता है। मेरी उम्र बढ़ रही है और मुझे इन दिनों बहुत सी चीजें याद नहीं रहतीं,' मैंने अपना बचाव किया।

वह फिर मुझ पर मुसकराए। 'मेरा इरादा आपकी याददाश्त का इम्तिहान लेना नहीं है। यह बस आपको बताने के लिए था कि कोई भी हर समय सभी पुरस्कार विजेताओं को याद नहीं रखता। लोग अपने क्षेत्र में उपलब्धि हासिल करनेवालों को याद रखते हैं या फिर यदि वे कामयाब लोगों के नजदीकी रिश्तेदार या मित्र हों। बाकी दुनिया अखबारों में आपका नाम पढ़ती है और आसानी से भूल जाती है और यही सही चीज है। इसलिए मुझे जब भी कोई पुरस्कार मिलता है, मैं जानता हूँ कि केवल कुछ ही लोग इसे याद रखेंगे और वह भी बहुत कम समय के लिए। इसमें महान् जैसा कुछ भी नहीं है। मेरा पुरस्कार यह है कि मैंने अपने काम का आनंद उठाया है। जब मैं पुरस्कार जीतता हूँ तो कुछ लोग सच्चे दिल से यह खुशी मेरे साथ बाँटते हैं। मेरे लिए यह सबसे बड़ा सम्मान है।'

उनके दृष्टिकोण ने वाकई मुझे प्रभावित किया। वह पुरस्कार पाने पर अति उत्साहित नहीं थे, न ही पुरस्कार न मिलने पर दुःखी। ऐसे लोग जीवन में दुर्लभ

होते हैं। यही वजह है कि मैं हमेशा डॉ. राज रेड्डी के प्रति सम्मान की भावना रखूँगी और उन्हें याद रखूँगी।

उन्होंने हलके मूड में मुझसे पूछा, 'मैं आपसे एक और बात पूछना चाहता हूँ। क्या आपको वे लोग याद हैं, जिन्होंने जीवन में आपको बहुत प्रभावित किया?'

एक पल में मैंने जवाब दिया, 'हाँ, मुझे अपनी किंडरगार्टन शिक्षिका याद हैं। जब स्कूल के पहले दिन मेरी माँ ने मुझे स्कूल छोड़ा तो मैं रोने लगी। मेरी शिक्षिका आईं और मुझे गले लगाकर कहा, 'बेटा, चिंता मत करो। डरो मत। मैं तुम्हारे साथ हूँ।' उस आयु में यह बहुत प्रोत्साहित करनेवाली बात थी कि एक अजनबी स्कूल में कोई मेरे साथ था। मुझे अपनी सहपाठिनी भी याद है। मैंने खेलते हुए एक पड़ोसी की खिड़की तोड़ दी थी और अपने माता-पिता को यह बात बताते हुए डर रही थी। वह बोली, 'चिंता मत करो। मैं तुम्हारे साथ आकर तुम्हारे माता-पिता से कह दूँगी कि हम दोनों ने यह किया है।' मुझे अपनी एक रिश्ते की बहन भी याद है। मेरी बस लेट हो गई थी और मैं आधी रात को उसके घर पहुँची थी। फिर भी मेरी बहन ने जगकर बिना किसी अप्रसन्नता के मेरे लिए बहुत स्वादिष्ट भोजन बनाया। मुझे अपने वह शिक्षक भी याद हैं, जिन्होंने समय पर होमवर्क न करने पर मुझे डाँटा था। उन्होंने कहा था, 'समय बहुत कीमती है। यदि तुम अपना काम समय पर नहीं करते तो वह काम न करने के बराबर है।' उनकी डाँट ने हमेशा के लिए मेरा जीवन बदल दिया।

डॉ. राज रेड्डी मुसकराए और बोले, 'देखो, जीवन में ये चीजें बहुत महत्त्वपूर्ण होती हैं। हो सकता है कि उन लोगों ने दुनिया की नजरों में कोई उपलब्धि हासिल न की हो, लेकिन उन्होंने आपको सुरक्षित और आश्वस्त महसूस कराया। उन्होंने आपको एक रॉक स्टार की तरह महसूस कराया। उन्होंने आपको ताकत, साहस और मूल्य दिए। वे आपके जीवन के असली पुरस्कार हैं और आपको हमेशा उनकी कद्र करनी चाहिए।'

□

जीवन के सबक

वह 1996 का वर्ष था। मैं जानती थी कि भारत में पच्चीस राज्य और सात संघशासित प्रदेश हैं और हममें से बहुसंख्यक लोग कुल तीस भाषाएँ बोलते हैं। हर राज्य की अपनी संस्कृति, परंपरा, परिधान और लोककला है। मैं अपने देश के महान् ऋषियों और लेखकों के बारे में जानती थी और अपने देश के अधिकांश पर्वतों और नदियों के नाम जानती थी। वह मेरा भारत था, जैसाकि मैं उसे जानती थी।

उस वर्ष इंफोसिस फाउंडेशन में शामिल होने के बाद मैंने पाया कि भारत बिलकुल भी वैसा नहीं है, जैसा मैं उसके बारे में सोचती थी। मेरी अवधारणा भारत का सिर्फ एक सांख्यिकीय विवरण था। मैंने महसूस किया कि यहाँ पर बहुत असहायता और गरीबी है। गरीबी का अर्थ सिर्फ पैसे का अभाव नहीं बल्कि आत्मविश्वास का अभाव भी है। जीवन में पैसा कमाया जा सकता है, परंतु आत्मविश्वास खोजना बहुत आसान है और उसे वापस पाना बहुत मुश्किल। मैंने ऐसे सबक सीखे, जो कोई पुस्तक मुझे नहीं सिखा सकती थी और कोई इंटरनेट साइट मुझे नहीं दिखा सकती थी, क्योंकि मेरी पहुँच असली जनता तक थी। बहुत कम लोगों को यह सुविधा प्राप्त होती है।

फिर भी मैं जिन लोगों से बातचीत करती हूँ, उनमें अधिकतर लोगों की असली राय कभी नहीं जान पाती। इसकी वजह यह है कि जिन लोगों को मैं पैसे नहीं देती, वे मेरी आलोचना करते हैं और जिन लोगों को मुझसे पैसे मिलने की उम्मीद होती है, वे मुझे महान् कहते हैं। इसलिए मैंने बहुत से दुश्मन और बहुत कम सच्चे मित्र बनाए हैं। अब मैं समझती हूँ कि सर्वोच्च स्थान पर बैठे लोग हमेशा अकेले क्यों होते हैं।

मेरा पहला सबक

कभी-कभी मुझे महसूस होता है कि सिर्फ बच्चे सच बोलते हैं और किसी

की प्रतिभा के सच्चे निर्णायक होते हैं। एक बार मैं बच्चों की एक पुस्तक के विमोचन के अवसर पर कलकत्ता में थी। विभिन्न स्कूलों के बच्चे इस कार्यक्रम में शामिल हुए। पुस्तक विमोचन के एक अंग के रूप में मुझे अपनी पुस्तक से कुछ कहानियाँ पढ़नी थीं। जब मैंने पढ़ना शुरू किया तो एक छोटा लड़का खड़ा होकर मासूमियत से बोला, 'आंटी, आप अच्छा लिखती हैं, लेकिन आप अच्छा पढ़ती नहीं।' मैंने उसकी ओर देखा। वह लगभग बारह वर्ष का था और उसकी आँखें बुद्धिमत्ता और तेज से भरपूर थीं। उसकी शिक्षिका उसे चुप कराने ही वाली थी, जब मैंने उन्हें रोक दिया, 'कृपया उसे बोलने दें। बच्चे निष्पक्ष होते हैं और उनकी सोच स्पष्ट होती है। वे सिर्फ और सिर्फ सच बोलते हैं। हो सकता है, वक्त उन्हें बदल दे। लेकिन फिलहाल उसे कहने दें, जो वह कहना चाहता है।'

फिर मैंने उस लड़के को अपने पास बुलाया। मैंने पूछा, 'क्या तुम मेरे लिए कहानी पढ़ सकते हो?'

'बिलकुल। मैं पढ़ सकता हूँ। मैं अपने स्कूल में एक अभिनेता हूँ और मैं जानता हूँ कि आवाज को कैसे साधा जाता है, जो आप नहीं करतीं।'

'मैं तुम्हारी बात से सहमत हूँ। मुझे अभिनय नहीं आता। मैं तो सिर्फ एक लेखिका हूँ।'

'उस बच्चे ने पूरी कहानी अलग-अलग स्वर-भंगिमाओं में पढ़ीं और मैं काफी प्रभावित हुई। मैंने महसूस किया कि मैं पहली बार अपने पाठन के एक सच्चे आलोचक से मिल रही हूँ।'

वह मेरा पहला सबक था।

मेरा दूसरा सबक

फाउंडेशन के मेरे काम के एक अंग के रूप में मुझे भारत के हर कोने की यात्रा करनी पड़ती है, जो मैं वैसे नहीं कर पाती। हमारी टीम ने पाँच राष्ट्रीय प्राकृतिक आपदाओं में काम किया, जैसे—गुजरात के भूकंप, तमिलनाडु और अंडमान-निकोबार के सुनामी, महाराष्ट्र, कर्नाटक और आंध्र प्रदेश के अकाल तथा उड़ीसा के तूफान के समय।

हर आपदा ने मुझे मेरा दूसरा सबक सिखाया। मैंने यह सीखा कि मानव की ताकत और उपलब्धियाँ सीमित हैं और आप पैसे के साथ भी हर किसी की मदद नहीं कर सकते। जीवन में कई चीजों का विकल्प पैसा नहीं होता।

मेरा तीसरा सबक

जब मैं फाउंडेशन के साथ काम करने लगी तो मेरे जीवन ने नया रूप ले लिया। मैं अत्यंत गरीब लोगों, बेहद प्रतिभावान कलाकारों, प्राकृतिक आपदाओं के पीड़ितों और अपनी मेहनत से सफलता हासिल करनेवाले सबसे कामयाब लोगों से मिली। मैंने मदद लेने के बाद आभार न जतानेवाले लोग भी देखे। ये सभी लोग मेरे बड़े कैनवास का हिस्सा बन गए। मैंने सबसे आश्चर्यजनक चीज यह देखी कि अधिकांश समय लोग बाहर से जैसा दिखते हैं, अंदर से वैसे नहीं होते। आप जैसे ही उनके निकट जाएँगे, उनकी सावधानी से तैयार की गई छवि बिखरने लगती है।

जब किसी ने मुझे धोखा दिया तो मैं बहुत नाराज और क्रोधित हो गई। अकसर मैंने ऐसे व्यक्ति को फोन करके डाँट सुनाई। मैंने अपना गुस्सा और निराशा उन पर व्यक्त की। अब भी मुझे बच्चों द्वारा अपने माता-पिता को और माता-पिता द्वारा अपने बच्चों को धोखा देने के कई अनुभव याद हैं। ये बातें मोह भंग करनेवाली थीं। कुछ वर्ष पहले हमने फाउंडेशन में सोमवार सुबह गरीब लोगों को कैंसर की दवाएँ खरीदने के लिए पैसा देना शुरू किया। ये लोग आमतौर पर कैंसर अस्पतालों से पत्र लेकर आते थे।

एक दिन मेरी कार हमारे फाउंडेशन के प्रवेश द्वार के पास खड़ी थी। मैं छतरी के लिए कार में इंतजार कर रही थी, क्योंकि बारिश शुरू हो गई थी। मैंने आस-पास देखा और अपने सामने एक कार देखी। कार की पीछे की सीट पर एक महिला बैठी हुई थी। मैंने देखा कि उसने अपने हीरे के कर्णफूल निकाले और फिर कार से उतरी। मैंने उस समय इस बारे में अधिक नहीं सोचा। जल्दी ही मुझे छतरी मिल गई और मैं अपने ऑफिस चली गई। वहाँ मैंने उसी महिला को एक पत्र के साथ देखा। वह कैंसर की दवा चाह रही थी। यदि यह घटना दस वर्ष पहले हुई होती तो मैं उसे खूब खरी-खोटी सुनाती, लेकिन अभी मैं उसकी ओर देखकर मुसकराई और उससे विनम्रता से कहा, 'सॉरी मैडम, हम आपको पैसा नहीं दे सकते। कैंसर की दवाएँ हीरे के कर्णफूलों से सस्ती आती हैं। ऐसे बहुत से लोग हैं, जिन्हें आपसे अधिक इस निःशुल्क दवा की जरूरत है।'

अब मैं जीवन को अलग दृष्टिकोण से देखती हूँ। अधिकतर लोग पैसा मिलने के बाद उन्हीं मूल्यों पर नहीं चलते। पैसा एक व्यक्ति को पूरी तरह बदल देता है। बहुत कम लोग पैसे के प्रलोभन से बच सकते हैं और ऐसे लोग मिलने मुश्किल होते हैं। मैंने पाया कि जहाँ भी पैसा होता है, लोग स्थिति का लाभ उठाना और अपना अधिक-से-अधिक फायदा चाहते हैं।

मेरा चौथा सबक

मैंने अत्यंत गरीब लोगों से भी जीवन के कई सबक सीखे हैं।

अपनी एक यात्रा में मैं एक गाँव में गई। शाम का समय था और मैं वहाँ एक मित्र नीरव के पास रुक गई, जिसका वहाँ एक बड़ा मकान था। उसके स्वर्गीय दादाजी स्थानीय भाषा के एक प्रसिद्ध लेखक थे, जिन्होंने अपने जीवन में काफी उपलब्धियाँ प्राप्त की थीं। उसकी दादी हमेशा उनके और उन्हें मिले पुरस्कारों के बारे में बात करतीं। नीरव मुझे एक ओर ले गया और बोला, 'माफ कीजिएगा, मेरी दादी माँ अतीत में खोई रहती हैं। वह नहीं समझ पातीं कि आज बहुत से लोग मेरे दादाजी को भूल गए हैं, हालाँकि तब वह एक हीरो हुआ करते थे।'

मैंने उससे पूछा, 'क्या तुम मुझे पुरस्कारोंवाला वह कमरा दिखा सकते हो, जिसकी बात तुम्हारी दादी माँ कर रही थीं?'

वह मुझे ऊपर की मंजिल पर ले गया और एक धूल भरा कमरा खोला। निश्चित रूप से, वहाँ कई पुरस्कार, सम्मान-पत्र और पदक थे। एक बक्से में शॉल और असंख्य धूल भरी किताबें भरी हुई थीं। वह बोला, 'जब मेरे दादाजी जीवित थे, लोग हर समय उनसे मिलने आते थे। उनके सभी सहकर्मियों का अब निधन हो चुका है। हमारे पास सैकड़ों तसवीरें हैं, लेकिन हम उनमें एक भी व्यक्ति को पहचान नहीं पाते। हमारे पास बहुत सारी पुस्तकें हैं और दादी माँ उन्हें किसी पुस्तकालय में भी नहीं देना चाहतीं। हम उन्हें रख नहीं सकते और न ही उन्हें फेंक सकते हैं। मैं मुंबई में रहता हूँ और मेरे पास दो बेडरूम का एक छोटा सा अपार्टमेंट है। मेरे बच्चे एक कमरे में रहते हैं और दूसरे में हम। मैं परिवार का एकमात्र उत्तराधिकारी हूँ। दादी माँ का आग्रह है कि मैं ये सभी चीजें रखूँ, लेकिन मैंने महसूस किया है कि किसी व्यक्ति की मृत्यु के बाद उसके द्वारा अपने जीवन काल में एकत्रित वस्तुएँ अगली पीढ़ी के लिए गैर-महत्त्वपूर्ण हो जाती हैं। मैं सिर्फ अपने दादाजी की एक तसवीर रख सकता हूँ और स्मृतिचिह्न के रूप में शायद उनकी एक किताब। मेरे बच्चे हमारी मूल भाषा न पढ़ सकते हैं, न लिख सकते हैं, हालाँकि वे उसे धाराप्रवाह बोल सकते हैं। इसलिए उनका पूरा पुस्तकालय मेरे किसी उपयोग का नहीं है। यदि मेरी दादी माँ ने मुझे अपने दादाजी की मृत्यु के तुरंत बाद इन पुस्तकों को दान करने दिया होता तो कम-से-कम उनकी पीढ़ी के कुछ लोग उन्हें पढ़ पाते। अब ये पुस्तकें बेकार हैं।'

अचानक मुझे एहसास हुआ कि यह मेरा अगला सबक था। यदि हम भौतिक वस्तुएँ संगृहीत करते रहेंगे तो वह अगली पीढ़ी के लिए एक बोझ बन जाएगा। अपने जीवित रहते अपना बोझ कम कर देना बेहतर है। यह एक महत्त्वपूर्ण संदेश था और

मैंने इस पर अमल करना शुरू कर दिया। आज मैं वह वस्तु तत्काल किसी को दे डालती हूँ, जिसकी मुझे आवश्यकता नहीं है।

मेरा पाँचवाँ सबक

अपनी एक ट्रेन यात्रा के दौरान मैं एक महिला से मिली। उसने मुझे गले लगा लिया और मेरा हाथ कसकर पकड़ लिया, फिर वह मेरी बगल में बैठी और कहा, 'अरे, तुमने मुझे पहचाना नहीं? मैं हुबली की तुम्हारी सहपाठिनी हूँ। तुम हर दिन मेरे साथ खाना खाया करती थी। मैंने तुम्हारी सारी किताबें पढ़ी हैं।'

मैं बहुत असहज थी, क्योंकि वह मुझे याद नहीं आ रही थी और वह मेरा हाथ नहीं छोड़ रही थी, लेकिन मैंने सोचा कि कई बार उम्र और काफी समय बीत जाने के कारण इनसान की शक्ल-सूरत बदल जाती है और उसे पहचानना मुश्किल होता है।

मैंने उससे कहा, 'माफ कीजिए, मैं आपको पहचान नहीं पा रही, लेकिन आपसे मिलकर अच्छा लगा।'

महिला ने अब भी मुझे नहीं छोड़ा। अंत में उसने मुझे एक पत्र दिया और बोली, 'मेरा बेटा बहुत बुद्धिमान् है और आगे की पढ़ाई के लिए विदेश जा रहा है। क्या फाउंडेशन से उसे मदद मिल सकती है?'

ऐसा व्यवहार अनपेक्षित नहीं था, क्योंकि मुझे अकसर ऐसे अनुरोध मिलते रहते हैं। मैं बहुत से ऐसे लोगों से मिली हूँ, जो फाउंडेशन के नाम और उसमें मेरी स्थिति का लाभ उठाना चाहते हैं। मैंने सीखा है कि जब भी मैं किसी व्यक्ति से मिलती हूँ तो मुझे जल्दी ही पैसे के अनुरोध के साथ एक पत्र मिलेगा। ये सब मुझे याद दिलाते हैं कि मैं एक सूखे इलाके में पानी के नल की तरह हूँ—जो यदि बहता रहे तो उसका आभार कोई प्रकट नहीं करता, लेकिन यदि वह नहीं बहता तो सब उसे कोसते हैं। मैंने धैर्य रखना और लोगों के इरादों को समझना सीखा है।

मेरा छठा सबक

मैं एक म्यूजिक कंसर्ट में गई थी। वहाँ मैं पीछे की ओर बैठी, ताकि यदि मुझे वह पसंद न आए तो मैं आसानी से वहाँ से निकल सकूँ। वहाँ मेरे सामने हीरे के बड़े-बड़े कर्णफूल पहने दो सुसज्जित महिलाएँ बैठी थीं। चलिए, पहली महिला को 'ए' और दूसरी को 'बी' का नाम दे देते हैं। मैं देख सकती थी कि वे संपन्न परिवारों की हैं। वे जोर-जोर से बात कर रही थीं। इसलिए मैं साफ-साफ सुन सकती थी कि वे

क्या बात कर रही हैं।

ए ने बी से कहा, 'मेरी बेटी किसी काम की नहीं है। मैं चाहती हूँ कि वह कहीं काम करे, फिर उसकी शादी के लिए यह कहना आसान होगा कि वह कामकाजी है।'

बी ने जवाब दिया, 'अरे, चिंता मत करो। उसे कहो कि वह टीचिंग में चली जाए।'

ए ने कहा, 'अरे, उसने कोशिश की थी, लेकिन स्कूल ने उसे वापस भेज दिया।'

वे दोनों अच्छी सहेलियाँ या बहनें रही होंगी, जो एक-दूसरे से अपनी सभी बातें शेयर कर रही थीं। ए इस तरह जता रही थी, मानो वह विद्यार्थी हो और बी उसकी शिक्षक।

'फिर उसे एक एन.जी.ओ. शुरू करने के लिए कहो।'

'एन.जी.ओ. शुरू करना और उसमें काम करना मुश्किल नहीं है?' ए ने चिंता भरे स्वर में पूछा।

बी ने बहुत आत्मविश्वास के साथ जवाब दिया, 'यह दुनिया का सबसे आसान काम है। मैं तुम्हें एक उदाहरण देती हूँ। सुधा मूर्ति को देखो। उसके पास दिमाग नहीं है और न ही उसमें कोई प्रतिभा है। इसलिए वह एक एन.जी.ओ. चलाती है और नाम भी कमा लिया है। जब वह एन.जी.ओ. चला सकती है तो कोई भी चला सकता है।'

मुझे उनकी बातचीत को बीच में रोकना था। इसलिए मैंने एक का कंधा थपथपाया।

'क्या आप सुधा मूर्ति को जानती हैं?' मैंने पूछा।

बी पूरे आत्मविश्वास से बोली, 'बिलकुल'। ए थोड़ी चकराई हुई लगी, लेकिन बी आत्मविश्वास से भरपूर थी। 'बिलकुल, हम उसे बहुत अच्छी तरह जानते हैं।'

'आप उससे पिछली बार कब मिली थीं?'

'इस सुबह—वैसे, आप कौन हैं?'

मैंने शांति से जवाब दिया, 'मैं सुधा मूर्ति हूँ।'

बिना पलक झपकाए बी मेरी ओर देखकर मुसकराई और बोली, 'ओह, आप सुबह से कितना बदल गई हैं। मैं आपको पहचान भी नहीं पाई।'

'नहीं, मैं नहीं बदली हूँ,' मैं बोली, 'क्योंकि मैं आपसे सुबह मिली ही नहीं। मैं आपको कुछ बिन माँगी सलाह देना चाहती हूँ, क्योंकि मुझे वाकई लगता है कि आपको उसकी जरूरत है। जब एक डॉक्टर गलती करता है तो एक व्यक्ति जमीन से छह फीट नीचे चला जाता है। जब एक जज गलती करता है तो एक व्यक्ति जमीन

से छह फीट ऊपर लटका दिया जाता है, लेकिन एक शिक्षक गलती करता है तो विद्यार्थियों का एक पूरा बैच बरबाद हो जाता है। कभी भी शिक्षक को नीची नजर से मत देखिए। अगर आपको अच्छे शिक्षक मिले होते तो आप आज यहाँ इस तरह बैठकर बातचीत नहीं कर रही होतीं। न ही समाजसेवा को नीची निगाह से देखें। केवल दिल में करुणा रखने और सही निर्णय करनेवाला व्यक्ति ही समाजसेवी बन सकता है। जब आपके सामने किसी व्यक्ति को मदद की जरूरत है तो आपको तुरंत फैसला करना चाहिए कि आपको उस व्यक्ति को पैसे देने चाहिए या नहीं, कितना देना चाहिए और कब तक। मनुष्यों को समझना कंप्यूटरों को समझने से कहीं अधिक कठिन है। मैं मान लूँगी कि मैं बुद्धिमान् नहीं हूँ, लेकिन उससे अधिक आपको जानना चाहिए कि आप मूर्ख हैं।'

मैं साहसी और प्रसन्न महसूस करते हुए वहाँ से उठकर चली आई।

इस घटना से मैंने सीखा कि मुझे हमेशा अपने लिए खड़े होना चाहिए और अपने दिल की बात सुननी चाहिए, चाहे दूसरे लोग हमेशा मेरे साथ सहमत न हों या पसंद न करें।

मेरा सातवाँ सबक

मेरे बेटे रोहन ने मुझे सार्वजनिक भाषण के बारे में सबसे महत्त्वपूर्ण सबक सिखाया।

उसने कहा, 'अम्मा, जब भी आप मंच पर हों और भाषण दे रही हों तो प्लीज याद रखना कि अधिकतर लोग आपको नहीं सुन नहीं रहे हैं। कभी इस गलतफहमी में मत रहना कि वे आपके बहुमूल्य अनुभवों के बारे में जानने के लिए आपको सुनने आए हैं। वे आपसे इसलिए मिलने आए हैं, क्योंकि आप एक प्रसिद्ध शख्सियत एक लेखिका हैं और सबसे महत्त्वपूर्ण यह कि वास्तविक जीवन में आपसे मिलना बहुत मुश्किल है। आप अधिकांश समय सफर पर होती हैं और जब आप ऑफिस में होती हैं तो वहाँ सुरक्षा और व्यक्तिगत सहायकों जैसे अवरोध होते हैं। वे हर किसी को अंदर आकर आपसे मिलने नहीं देंगे। फाउंडेशन आपके व्यक्तिगत पैसे से नहीं चलता है। वह कॉरपोरेट का पैसा है और शहद के मटके की तरह है। जहाँ भी शहद होगा वहाँ मनुष्य, चींटियाँ और मधुमक्खियाँ या तो उसे चूसना चाहेंगी या अपने लिए जमा करना चाहेंगी। मंच पर अकसर आपके आस-पास कोई सुरक्षा नहीं होती। लोगों के लिए अपने आवेदन सीधे आपको देखना आसान होता है। इसीलिए वे आपसे मिलने आते हैं। इसे अपने सिर पर मत चढ़ने दें।'

मैंने इस सबक का महत्त्व महसूस किया और इसने मुझे संतुलित रहने और

जमीन से जुड़े रहने में मदद की है।

आमतौर पर जब लोग मेरे गुणों को बढ़ा-चढ़ाकर कहते हैं तो मैं अपने कान बंद कर लेती हूँ। मैं जानती हूँ कि मैं क्या हूँ और मैं अपनी कमियाँ जानती हूँ। बारहवीं सदी में एक प्रसिद्ध कवयित्री अक्का महादेवी थीं, जिन्होंने ईश्वर से प्रार्थना की और कहा, 'कृपया मुझे बहरा बना दीजिए। इससे मुझे कोई और आवाज सुनाई नहीं देगी और मैं सिर्फ आप पर ध्यान लगा पाऊँगी।' मैं उनका अनुसरण करती हूँ। इसलिए परिचय सत्रों के दौरान मैं अपना ध्यान वहाँ से हटा लेती हूँ।

एक बार मैं एक वक्ता के रूप में एक समारोह में गई और वहाँ मंच पर मेरे साथ कई महत्त्वपूर्ण लोग थे। जैसे ही परिचय का दौर आरंभ हुआ, मैंने अपना दिमाग वहाँ से हटा लिया। थोड़ी देर बाद मैंने हर किसी को तालियाँ बजाते सुना। मुझे लगा कि तालियाँ न बजाना शिष्टाचार के विरुद्ध होगा और मैंने सबके साथ तालियाँ बजाईं। मेरे बगल में बैठे लोगों ने मुझे कुछ अजीब निगाहों से देखा। मैंने ध्यान देने की कोशिश की कि क्या कहा जा रहा है। वक्ता कह रहा था कि वह जिस महिला का परिचय दे रहा है, उनमें देवी सरस्वती जितने असाधारण गुण हैं। उसने उस महिला की प्रशंसा करना जारी रखा, इसलिए मैंने अपनी बगल में बैठे व्यक्ति से पूछा, 'क्या आप जानते हैं कि वह किनकी बात कर रहे हैं? इनमें से किस वक्ता में इतने गुण हैं? मुझे नहीं लगता कि मैं कभी ऐसी किसी महिला से मिली हूँ। क्या आप उनसे मिले हैं?' उन्होंने मुझे देखा और कहा, 'वह आपके बारे में बात कर रहे हैं।'

मैं परेशान हो गई, लेकिन मैं जानती थी कि मुझे अपनी असहजता कैसे व्यक्त करनी है। जब मेरी बोलने की बारी आई तो मैंने कहा, 'कृपया मेरे परिचय पर ध्यान न दें। मैं एक आम इनसान हूँ और यहाँ सिर्फ इसलिए हूँ कि स्थितियों और परिस्थितियों ने मुझे यहाँ तक पहुँचाया है। मैं आप जैसी ही हूँ।'

लेकिन मैंने जो भी कहा, उससे कोई फर्क नहीं पड़ता था, क्योंकि रोहन का कहना सही था। मुझे उस दिन पचास आवेदन प्राप्त हुए।

मेरा आठवाँ सबक

सन् 2005 में मैं दक्षिण एशिया में थी। मैंने एक टैक्सी किराए पर लेकर केपटाउन के पर्यटन स्थलों को देखने का फैसला किया। मेरा कैब ड्राइवर एक मिलनसार श्वेत व्यक्ति था। साथ-साथ घूमने के दौरान वह मुझसे बात करने लगा।

'मैम, मेरा नाम जॉन है। क्या आप भारत से आई हैं?'

मुझे अपनी चलती कार की खिड़की से बाहर देखने में अधिक दिलचस्पी थी। इसलिए मैंने संक्षेप में जवाब दिया, 'जी हाँ।'

‘क्या आपको हमारे देश में अच्छा लग रहा है?’

मैं बोली, ‘बिलकुल। मुझे इतिहास बहुत पसंद है और यहाँ पर सीखने के लिए बहुत कुछ है। मैं एक उत्सुक अन्वेषक की तरह महसूस कर रही हूँ। दक्षिण अफ्रीका नेल्सन मंडेला और डेस्मंड टुटु जैसे प्रसिद्ध नोबल पुरस्कार विजेताओं की धरती है। मुझे यहाँ आकर वाकई खुशी हो रही है।

‘मैम, महान् पुरस्कार विजेताओं के अलावा यहाँ दूसरे महान् नेता भी हुए हैं। दक्षिण अफ्रीका में ऐसे नेता हैं, जिन्होंने कभी कोई पदक या पुरस्कार नहीं जीता, लेकिन वे आनेवाले हजारों वर्षों के लिए अपने पीछे एक विरासत छोड़ गए हैं। मेरे पसंदीदा महात्मा गांधी हैं।’

इस बात ने मेरी दिलचस्पी जगा दी। मैं एक साथ चकित और उत्सुक दोनों थी। महात्मा गांधी मेरे देश के नेता थे, दक्षिण अफ्रीका के नहीं। वह ऐसी बात कैसे कह सकता है? मैंने जवाब दिया, ‘जॉन, महात्मा गांधी भारतीय हैं। वह हमारे देश के महानतम नेता हैं। मैं यहाँ कोई बहस नहीं शुरू करना चाहती, लेकिन वह दक्षिण अफ्रीकी नहीं हैं। उन्होंने अपने जीवन के कुछ वर्ष दक्षिण अफ्रीका में बिताए, लेकिन इससे वह दक्षिण अफ्रीकी नहीं हो जाते।’

जॉन मुसकराने लगा। ‘मैम, जब वह यहाँ आए तो वह एम.के. गांधी थे। लेकिन वह महात्मा गांधी के रूप में वापस गए। उन्होंने यहाँ पर असहयोग आंदोलन और अहिंसा की खूबियों के बारे में जाना। यह आपके देश में स्वतंत्रता संघर्ष का एक बुनियादी साधन बना। उन्होंने सिर्फ आपके देश को नहीं बदला। वे हमारे देश में भी परिवर्तन लाए। दक्षिण अफ्रीका में उन्हें याद किया जाता है और बहुत सम्मान दिया जाता है। वह एक विश्व नेता हैं।’

मैं उसकी बात से सहमत थी। ‘आप सही हैं जॉन,’ मैं बोली, ‘मैंने कभी इस तरह से नहीं सोचा। मैं हमेशा उन्हें हमारा राष्ट्रपिता मानती रही, लेकिन मैं जानती हूँ कि उन्होंने कभी खुद को केवल एक देश का हिस्सा नहीं माना। वह दुनिया में परिवर्तन लाना चाहते थे।’

मैंने जाना कि जब कोई व्यक्ति महात्मा गांधी, गौतम बुद्ध, मार्टिन लूथर किंग जूनियर या अब्राहम लिंकन जैसा संवेदनशील नेता बनता है तो वह सिर्फ एक देश का नहीं होता। ऐसे लोग मानवनिर्मित सीमाओं से परे होते हैं और उन्हें विश्वनेता का दरजा मिलता है।

□□□